प्रतिनिधि कहानियाँ

हृषीकेश सुलभ

राजकमल पेपरबैक्स

राजकमल पेपरबैक्स में
पहला संस्करण : 2017
तीसरा संस्करण : 2025

राजकमल पेपरबैक्स : उत्कृष्ट साहित्य के जनसुलभ संस्करण

राजकमल प्रकाशन प्रा.लि.
1-बी, नेताजी सुभाष मार्ग, दरियागंज
नई दिल्ली-110 002
द्वारा प्रकाशित

शाखाएँ : अशोक राजपथ, साइंस कॉलेज के सामने, पटना-800 006
पहली मंजिल, दरबारी बिल्डिंग, महात्मा गांधी मार्ग, प्रयागराज-211 001
1, अनमोल सोराबजी सन्तुक लेन, धोबी तलाव, मरीन लाइंस, मुम्बई-400 002
वेबसाइट : www.rajkamalprakashan.com
ई-मेल : info@rajkamalprakashan.com

बी.के. ऑफसेट
नवीन शाहदरा, दिल्ली-110 002
द्वारा मुद्रित

मूल्य : ₹199

PRATINIDHI KAHANIYAN
Representative Stories of Hrishikesh Sulabh

ISBN : 978-81-267-3005-6

कवि
अरुण कमल
के लिए

हृषीकेश सुलभ

हृषीकेश सुलभ का जन्म 15 फरवरी, 1955 को बिहार के छपरा (अब सीवान) जनपद के लहेजी नामक गाँव में हुआ। आरम्भिक शिक्षा गाँव में हुई और अपने गाँव के रंगमंच से ही उन्होंने रंग-संस्कार ग्रहण किया। उनकी कहानियाँ विभिन्न पत्र-पत्रिकाओं में प्रकाशित और अंग्रेज़ी सहित विभिन्न भारतीय भाषाओं में अनूदित हो चुकी हैं।

रंगमंच से गहरे जुड़ाव के कारण वे कथा-लेखन के साथ-साथ नाट्य-लेखन की ओर उन्मुख हुए और भिखारी ठाकुर की प्रसिद्ध नाट्यशैली *बिदेसिया* की रंगयुक्तियों का आधुनिक हिन्दी रंगमंच के लिए पहली बार अपने नाट्यालेखों में सृजनात्मक प्रयोग किया। विगत कुछ वर्षों से वे *कथादेश* मासिक में रंगमंच पर नियमित लेखन कर रहे हैं।

उनकी प्रकाशित कृतियाँ हैं—'अग्निलीक', 'दाता पीर' (उपन्यास); 'तूती की आवाज़', 'वसंत के हत्यारे', 'हलन्त' (कहानी-संग्रह); 'प्रतिनिधि कहानियाँ' (चयन); 'अमली', 'बटोही', 'धरती आबा' (नाटक); 'माटीगाड़ी' (शूद्रक के संस्कृत नाटक 'मृच्छकटिकम्' की पुनर्रचना), 'मैला आँचल' (फणीश्वरनाथ रेणु के उपन्यास का नाट्यान्तर), 'दालिया' (रवीन्द्रनाथ ठाकुर की कहानी पर आधारित नाटक); 'रंगमंच का जनतंत्र' और 'रंग-अरंग' (नाट्य-चिन्तन); 'संगरंग' (संपादन)। 'तूती की आवाज' उनके तीन कहानी-संग्रहों—'पथरकट', 'वधस्थल से छलाँग' और 'बँधा है काल' की एक जिल्द में प्रस्तुति है।

सम्पर्क : पीरमुहानी, मुस्लिम क़ब्रिस्तान के पास, कदमकुआँ, पटना–800 003

ई-मेल : hrishikesh.sulabh@gmail.com

भूमिका

अपनी कहानियों पर बात करना मेरे लिए कठिन काम है। बहुत हद तक अप्रिय भी। मैं पिछले कई सालों से शोधार्थियों को चकमा देता रहा हूँ, पर इस कला में सिद्धस्त नहीं हूँ, सो कई बार फँस भी जाता हूँ। लिखी जा चुकी और प्रकाशित हो चुकी कहानियों से अक्सरहाँ मैं पीछा छुड़ाकर भाग निकलता हूँ, पर मुझे लगता है कि यह मेरा भ्रम ही है। मेरी कहानियों के कुछ पात्र लगातार मेरा पीछा करते हैं और अपनी छवि बदलकर, किसी लिखी जा रही नई कहानी में घुसने की बार-बार कोशिशें करते हैं। कई बार तो घुस भी आते हैं और मैं उन्हें न रोक पाने की अपनी विवशता पर हाथ मलते रह जाता हूँ। जैसे, 'वधस्थल से छलाँग' का रामप्रकाश तिवारी, जो 'यह ग़म विरले बूझे' या 'काबर झील का पाखी' जैसी कहानियों में घुस आया।

मैंने आज तक एक बैठक में कभी कोई कहानी पूरी नहीं की। आरम्भ होकर अन्त होने तक, कई-कई दिनों, हफ़्तों या महीनों तक कहानी मेरे साथ रहती है। मैंने अपनी कहानियों में प्रवेश के लिए किसी एक रास्ते का चुनाव नहीं किया। हर कहानी में प्रवेश के लिए मेरी राह बदल जाती है। कभी किसी पात्र की बाँह पकड़कर प्रवेश करता हूँ, तो कभी कोई घटना या व्यवहार या स्मृति या विचार कहानी के भीतर पैठने के लिए मेरी राहों की निर्मिति करते हैं। हमेशा एक अनिश्चय और अनिर्णय की स्थिति बनी रहती है। हर बार नई कहानी शुरू करने से पहले मेरा मन थरथर काँपता है। शायद यही कारण है कि बहुत कम कहानियाँ लिख सका हूँ।

इस संकलन के लिए कहानियों को चुनने में मुझे कई तरह के संकटों से गुज़रना पड़ा है। वही, अनिश्चय की स्थिति। मुझे यह कहते हुए

ज़रा भी संकोच नहीं हो रहा कि इस संकलन के लिए कहानियाँ चुनते हुए एक सन्देह मेरे भीतर लगातार लरज़ता रहा है कि पता नहीं इनमें से कितनी कहानियाँ आनेवाले समय में जीवित रह सकेंगी और कितनी विस्मृति के गर्भ में समा जाएँगी! हो सकता है कि जिन्हें मैं छोड़ रहा, वे ही बची रहें और ये सब बिला जाएँ।

मेरे कुछ मित्रों का मानना है कि कहानी और नाटक लिखने के बीच आवाजाही के कारण मेरी कहानियों पर आलोचकों की नज़र नहीं पड़ी। कुछ ये भी कहते हैं कि अगर मैं नाटकों में नहीं उलझा रहता, तो मेरी कहानियों के प्रति ज़्यादा गम्भीरता से बर्ताव किया जाता। ऐसी और भी कई बातें हैं, जो मज़ेदार हैं मेरे लिए, पर यहाँ उन बातों को दर्ज करने का कोई औचित्य नहीं। पर यह सच है कि नाटक और कहानी के बीच मेरी यह आवाजाही मुझे बहुत प्रिय है। हर बार नौसिखुए की तरह अथ से आरम्भ करना मुझे पुनर्नवा करता है। मैं यह करते रहना चाहता हूँ।

इस संकलन में मेरे कथा-लेखन के पहले दौर की कहानियाँ शामिल नहीं हैं। मुझे पहले कथा-संकलन 'पथरकट' में संकलित 'अमली', 'श्राद्ध' और 'रक्तवन्या' जैसी कहानियों के छूट जाने का अफ़सोस है।

मैं अपने उन पाठकों और मित्रों के प्रति आभार प्रकट करना चाहता हूँ, जो लगातार कहानी नहीं लिखने के लिए उलाहने देते हैं और लिखने के लिए उकसाते हैं।

—हृषीकेश सुलभ

अनुक्रम

अगिन जो लागी नीर में

सूचना-विस्फोट ठीक ग्यारह बजे हुआ।...ग्यारह बजे दिन में।

गाँव के पूरबी छोर पर कारी भेड़िहर का बथान था। सूचना की आस लगाए रोज़ की तरह यहीं बैठे थे जगत कानू। वही इस सूचना-विस्फोट के पहले शिकार बने। जगत कानू के परखचे उड़ गए। वह ख़बरों के रसिया थे। रोज़ ख़बरों से उनकी मुठभेड़ होती। वह ख़बरों को सम्भालना, चुभलाना और उनका स्वाद लेना जानते थे। पर ऐसा पहले कभी नहीं हुआ था कि उनकी बोलती बन्द हो जाए। जगत कानू सिर्फ़ इतना-भर चीख़ पाए...''ग़ज़ब रे छौंड़ी...ग़ज़ब!''

कारी का बथान, बस कहने-भर के लिए बथान था। वह सम्पन्न किसान थे। एक बड़ा दालान, दो कोठरियाँ और एक ओसारा। सामने चार-पाँच कट्ठे का सहन। सहन में नीम और कटहल और आम के पेड़। कुआँ था। कुएँ में पानी निकालने के लिए ढेंकुली लगी थी। इस पूरे जवार में यही एक कुआँ था जिस पर अब ढेंकुली बची थी। क़तारबद्ध पाँच नादोंवाला चबूतरा था। चारा मशीन, भेड़ के ऊन, हल-हेंगा, रस्सी-पगहा, खटिया-चौकी, खाद-बीज, माल-मवेशी, बैठकबाज-गप्पी और कारी और कारी का जवान बेटा रामलगन—सब अँटे-गँसे थे इस बथान में। कारी-बहू दिन का कलेवा लेकर आती और बाप-बेटे को खिलाकर काम-धाम निबटाती हुई शाम तक वापस घर लौटती। रात में रामलगन खाना खाने घर जाता और बाप के लिए खाना साथ लिये लौटता। कभी-कभार नहीं भी लौटता। तबीयत दब होने के बहाने रुक जाता। फिर कारी-बहू पति का खाना लेकर बथान आती और रात गुज़ारकर भोरे-भिनसारे मुँह-अँधरे लौटती। पहले, जब बेटे का ब्याह नहीं हुआ था, कारी की तबीयत दब होती थी। तब रात में रामलगन घर की अगोरवाही करने चला जाता और कारी-बहू कारी को

खिलाने, कारी की सेवा-टहल करने बथान आ जाती। बेटे के ब्याह के बाद यह क्रम उलट गया। कारी के बदले रामलगन की तबीयत दब रहने लगी। कारी बहुत कम घर जाते। साल में दो-चार बार।

चैत का महीना था। नीम और आम की फुनगियों पर बौर और कटहल के तने में फल लटके थे। कटहल में चोंच मारनेवाले पंछियों का आना-जाना लगा हुआ था। दिन उझंख होने लगे थे। सुबह की सिहरन से दिन में बहनेवाली पछिया हवा का कोई रिश्ता नहीं था। रबी फ़सल की कटनी लगभग पूरी हो चुकी थी। जहाँ-तहाँ बस पिछात फ़सल ही इस पछिया हवा का इन्तज़ार करती हुई खेत में खड़ी थी। रबी से पहले ख़रीफ़ ने धोखा दिया था। धान के बीज ही नक़ली निकल गए। अधिकतर लोग ठगे गए। फ़सल की बाढ़ और हरियाली तो ऐसी ज़बरदस्त थी कि आँखें जुड़ा जातीं, पर जब धान के गाभ से बालियाँ नहीं निकलीं, तब पता चला कि धरती की कोख पर डाका पड़ गया है। पर इस बार रबी ने मन का मलाल मिटा दिया था।

सूचना-विस्फोट होते ही बथान की आबोहवा बदल गई। रामलगन दालान में बैठा सतुआ की पिट्ठी निगल रहा था। उसकी महतारी दिन का कलेवा लेकर पहुँची थी। बेटे के सामने बैठी उसे पिट्ठी निगलते हुए देखकर तृप्त हो रही थी। विस्फोट से पैदा हुई जगत कानू की अचरज-ध्वनि इतनी दमदार थी कि रामलगन के कंठ में पिट्ठी अटक गई। कारी बहू झपटती हुई उठी और उसने बेटे की पीठ पर एक धौल जमा दी। पिट्ठी नीचे सरक गई। उसने बेटे की ओर पानी से भरा लोटा बढ़ाया, पर रामलगन को फ़ुर्सत कहाँ! वह कूदा। ओसारे की दीवार से पीठ टिकाए चौकी पर आँखें मिचमिचाते जैसे-तैसे बैठे थे जगत कानू। रामलगन ने झपट्टा मारकर सूचना पर अपना अधिकार जमाया।

वह भी चीख़ा, "...आहि रे बाप!"

कारी कुएँ से पानी भर रहे थे। हाथ-मुँह धोकर सतुआ खाने जाने ही वाले थे कि बेटे की गगनभेदी चीख़ से उन्हें काठ मार गया। हाथ से रस्सी छूटी और ढेंकुली कुएँ में गड़ाप हो गई। कुएँ के थिर जल में हिलोरें उठीं। इस सूचना-विस्फोट ने पृथ्वी के ऊपर ही नहीं अतल में भी हलचल मचा दी थी। कारी बेटे का उछल-उछलकर काग़ज़ निहारना देख रहे थे। लिख

लोढ़ा, पढ़ पत्थर थे कारी। इस मनहूस काग़ज़ को लेकर हमेशा शंकित रहते थे। वह इसे झंडा पुकारते। इस काग़ज़ के चलते जगत कानू से बतकुच्चन रोज़ का शगल था। जगत कानू का झंडा-प्रेम ही उन्हें जगत की ज़िन्दगी की बरबादी का मूल कारण लगता। बेटे को झंडा-वाचन करते देखकर अक्सर चिढ़ते और कहते—"जगतवा का चेला मत बनो...झंडा में अझुराओगे तो खेती-बारी बिला जाएगी।"

ज़िला मुख्यालय सीवान से छपरा जाने के लिए दो सड़कें निकलतीं। एक दुरौंधा होते हुए छपरा जाती और दूसरी हसनपुरा होते हुए। एक सड़क दुरौंधा और हसनपुरा को आपस में जोड़ती थी। यह कच्ची सड़क थी। बरसात में जल और पाँक से आप्लावित और चैत-वैशाख में धूल उड़ाती। इन्हीं सड़कों के सहारे दैनिक अख़बारों के संस्करण सुबह-सुबह सायकिल पर सवार होकर सीवान से निकलते, दुरौंधा और हसनपुरा होते हुए पूरब और पश्चिम दोनों दिशाओं से हरपुर गाँव में घुसते और साँझ तक हंसों की तरह तैरते रहते। कभी इस हाथ, तो कभी उस हाथ। ऐसा नहीं कि गाँव सिर्फ़ इन अख़बारों के भरोसे था। अरब के कमासुतों के घर डिश टीवी अपने जलवे दिखा रहा था। पर असली संकट बिजली का आना था। बिजली कभी-कभार ही आती थी। बैट्री ख़र्च कर समाचार देखना सम्भव नहीं था। लोग सास-बहू के तमाशों के लिए बैट्री बचाकर रखते। हाँ, अगर कोई ख़ास ख़बर अख़बारों से पता चल जाए, तो फुद्दन मियाँ ज़रूर टेलिविजन खोल देते। उनके दालान में भीड़ जुट जाती। पर इन दिनों फुद्दन दिन-ओ-दुनिया से ग़ाफ़िल जी रहे थे। उनके छोटे बेटे मेराज की नई-नवेली दुल्हन ने टेलिविजन दालान से उठवाकर भीतर मँगवा लिया था। पढ़ी-लिखी बहुरिया के रुतबे के आगे फुद्दन मिमियाते रह गए थे। बड़े बेटे मजीद ने पहली बार अरब से लौटते हुए दिल्ली में ख़रीदा था। मजीद बहू ने कभी ऐसी दबंगई नहीं दिखाई। पर इस मेरजवा की बीवी ने तो आते ही...।

गाँव में सूचना-विस्फोट कई जगह हुए...थोड़ी-थोड़ी देर के अन्तर पर। विस्फोटों के बाद सारा गर्द-ओ-गुबार बाज़ार की ओर चला आ रहा था। हरपुर बाज़ार में चहल-पहल बढ़ गई थी। बाज़ार गाँव के बीच में हृदय-स्थल की तरह था। सुबरन साह की चाय की दुकान, हदीस मियाँ की कपड़े की दुकान, किसुनदेव की पान-गुमटी के सामने अख़बार के मुखपृष्ठ पर

माथा झुकाए भिनभिनाती हुई मक्खियों की तरह लोग टूट रहे थे। अख़बार के पहले पन्ने पर हेल्थ सेंटर वाली मैडम माधुरी देवी की बेटी सुवंतिया की फोटो छपी थी। साफ़ लाँगट-उघार फोटो। पतली चोली और कछिया पहने। फोटो के नीचे छपा था—मिस पटना : सुवंती स्नेहा।

"नाम बदल लीहिस का जी?...सनेहा का होता है भाई?" भीड़ में गँसा अपना सिर बाहर निकालते हुए फुद्दन मियाँ ने जिज्ञासा प्रकट की।

"सनेह करनेवाली।...मोहब्बत बूझते हैं, चच्चा?...सबसे मोहब्बत करनेवाली।" बाबू रामधियान सिंह के इकलौते कुलदीपक पप्पू सिंह ने अपने ज्ञान का पिटारा खोला।

फुद्दन समझ गए कि अगर उन्होंने तत्काल मेंड़ पर माटी नहीं फेंकी तो सब तहस-नहस हो जाएगा। बरसात का पानी है पपुआ। मुँहतोड़ जवाब देने में अगर चूक हुई तो सुवंतिया की सगरी लीला बिसर जाएगी और पपुआ सरे बाज़ार कोई नया तमाशा उनके लिलार पर साट देगा। फुद्दन ने टिहकारी भरी—"तब तो बड़ा बुरा हुआ, बाबू।...अब तो तुम्हारे संगतिया की भैंस बिना पानी के डूब गई।"

"मतलब?" पप्पू फुफकार उठे।

"मतलब तो साफ़ है बाबू कि जब सबसे मोहब्बत करेगी तो टुन्नी मिसिर बिना हल्दी-मंडप के ही रँडुवा हो जाएँगे।"

बतकही की हवा अपनी दिशा बदल रही थी। इस दिशा बदलती बतकही की हवा की आहट पाकर सुबरन साह चौकन्ने हो गए। अनिष्ट घटने की आशंका से पहले तो उनका मन काँपा। पर अक्सर ऐसे हालातों से जूझना उनके पेशे की लाचारी थी। बिना बात के बतकुच्चन...फिर गरमा-गरमी और उसके बाद रे-तो और समापन में लप्पड़-थप्पड़ की आशंका हमेशा बनी रहती थी। सुबरन यह मानकर दुकानदारी करते कि रस में मक्खी-मधुमक्खी और हड्डा-बिरनी तो गिरेंगे ही। हालात सम्भालने के लिए वह अलग-अलग अवसरों पर अलग-अलग अस्त्रों का उपयोग करते। सुबरन बोले—"बन्द कीजिए रामायन बाँचना। दीजिए, चूल्हा सुलगाना है।"

"हे मरदे, आज के पेपर से आज चूल्हा जलेगा?" मंगल मिसिर अभी तक सुवंतिया की फोटो का दर्शन नहीं कर सके थे।

"कौन वेद-पुरान में लिखा है कि आज के पेपर से आज का चूल्हा नहीं जलेगा ?...आप लोग लोकसभा विसरजन कीजिए।...बराए मेहरबानी बेंच खाली कीजिए। बेंच का कील-कब्जा ढीला हो गया पर एक गिलास चाय-पानी का औडर नहीं।"

"चार स्पेशल...एक कलछुल भी पानी नहीं।" मौक़े की नज़ाकत भाँपकर पप्पू सिंह ने चाय का आर्डर दिया। बोले—"...और मंगल बाबा के लिए मलाई के साथ चीनी बढ़ा के...और एक ठो डंडा बिस्कुट भी...।"

"नकली दाँत से डंडा बिस्कुट टूटेगा ?" भीड़ से किसी ने नगीना जड़ा और अगिया-वैताल हो गए मंगल बाबा। गरजे—"सरऊ! खिलाओ अपनी नानी को...हरपुर से रजानीपुर तक ढोल-ताशा पीटवाते हुए तुम्हारे बाप की बारात लेकर गए थे। बेटी की विदाई के बदले अपने डोली पर चढ़ने के लिए बेचैन थी तुम्हारी नानी।...सरऊ, तुम्हारे पैसे की चाह को हम मूत बूझते हैं।"

मंगल मिसिर अपनी लकुटी भाँजते हुए नाचने लगे। सुवंतिया की फोटो देखने की लालसा पर पानी फेर दिया लौंड़ों-लपाड़ों ने। पप्पू को गरियाते लौट गए मंगल मिसिर। मंगल मिसिर के चिड़चिड़ेपन, क्रोध और गालियों की ख्याति पूरे जवार में थी। वह जब अपने घर से बाज़ार के लिए निकलते सारा गाँव स्पन्दित हो उठता। बस एक चुहल-भर की देर होती। गाँव का कोई नवतुरिया एक बोल फेंकता और मंगल मिसिर उससे अपने रिश्ते का ध्यान रखते हुए उसकी दादी-नानी की ऐसी-तैसी करते। गालियों की परवाह किए बग़ैर लोग मज़े लेते। औरतें भी चुहल करने में चूकती नहीं थीं। सब अवसर की ताक में रहते।

"फुद्दन चा, अपना टीवी चालू कीजिए। सब दिखा रहा होगा। का अख़बार में मूड़ी गोते हुए हैं!" पप्पू सिंह के कलेजे में टुन्नी वाली बात चुभ गई थी। वह फुद्दन मियाँ को बिना लपेटे सरकने नहीं देना चाहते थे। पप्पू का मानना था कि मंगल बाबा के परलोक सिधारने के बाद फुद्दन ही होंगे गाँव के मनोरंजन-पुरुष। लाख उकसाते रहे पप्पू, पर फुद्दन मियाँ बज्र बहिर की तरह अनसुनी करते रहे। उनकी रुचि अभी पप्पू में नहीं, सुवंतिया की रसचर्चा में थी। वह अपने मन का स्वाद बिगाड़ना नहीं चाहते थे।

पप्पू सिंह और टुन्नी मिसिर जिगरी यार थे। लँगोटिया यारी थी। टुन्नी और सुवंती की प्रणय-लीला में पप्पू सहचर थे। खेत-खलिहान...राह-घाट...रात-बिरात...

दिन-दोपहर; हर स्थान और हर घड़ी वह रक्षा-कवच की तरह टुन्नी और सुवंती के मिलन-यज्ञ की रक्षा में तत्पर रहे थे। टुन्नी भावुक क़िस्म के प्रेमी थे और पप्पू हर हाल में साथ निभानेवाले दोस्त। टुन्नी अपनी सुवंती के लिए कुछ भी त्यागने और कुछ भी बनने को उत्सुक थे, तो पप्पू अपने दोस्त के लिए किसी से भी रार ठानने और लोहा लेने के लिए। टुन्नी कवि-हृदय थे और पप्पू योद्धा। प्रेम में जब-जब संकट-काल आया टुन्नी मिसिर भर-भर आँख लोर लिये बिसूरे और पप्पू सिंह ने धीरज के साथ मोर्चाबन्दी की और राह निकालने के प्रयास किए। टुन्नी मिसिर के पिता पंडित माधवबिहारी मिसिर व्यास थे। रामचरितमानस और भागवत की कथा बाँचते। पप्पू सिंह के पिता रामधियान सिंह गाँव-जवार के मुक़दमों की पैरवी के अनुभवी खिलाड़ी थे। ज़िला कचहरी के नामी-गिरामी वकीलों-मुख़्तारों में उनकी पैठ थी।

टुनिया-पपुआ की जोड़ी गाँव-जवार में प्रसिद्ध थी। दोनों ने यह प्रसिद्धि सुवंती के कारण अर्जित की थी। जब तक मामला गाँव के हाईस्कूल का था, बात गाँव में थी। पर जब सीवान के इस्लामिया कालेज में दाख़िला हुआ, बात पूरे जवार में फैल गई। रामधियान सिंह चाहते थे कि उनके दुलरुवा अब घर-गृहस्थी देखें और उनका राज-पाट सम्भालें, पर पप्पू सिंह इसके लिए तैयार नहीं थे। रामधियान सिंह ने पारम्परिक हथियार का उपयोग करते हुए बेटे का विवाह तय कर दिया। पप्पू पहले तो बहुत छटपटाए और अन्न-जल त्यागने का नाटक किया। बाप से आँखें मिलाने या ज़ुबान लड़ाने की औक़ात थी नहीं, सो एक घुड़की में राह पकड़ ली। कारी के बथान पर जगत कानू से गाँजा का चिलम लहकाने के प्रशिक्षण के दौरान पकड़े गए और बिना मुक़ाबला किए चित हो गए। रामधियान सिंह बोले—"चलो बबुआ...तुम्हारी सज़ा पहले ही हम मुकर्रर कर दिए हैं। अगर गाँव-जवार में बात पसर गई कि गँजेड़ी हो, तो कौनो राजपूत बेटी न देगा। औरत कीन-बेसाह कर हाड़े हरदी चढ़वाना पड़ेगा। अब बेहुरमती बन्द करो...चलो।"

पप्पू सिंह बाप के जूतों की ताब से परिचित थे, सो बिना हील-हुज्जत सिर झुकाए चल दिए। रामधियान सिंह ने जगत को लहकती आँखों का निशाना बनाया और बोले—"जगतवा, तुमसे तो हम बाद में निपटेंगे।...साले, चुप्पा-हत्यारा माफिक मूँड़ी गोत के बैठे-बैठे हमारे घर में आग लगा रहा है...अपनी खेती-बारी तो सब चिलम में लहका दिया और अब...।" कारी की ओर मुख़ातिब हुए। कारी अपनी जाति के पंचायत के सरगना थे। भेड़िहरों का गाँव ही नहीं पूरे जवार में बड़ा संगठन था। वह कारी की ताक़त और बदले हुए समय का मिज़ाज जानते थे, सो अपेक्षाकृत नरम आवाज़ में बोले—"का हो कारी भाई...मरदे! तुमहुँ आँख मूँद के बैठे रहते हो... ?" और कारी के जवाब की प्रतीक्षा किए बिना चले गए।

पप्पू सिंह टाटा सूमो पर सवार होकर गए और तिलौथा के मुखिया रामपूजन सिंह की बेटी ब्युटी सिंह को ब्याहकर ले आए। साथ में हीरो होंडा भी आया। टुन्नी मिसिर चलाकर ले आए थे।

पप्पू सिंह के विवाह के बाद टुन्नी मिसिर के विवाह की क़वायद शुरू हुई, पर पंडित माधवबिहारी मिसिर ने ग्रहों-नक्षत्रों का हवाला देते हुए इस प्रसंग पर विराम लगा दिया। टुन्नी की कुंडली में तीन सालों के लिए योग नहीं बन रहा था। बाल-बाल बचे टुन्नी मिसिर। इस चर्चा पर विराम लगने तक सुवंती ने बिना किसी को बताए गौरी पूजन किया। व्रत-उपवास किया। जब यह तय हो गया कि टुन्नी के विवाह का प्रसंग स्थगित हो गया तब सुवंती ने चैन की साँस ली। इस बीच फुद्दन मियाँ की बड़ी पतोहू उसका सहारा बनी रही। वह उम्र में लगभग पन्द्रह साल बड़ी और काफ़ी अनुभवी थी। अपने मायके में अपना प्रेमी छोड़कर ससुराल आई थी। हर संकट में वह सुवंती को अपने अनुभवों की पिटारी से नुस्ख़े निकालकर सलाह देती।

टुन्नी, पप्पू और सुवंती ने साथ-साथ मैट्रिक पास किया था। पप्पू जैसे-तैसे फलाँग गए थे। टुन्नी फ़र्स्ट डिविज़न से निकले थे और सुवंती विज्ञान के विषयों में जैसे-तैसे, पर आर्ट के विषयों में अच्छे नम्बरों से पास हुई थी। न चाहते हुए भी पप्पू सिंह के पिता को उनका नाम कॉलेज में लिखवाना पड़ा क्योंकि दहेज़ में अच्छी रकम के लिए यह आवश्यक था। टुन्नी की पढ़ाई में रुचि और तेजस्विता ने उनके पिता को विवश किया कि अपने

आर्थिक संकटों की अनदेखी करके वह बेटे का नाम कॉलेज में दर्ज कराएँ। तीनों में केवल सुवंती की आगे की पढ़ाई तय थी। गाँव के उजड़ चुके हेल्थ सेंटर की मिडवाइफ़ श्रीमती माधुरी देवी हर हाल में अपनी बेटी को शिक्षित बनाने के लिए उत्सुक थीं। वह चाहती थीं कि उनकी बेटी डॉक्टर बने।

माधुरी देवी जब इस गाँव के नवस्थापित हेल्थ सेंटर में अपनी नवजात बेटी के साथ मिडवाइफ़ के रूप में नौकरी ज्वाइन करने आईं, तब उन्होंने सोचा भी नहीं था कि वह यहीं की होकर रह जाएँगी। माधुरी देवी के आने के कुछ ही महीनों बाद बंगालिन नर्स झरना सरकार ने सीवान के ज़िला अस्पताल में अपना तबादला करवा लिया था। उन्होंने ही माधुरी देवी की बेटी का नामकरण किया था—सुवंती। जाते-जाते सलाह देती गईं कि जितनी जल्दी हो सके यहाँ से तबादला करवा लो और डॉ. पीसी से बच के रहना। डॉ. पीसी यानी डॉ. प्रकाश चन्द्र सिन्हा। डॉ. पीसी पटना में रहते थे। सप्ताह में एक दिन आते। सुबह पटना से चलते और दोपहर तक गाँव में प्रकट होते। हेल्थ सेंटर पहुँचने से पहले रामबरन यादव मुखिया के द्वार पर हाज़िरी लगाते और भोजन करते। दूसरे दिन की सुबह पटना वापस चले जाते। एवज़ में हेल्थ सेंटर की दवा बेचकर मुखिया को उसका हिस्सा सौंपते। शुरू-शुरू में डॉ. पीसी जिस दिन सेंटर पर रहते माधुरी देवी थर-थर काँपतीं। जब रोब-दाब से बात नहीं बनी लार टपकाते हुए हें-हें करने लगे डॉ. पीसी। एक दिन प्रणय निवेदन करते हुए उन्होंने माधुरी से कहा—"देवीजी, जब से आप सेंटर ज्वाइन की हैं, पटना में मन ही नहीं लगता। यहाँ रहने का कोई इन्तज़ाम ही नहीं है। होता तो हफ़्ता-दस दिन पर पटना जाते।...अगर आप कहें तो आपके घर ही डेरा डाल दें...।"

"हमारा घर धर्मशाला नहीं है और न तो प्लेटफार्म है।" माधुरी देवी अपनी थरथराहट पर विजय पा चुकी थीं। टके-सा जवाब दे तमककर उठीं माधुरी और दनदनाती हुई बाहर निकल गईं। बस भरम टूटने-भर की देर थी।

डॉ. पीसी ने तेज़ आवाज़ में कहा—"कल सीविल सर्जन साहेब आ रहे हैं। पहला काम तुम्हारा सस्पेंशन करवाएँगे।"

अपनी धमकी की प्रतिक्रिया की प्रतीक्षा करते डॉ. पीसी के मुँह पर ब्रह्मास्त्र गिरा, तो वह अचकचा उठे। उनकी धमकी सुनते ही माधुरी देवी लौटीं और उन्होंने दरवाज़े के पास से ही चप्पल फेंककर उन्हें ध्वस्त कर

दिया। डॉ. पीसी कुछ समझें–बूझें कि रणचंडी का रूप धारण किए माधुरी उनके सामने थीं। उनकी ज़ुल्फ़ें माधुरी की बाईं मुट्ठी में थीं। दाएँ हाथ से लगातार चप्पलें बरसाती माधुरी का अजस्र नाद गूँज रहा था। देखते–देखते भीड़ लग गई। बड़ी मुश्किलों से लोगों ने माधुरी देवी पर नियंत्रण क़ायम किया। डॉ. पीसी बिना रुके उसी साँझ पटना के लिए रवाना हो गए। माधुरी फुफकारती हुई अपने घर गईं।

उनका घर ढहते हुए एक विशाल मकान की दो साबुत बची कोठरियों और आँगनवाला घर था। यह घर कायस्थ टोले में था। हरपुर के कायस्थों के सारे परिवार शहरों में बस चुके थे। खेती–बारी बिक चुकी थी। बस ढह चुके मकानों की डीह या कुछ ढहते हुए मकान बचे थे। ऐसे ही एक मकान में माधुरी देवी का आशियाना था। अपनी बिरादरी की औरत जानकर सीवान जा बसे वकील त्रिभुवन लाल ने उन्हें मुफ़्त में रहने की अनुमति दे दी थी। बाहर की औरत थी, सो मकान क़ब्ज़ा होने का ख़तरा नहीं था और दूसरा यह लालच कि आदमी का वास रहेगा तो जितना बचा है उसकी देखरेख और साफ़–सफ़ाई होती रहेगी।

डॉ. पीसी बहुत दिनों तक नहीं लौटे। जब लौटे, तबादले और रिलीविंग का आदेश लिये। डॉ. पीसी को हरपुर गाँव के हेल्थ सेंटर के पहले और अन्तिम डॉक्टर होने का गौरव प्राप्त हुआ। उनके जाने के बाद कोई नहीं आया। इस घटना पर हरपुर में मिली–जुली प्रतिक्रिया हुई। इस घटना से पहले माधुरी देवी को लेकर होनेवाली तमाम चर्चाओं का रूप बदल गया और इन चर्चाओं के पक्ष–विपक्ष भी बदल गए। माधुरी के पति को लेकर अर्से तक गाँव के पास कोई ठोस सूचना नहीं थी। कुछ लोग उन्हें सधवा का ढोंग करनेवाली विधवा बताते, पर साज–सिंगार में कोई कमी न पाकर कुछ लोग इससे सहमत नहीं थे। कुछ तलाक़शुदा बताते, तो कुछ ख़राब चाल–चलन के चलते घर से निष्कासित... । पर इस घटना ने यह तो साबित कर दिया कि माधुरी देवी हवा–मिठाई का गोला नहीं हैं कि जो चाहे मुँह में दाब ले। गाँव की औरतों के बीच उनका मान और भरोसा बढ़ गया। करुणा और हुनर का मणिकांचन संयोग पहले से ही था और अब यह साहस सोने में सुहागा साबित हुआ। गाँव को माधुरी देवी के हवाले कर सरकार भी चादर तानकर सो गई। हेल्थ सेंटर की दीवारों से रेत भरभराने लगी।

बिना नींव की दीवारें हिलीं, तो छत गिरी। फिर खिड़कियों-दरवाज़ों का काठ सड़ा और लोग माघ के पाले में फूँक-ताप गए। सिविल सर्जन साहब के ऑफिस से माधुरी देवी को वेतन मिलना बन्द हो गया। सिविल सर्जन के अनुसार यह सेंटर 'मृत घोषित' हो चुका था, क्योंकि डब्ल्यू.एच.ओ. की जिस योजना में यह सेंटर खुला था, वह बन्द हो चुकी थी। पर माधुरी देवी ने हरपुर नहीं छोड़ा। हरपुर ही नहीं आसपास के गाँवों की विवाहिताओं के प्रसव और क्वाँरियों के गर्भपात का दायित्व उनके कन्धें पर आ पड़ा था। वह अपना दायित्व सम्भालने में प्राणपण से जुट गईं। देखते-देखते माधुरी देवी हरपुर में 'प्रभुजी तुम चन्दन हम पानी' की तरह घुल-मिल गईं। उन्होंने एक दिन सीवान जाकर मरणासन्न वकील त्रिभुवन लाल के पाँव पकड़कर करुण-क्रन्दन किया। आँचल पसार बोलीं—"बेसहारा मानकर आश्रय दिए...अब बेटी मानकर बसा दीजिए।" ज़िन्दगी-भर कचहरी में मुव्वकिलों का रक्त पीकर अतृप्त रहनेवाले वकील साहब ने पच्चीस हज़ार रुपए में ज़मीन के काग़ज़ पर हस्ताक्षर कर, मृत्यु से पहले एक बेसहारा को बसाने के पुण्य से अपनी आत्मा को तृप्त किया। हरपुर की स्थायी नागरिकता ने माधुरी देवी की सामाजिक हैसियत को ताक़तवर बनाया। काँख में दाबे अपनी जिस नवजात बेटी को लेकर वह सालों पहले इस गाँव में आई थीं, आज उसकी जवानी, ख़ूबसूरती और हुनर से पूरे जवार में अँजोर हो रहा था।

सुवंती और टुन्नी मिसिर के प्रणय का बीज कारी के बथान में ही अंकुरित हुआ था। लोअर प्राइमरी स्कूल, मिडिल स्कूल और हाईस्कूल—तीनों के रास्ते कारी के बथान से होकर ही गुज़रते थे। स्कूल आते-जाते बच्चों का हुजूम कारी के बथान पर डेरा डालता। कारी ख़ुद ढेंकुल से पानी खींच-खींच कर बच्चों की तृषा बुझाते। बथान के पीछे था इमली का विशाल पेड़ और थीं करजीरी की जंगली झाड़ियाँ। लोअर स्कूल में शिक्षारम्भ के समय यहीं इमली की फलियाँ देकर टुन्नी मिसिर ने सुवंती को अपनी सखी चुना था। और बदले में सुवंती ने करजीरी के लाल-काले दानों की माला टुन्नी मिसिर को दी थी। बड़ी मुश्किलों, पर बड़ी जतन से यह माला तैयार हुई थी। वह करजीरी के पके दाने चुनकर घर ले गई। माँ के सिलाई बाक्स से सूई-धागा चुराया। अपनी अँगुलियों को लहूलुहान कर माला गूँथी।

रामलगन ने भी टुन्नी, पप्पू और सुवंती के साथ स्कूल जाना शुरू किया था, पर यह सिलसिला जल्दी ही टूट गया। एक तो भेड़ों की चरवाही से उन्हें अवकाश नहीं मिलता था और दूसरे रामलगन पढ़–लिखकर अपनी ज़िन्दगी को साँसत में नहीं डालना चाहते थे। बस किसी तरह काग़ज़ बाँचना सीखकर उन्होंने अपनी शिक्षा पर विराम लगा दिया। टुन्नी, सुवंती और पप्पू स्कूल आते–जाते रहे। रामलगन भीतरवाली कोठरी में सुवंती और टुन्नी को आश्रय देते और बाहर पप्पू के साथ बैठकर गपियाते। पप्पू उन्हें सिनेमा के क़िस्से सुनाते। रामलगन मन ही मन सोचते कि सुवंतिया अगर सिनेमा में चली जाए तो धूम मचा देगी। देखते–देखते हरपुर गाँव का नाम हो जाएगा। पहिन–ओढ़कर जब नाचेगी, गरदा उड़ जाएगा।...फिर उनके मन में सवाल उठते, तब टुन्नी का क्या होगा? रामलगन पप्पू से डरते थे, पर टुन्नी मिसिर से प्यार करते थे।

सीवान के इस्लामिया कॉलेज में दाख़िला लेने के बाद तीनों ने हरपुर से अठारह किलोमीटर की यात्रा शुरू की। कॉलेज में दाख़िला लेनेवाले गाँव के सारे लड़के अपनी सायकिलों से हसनपुरा तक की कच्ची राह तय करते। सायकिल हसनपुरा बाज़ार में परिचितों के यहाँ टिकाते और बस पर सवार हो शेष बारह किलोमीटर की यात्रा पूरी करते। केवल पप्पू सिंह और टुन्नी मिसिर हीरो होंडा पर सवार हो कॉलेज जाते। गाँव से कॉलेज के लिए निकलनेवाले विद्यार्थियों के झुंड में सुवंती अकेली लड़की थी। वह सायकिल से हसनपुरा पहुँचती तो थी पर अक्सरहाँ उसकी बस छूट जाती और पप्पू सिंह की सवारी का उपयोग करना पड़ता। तीनों एक साथ सिवान आते–जाते। ऐसा भी होता कि पप्पू किसी काम के बहाने हसनपुरा ही रुक जाते और उनकी मोटरसायकिल ले टुन्नी और सुवंती ज्ञानार्जन के लिए निकलते। आने–जाने और पठन–पाठन की इस प्रक्रिया में प्रचुर मात्रा में ख़बरों का उत्पादन होता। ये ख़बरें सहपाठियों के माध्यम से गाँव–जवार में फैलतीं। लोग इन ख़बरों को चुभलाते, रस चूसते और अपने काम में लगे रहते। इससे न तो गाँव के पर्यावरण पर कोई ख़ास असर पड़ता और न ही सुवंती और टुन्नी पर। पप्पू तो उस प्रेरक रसायन की तरह थे जो स्वयं नहीं बदलता पर अन्य रसायनों को क्रियाशील कर देता है। उनके पिता रामधियान सिंह आश्वस्त थे कि विवाहित पूत कितना खिलवाड़ करेगा! माधुरी देवी दम

साधकर सब सुनतीं। वह अपने जीवन में आनेवाले किसी शुभ क्षण की धीरज के साथ प्रतीक्षा कर रही थीं। पंडित माधवबिहारी मिसिर के कानों तक बात पहुँचती। वह दोनों हाथ जोड़कर प्रभु का स्मरण करते हुए अपनी सारी चिन्ताएँ उन्हें सौंपकर बुदबुदा उठते—"मो सम दीन न दीन हित तुम्ह समान रघुवीर। अस बिसारि रघुबंस मनि हरहु बिशम भव पीर।"

इंटरमीडिएट का परीक्षाफल आया। पप्पू सिंह लटक गए। सुवंती मध्यम मार्ग से निकली। टुन्नी मिसिर अच्छे नम्बरों से पास हुए। लोगों को उम्मीद नहीं थी कि इस बार उन्हें अच्छे नम्बर आएँगे। फुद्दन अक्सर पप्पू सिंह की अनुपस्थिति में सुबरन साह की दुकान पर या किशुनदेव की पान की गुमटी के सामने अपनी पेशबीनी का डंका बजाते हुए कहते—"अबकी सुवंतिया के जाल में अझुराकर डूबेंगे बबुआ। गाँठ बान्ह के धर लो हमरी बात!...बाप रात-रात-भर जागकर, जजमनिका से पाई-पाई अरज कर ख़र्चा जुटा रहे हैं और बबुआ मजनूँगिरी कर रहे हैं।"

पप्पू सिंह को अपने फेल होने का ग़म नहीं था। उन्हें अपने यार के पास होने की ख़ुशी थी। वह फुद्दन को खोजते रहे, पर फुद्दन लोप हो गए। फुद्दन जानते थे, पपुआ छोड़ेगा नहीं। बीच बाज़ार में कुबोल बोलेगा और लुंगी खोल देगा।

माधुरी देवी बेटी को साथ लेकर पटना गईं। वह हर क़ीमत पर अपने सपने को साकार होता देखना चाह रही थीं। लाख ना-नुकर किया सुवंती ने, पर वह मानी नहीं। उनकी आँखों के सामने बार-बार एप्रिन पहने, गले में स्टेथस्कोप लटकाए सुवंती का चेहरा झिलमिल करने लगता। मेडिकल प्रवेश परीक्षा की तैयारी करवानेवाले इंस्टिट्यूट में सुवंती का दाख़िला हुआ। वहीं, पास में ही एक गर्ल्स हॉस्टल में सुवंती के रहने की व्यवस्था हुई।

सुवंती के पटना में स्थापित होने के महीने-भर बाद टुन्नी मिसिर उर्फ़ त्रिपुरारी मिश्र पटना पहुँचे। सात दिनों के उपवास के बाद जब उनकी आवाज़ डूबने लगी, उनकी माता ने दोनों मुट्ठियों से अपना कलेजा कूट-कूटकर पंडित माधवबिहारी मिसिर को कोसना शुरू किया। पंडितजी की भई गति साँप छछूँदर वाली स्थिति थी। न उगल पा रहे थे और न ही निगला जा रहा था। एक ओर पुश्तैनी ज़मीन का अन्तिम टुकड़ा था, तो दूसरी ओर जवान

बेटा। हालाँकि टुन्नी बबुआ का चाल-चलन भाँपकर वह आश्वस्त थे कि भविष्य में नैराश्य ही उनके हाथ लगेगा। बबुआ अगर पढ़-लिखकर कुछ बन भी गए, तो उनके काम नहीं आनेवाले। मरने के बाद मुखाग्नि दे दें, यही बहुत है।...उनका मन उन पुस्तकों की कथाओं, दोहों-चौपाइयों और देवी-देवताओं में भटकता रहा, जिन्हें बाँचकर अब तक वह जीविका चलाते रहे थे। उन्हें कहीं सहारा नहीं मिला। उनके ओठ काँपे...'होई सोई जे राम रचि राखा' और उन्होंने उच्छ्वास भरते हुए निर्णय लिया। कलेजा कड़ा करके ज़मीन के इकलौते टुकड़े को कारी भेड़िहर के नाम रजिस्ट्री कर आए। यह सौदा रामलगन के माध्यम से सम्पन्न हुआ। कारी पचास से ऊपर चढ़ने को तैयार नहीं थे। जानते थे कि यही अवसर है जब पंडितजी को दाबा जा सकता है, सो वह दाबने के चक्कर में थे। पर रामलगन ने बाप को समझाया कि अगर पंडितजी मुखिया रामबरन यादव या रामधियान सिंह के पाले में चले गए तो उपजाऊ ज़मीन हाथ से खिसक जाएगी। मामला सत्तर में तय हुआ। पंडित माधवबिहारी मिसिर ने टुन्नी को सत्तर हज़ार देकर विदा किया। टुन्नी मिसिर अपनी माता का आशीष लेकर पप्पू सिंह के साथ विदा हुए। पहले तय हुआ था कि पप्पू दुरौंधा स्टेशन तक मोटरसायकिल से पहुँचाएँगे और टुन्नी इन्टरसिटी एक्सप्रेस पर सवार होकर पटना के लिए प्रस्थान करेंगे। पर बाद में कार्यक्रम में फेर-बदल हुआ। तय हुआ कि पप्पू पटना जाकर टुन्नी को सेटल करने के बाद गाँव लौटेंगे।

टुन्नी पटना पहुँचे। इंजीनियरिंग परीक्षा की तैयारी के लिए कोचिंग इंस्टिट्यूट में दाख़िला लिया और पहलवान लॉज में सेटल हो गए। पप्पू ने अपने दोस्त को मोबाइल फ़ोन उपहार में दिया और सुवंती से सम्पर्क करवाने के बाद अपनी पत्नी श्रीमती ब्युटी सिंह के लिए नाइट-गाउन ख़रीदकर वापस लौटे।

वर्ष बीता। इस बीते हुए वर्ष में बहुत कुछ हुआ। कई उलट-फेर हुए। बहुत सारी बातें एक-दूसरे में उलझती-सुलझती रहीं। टुन्नी मिसिर अपना भोजन स्वयं पकाते थे। हालाँकि इसके लिए वह अपनी पढ़ाई के बहुमूल्य समय की बलि देते। पर दूसरा कोई उपाय नहीं था। मेस का भोजन महँगा ही नहीं बेस्वाद भी था। वह बीच-बीच में गाँव जाते। उनकी माता जजमनिका से प्राप्त अन्न बटोरकर रखतीं। महीने-भर का राशन लेकर

लौटते। कोचिंग इंस्टिट्यूट का पहला महीना तो तौर-तरीक़ा और शहर को ही समझने-बूझने में सरक गया। पहले की पढ़ाई और इस पढ़ाई में बहुत फ़र्क़ था। अंग्रेज़ी पिशाच की तरह सता रही थी। इसके अलावा और भी समस्याएँ थीं, जिनसे जूझने में समय निकल जाता था। जब किताब-कॉपी खोलते, सुवंती की सूरत आँखों के सामने नाचने लगती।

शुरू में तो पप्पू सिंह हाल-समाचार लेने-देने दो-तीन बार पटना आए, पर उनका आना-जाना भी लगभग बन्द हो गया। उनकी निजी व्यस्तता बढ़ गई थी। श्रीमती ब्युटी सिंह को बेटी हुई तो, तो पिता रामधियान सिंह ने पप्पू को बुलाकर कहा—"बबुआ, अब तो चेतो। पढ़ना-लिखना तो जो भाग्य में लिखा था, सो कर लिये । हम तो पहले से तैयार बैठे थे कि तुम फेल होकर गाँव-जवार और नातेदारी-रिश्तेदारी में मेरी नाक कटवाओगे।...अब बदलो अपना रास्ता...एक बेटी के बाप हुए। आज के ज़माने में बेटी के जिस बाप की गाँठ ढीली होती है, उसकी पगड़ी उतरते देर नहीं लगती। समझे ?...दू-चार पइसा कमाने का जुगाड़ करो। अपने साला सब को देखो, ठेकेदारी में पूरे जवार में कोई मुकाबला नहीं है। नोट की ढेरी लगा दिया है सब।...हम तुमको साँझ-सवेरे नहीं टोकेंगे। एक बार बोल दिए...सम्भल जाओ, बबुआ...।"

रामधियान सिंह के इस प्रवचन के बाद बिना समय गँवाए पप्पू सिंह चेत गए। अपने सालों के साथ मिलकर काम शुरू किया। बस मोबाइल फ़ोन सहारा था। टुन्नी मिस कॉल मारते और पप्पू इधर से कॉल करते।

अपनी इच्छा के विपरीत सुवंती मेडिकल प्रवेश-परीक्षा की तैयारी में जुटी थी। शुरुआती दिनों में ही वह समझ गई कि यह उसके वश का नहीं और उसने मन ही मन यह निर्णय लिया कि वह माधुरी देवी की लालसाओं की बलि नहीं चढ़ेगी। इस निर्णय के बावजूद उसे परीक्षा की तैयारी और परीक्षा देने का नाटक करना था, सो वह सफलता के साथ करती रही। उसके मन की उथल-पुथल को न तो माधुरी देवी भाँप सकीं और न ही टुन्नी मिसिर। पटना आकर भी टुन्नी मिसिर अपने गाँव हरपुर की परिधि में ही घिरे हुए थे जबकि, सुवंती ने जस का तस धर दीनी चदरिया की तरह हरपुर की माया को उतार फेंका था। वह पुनर्नवा हो चुकी थी। हरपुर को उसने अपने भीतर उतना ही जीवित रखा था कि वह बाधा न बने। हरपुर में उसकी माँ माधुरी देवी थीं, इसलिए हरपुर था। हरपुर में उसका बचपन था, इसलिए

हरपुर था। शेष को उसने सहेजकर किसी अदृश्य पिटारी में बन्द कर दिया था। वह अपने नए जीवन के द्वार की साँकल बजा रही थी। अदृश्य पिटारी में बन्द शेष में टुन्नी प्रमुख थे। उसने धीरे-धीरे टुन्नी से अपने रिश्ते को गड्ड-मड्ड किया। पहले पढ़ाई का बहाना बनाकर टुन्नी मिसिर के मिस कॉल का जवाब देना बन्द किया। टुन्नी मिस कॉल से कॉल पर पहुँचे, तो दो-चार घंटी के बाद मोबाइल ऑफ़ होने लगा। एसएमएस के जवाब भी नदारद। टुन्नी हॉस्टल आते, तो गार्ड सुवंती की अनुपस्थिति की सूचना देता। मुँह बिसूरते जब वह अपने लॉज पहुँचते, सुवंती का कॉल आता। सुवंती के हॉस्टल और टुन्नी के लॉज में काफ़ी दूरी थी। दोनों शहर के दो छोरों पर थे। अपनी तैयारी छोड़कर टुन्नी सुवंती के अबूझ व्यवहार में उलझे रहते। टुन्नी को इसकी भनक तक नहीं लगी कि सुवंती कौन सी लीला रच रही है! मोबाइल पर टुन्नी का दुखड़ा सुन-सुनकर उकता चुके पप्पू सिंह एक बार सुवंती से मिलने पटना पहुँचे। सुवंती ने मामला ही पलट दिया। बोली—"पढ़ना-लिखना त्यागकर चौबीसों घंटे मेरे पीछे घूमेंगे, तो दोनों में से कोई भी हरपुर में मुँह दिखाने लायक़ नहीं बचेगा। तुम तो समझदार हो, समझो...। यहाँ आए हैं, तो कुछ न कुछ बनना ही होगा। बाप से जबरन खेत बेचवाकर पैसा लेकर पटना में मटरगश्ती करने आए हों, तो बात अलग है।"

सुवंती की बात में दम था, सो पप्पू की बोलती बन्द हो गई। उन्होंने अपने यार टुन्नी मिसिर की लानत-मलामत की और अपनी नवजात बेटी के लिए खिलौने और ब्युटी सिंह के लिए सौन्दर्य-प्रसाधन ख़रीदकर उल्टे पाँव भागे।

इस बीच हरपुर में किसी को कानों-कान ख़बर नहीं लगी और सुवंती ने भोजपुरी गानों के दो विडियो अलबम में अभिनय किया। वह एक नाटक का रिहर्सल करने भी गई थी, पर वहाँ उसका मन नहीं लगा और सप्ताह-भर बाद ही उसने जाना बन्द कर दिया। सुवंती ने मेडिकल प्रवेश परीक्षा के इस तैयारी-काल का अपनी नई दुनिया में प्रवेश के तैयारी-काल के रूप में उपयोग किया। अपने लिए नई-नई सोहबतें अर्जित करती हुई सुवंती परीक्षा के नाटक में शामिल हुई। उधर सुवंती के इश्क़ में लगभग ख़ब्तुल हवास हो चुके टुन्नी मिसिर उर्फ़ त्रिपुरारी मिश्र ने भी परीक्षा दी। परिणाम आशानुरूप ही आए। दोनों का नाम प्रतीक्षा-सूची में भी ढूँढ़े नहीं मिला।

परीक्षा-फल की सूचना गाँव पहुँची तो भाँति-भाँति के विचार और बोल-कुबोल सामने आए। टुन्नी की माताजी ने अपने स्वभाव के अनुरूप अपना कलेजा कूट-कूटकर विलाप किया और पानी पी-पीकर सुवंतिया को कोसा। माधुरी देवी का नाम ले-लेकर अपनी कर्कश जिह्वा से गालियों के अग्निवाण चलाती रहीं—"हमरे बबुआ की जिनगी बरबाद कर दी कसबिनिया...अपने तो रंडी-पतुरिया है ही, बेटी को भी बना दी...।"

पप्पू मौन हो गए। एक तो ठेकेदारी के धन्धे का तनाव और दूसरे पिता के व्यंग्य-वाणों का भय। बस एकान्त में पत्नी ब्युटी सिंह से इतना ही कहा—"टुनिया तो हमरी नाक कटवा दिया।...पगलेट है...कहीं फँसरी लगाकर जान मत दे दे। सोचते हैं पटना हो आएँ एक बार...।"

रामलगन भी टुन्नी की असफलता से दुखी और स्वभावतः चुप थे। फुद्दन मियाँ और जगत कानू सहित सारा गाँव टुन्नी और सुवंती की असफलता, चरित्र और भविष्य के विश्लेषण में लगा हुआ था।

टुन्नी कुछ सम्भले। गाँव लौट नहीं सकते थे। उन्होंने ट्यूशन पढ़ाना शुरू किया और ओपन यूनिवर्सिटी में बीसीए में दाख़िला लिया। माधुरी देवी पटना पहुँचीं। सुवंती ने दो-टूक शब्दों में माधुरी देवी को सूचित किया कि डॉक्टर बनने में उसकी ज़रा भी रुचि नहीं और अब वह मेडिकल में दाख़िले के लिए कोई तैयारी नहीं करने जा रही। उसने भविष्य की अपनी योजना को उजागर किया। बताया कि वह फ़ैशन टेक्नोलॉजी के कोर्स में दाख़िला लेगी। माधुरी देवी की बेटी उनके सपनों के मलबे पर खड़ी थी। बेटी का सिंहनाद सुनने के बाद उन्होंने सिर झुका लिया। सुवंती की बात मान लेने के सिवा उनके पास कोई राह नहीं बची थी। सुवंती उनकी पकड़ से बाहर जा चुकी थी। वह जिस सुवंती के लिए अपनी ज़िन्दगी के तमाम हाहाकारों से जूझती रही थीं, उसे खोने का भय उनकी रीढ़ में घुसकर उन्हें कँपकँपा रहा था। हाल ही में खुले फ़ैशन टेक्नोलॉजी के एक निजी संस्थान में एक मोटी रकम देकर उन्होंने सुवंती का नाम लिखवा दिया और अपनी देह घसीटते हुए हरपुर लौटीं।

अब हरपुर की आबोहवा उन्हें रास नहीं आ रही थी। वृक्ष से गिरे पत्ते की मानिन्द ज़िन्दगी की तेज़ आँधी में जब वह बेसहारा भटक रही थीं, इसी हरपुर ने उन्हें ठौर-ठिकाना और जीने का साहस दिया था। पर अब यही

हरपुर उन्हें अपने नखों-दाँतों से नोचने के लिए पिशाच की तरह नाच रहा था। रात को भयावह सपने आते। जिन स्मृतियों पर वह सालों पहले मिट्टी डाल चुकी थीं, वे सपनों में कौंधतीं।...बेटी जनमने के बाद सास-श्वसुर की गालियाँ और पति के घृणा-भरे व्यंग्य-वाण।...कुछ ही महीने बाद पति के दूसरे विवाह की तैयारी और उन्हें घर से निकालने के लिए ससुराल में रची गईं दुरभिसन्धियाँ...बात-बेबात मारपीट और बेटी को नून चटाकर मार डालने के प्रयास।...बड़ी मुश्किलों से वह अपनी और बेटी की जान बचाकर भागी थीं। उनकी विधवा माँ मुंगेर के ज़िला अस्पताल में नर्स थीं। माँ का साथ भी भाग्य में नहीं लिखा था, सो वह बिना किसी बीमारी के एक रात स्वर्ग सिधार गईं। सहानुभूति के आधार पर माधुरी देवी को मिडवाइफ़ की नौकरी मिली और मुंगेर से कोसों दूर सीवान के इस गाँव में पोस्टिंग हुई।...माधुरी देवी सुवंती के भविष्य और अपनी शेष ज़िन्दगी के बारे में कुछ भी नहीं सोच पा रही थीं। अन्ततः उन्होंने सब कुछ समय और भाग्य के हवाले कर दिया, जैसे कोई अपने को विवश होकर नदी की धारा के हवाले कर दे।

हरपुर कुछ दिनों तक सुवंती और टुन्नी के भविष्य को लेकर चिन्तित रहा और फिर सहज भाव से अपने-आप में मगन हो गया। पप्पू सिंह की उदासीनता की इसमें बहुत बड़ी भूमिका थी। हालाँकि पप्पू भीतर ही भीतर टुन्नी मिसिर के वर्तमान को लेकर दुखी और भविष्य को लेकर चिन्तित थे। पर वह अपना दुःख और अपनी चिन्ता सार्वजनिक रूप से प्रकट नहीं करते थे। कभी-कभार अपने शयन-कक्ष में पत्नी ब्युटी सिंह के सामने ज़रूर अपना मन खोलते। ब्युटी बिना किसी टीका-टिप्पणी के उनकी बातें सुन लेतीं और निःशब्द प्रतिक्रिया देती हुई कभी उनकी हथेली अपनी हथेलियों में भर लेतीं या अपनी हथेली से उनका सिर सहला देतीं, या अपनी बड़ी-बड़ी आँखों में नेह भरकर उन्हें निहारतीं।

टुन्नी मिसिर ने बीसीए में दाखिला तो ले लिया था, पर पढ़ नहीं पा रहे थे। एक तो बिना किसी सहारे के पटना में रहने और पढ़ाई के ख़र्च का जुगाड़ और दूसरे सुवंती की दी हुई चोट। अधर में लटककर रह गई थी उनकी ज़िन्दगी। सारी-सारी रात जागते। लगता, किसी ने कलेजा छीलकर

नून मल दिया हो। आँधी-बयार की तरह सुवंती के साथ बीते दिनों की यादें उड़ती हुई आतीं और उनके दिमाग़ में भर जातीं। न इस करवट नींद आती न उस करवट। न सोया जाता और न बैठ ही पाते। कई बार तो बुक्का फाड़कर रोना-बिलखना चाहते, पर मुँह से आवाज़ ही नहीं निकलती। हाँ, आँखों से लोर ज़रूर बहता। जब आँखें बहतीं, थोड़ा सुकून मिलता।

सुवंती का जीवन व्यस्त हो चला था। पल-छिन की फ़ुर्सत नहीं थी। सुबह से शाम तक भाग-दौड़। फ़ैशन की पढ़ाई और फ़ैशन की दुनिया के अन्दाज़ ही अलग थे। उसे अपने को नख से शिख तक बदलना पड़ा था। वैसे दाख़िला लेने के पहले ही उसने अपने को बदलना शुरू कर दिया था और पटना आते ही इसके लिए अपने को मानसिक रूप से तैयार करने लगी थी। और उसकी इसी तैयारी के पहले शिकार बने थे उसके बालसखा और प्रेमी टुन्नी मिसिर।

फ़ैशन की पढ़ाई ने सुवंती की तृषा जगा दी थी। इस तृषा ने सुवंती का कायान्तरण शुरू किया। वह रोज़ सुबह-शाम जिम जाती। नियंत्रित खानपान और रहन-सहन के नए सलीके। अपनी देह के अंग-अंग पर वह नज़र रखती। पाँवों-बाँहों का सुडौलपन...छाती के उभारों का कसाव...कूल्हों के कटाव और चेहरे की आभा सहेजती-सँवारती सुवंती ने अपनी माँ माधुरी देवी तक को बिसार दिया था। बेहद औपचारिक अन्दाज़ में मोबाइल पर कुशलता की सूचना देने-लेने और पैसे की माँग के सिवा और कोई संवाद माँ-बेटी के बीच नहीं होता था। उसे भरोसा था कि मिस पटना का आयरन गेट तोड़ने के बाद सब सामान्य हो जाएगा। और माधुरी देवी अपने सपनों के जिन खँडहरों में उदास बैठी थीं, सुवंती उन्हें उन खँडहरों से बाहर निकाल लेगी और अपने सपनों की चकाचौंध से एक दिन उनकी ज़िन्दगी में चमक भर देगी। इसके बाद के रास्ते अपने-आप खुलेंगे। अब पटना बहुत छोटा और पिछड़ा हुआ शहर नहीं रहा। कोई न कोई प्रायोजक मिल ही जाएगा। बस यह आयरन गेट तो पहले टूटे! फिर आरम्भ होगा पटना से बाहर का सफ़र। मुम्बई का सफ़र। मिस पटना से फेमिना मिस इंडिया का सफ़र।...और देखते-देखते सुवंती ने...हरपुर गाँव के विलुप्त हो चुके हेल्थ सेंटर की मिडवाइफ़ माधुरी देवी की बेटी सुवंतिया ने मिस पटना का आयरन गेट तोड़ दिया था। भारतीय नृत्य कला मन्दिर के विशाल प्रेक्षागृह में मंच

पर तीस सुन्दरियों को पछाड़ती हुई वह जब अन्तिम दौर में ब्रा और पैंटी में दो अन्य सुन्दरियों के साथ मंच पर आई दर्शकों की साँसें थम गईं। दसों दिशाएँ आकुल होकर झाँक रही थीं। उनचासों पवन ठिठके हुए थे। देवलोक के करोड़ों देवी-देवता सुवंती की देह से झरते सौन्दर्य से अपनी आँखों की तृषा बुझा रहे थे। प्रश्नोत्तर का दौर आरम्भ हुआ। निर्णायक मंडल की सदस्य और मुम्बई में अपना यौवन खो चुकी एक फिल्मी अभिनेत्री ने अंग्रेज़ी में पूछा—"इस समय इस प्रतियोगिता के अन्तिम दौर में मंच पर खड़ी होकर आप क्या सोच रही हैं?"

दर्शकों की निगाहें सुवंती पर टिकी थीं। हल्की मुस्कान बिखेरते हुए वह बोली—"मैं अपनी माँ और अपने गाँव हरपुर को याद कर रही हूँ क्योंकि मैं अपनी माँ के सपनों को पूरा करना चाहती हूँ और अपने गाँव को पूरी दुनिया में मशहूर करना चाहती हूँ।"

पूरा प्रेक्षागृह तालियों की गड़गड़ाहट से गूँज उठा। ऐसी तुमुल-ध्वनि पहले कभी न सुनी गई थी। सुवंती के नाम की घोषणा हुई। भारत की पूर्व विश्व सुन्दरियों के अन्दाज़ में उसने आश्चर्य प्रकट करते हुए हर्ष के आँसू बहाए। मिस पटना का ताज पहन धक्का-मुक्की करते प्रेस फोटोग्राफ़रों को पोज़ दिया।

उसने माधुरी देवी को बीस हज़ार रुपयों के साथ पटना बुलाया था। माधुरी देवी पटना जाने के लिए हरपुर से निकलीं पर पटना नहीं पहुँच सकीं। हरपुर का हेल्थ सेंटर जिस समय बन्द हुआ, प्रदेश के कई ज़िलों के गाँवों में इस परियोजना के हेल्थ सेंटर बन्द हुए। उसी समय कर्मचारियों ने सरकार के ख़िलाफ़ मुक़दमा किया था, जो कछुए की चाल से सरकते हुए हाई कोर्ट पहुँचा। कुछ महीने के बकाया वेतन और मुआवज़े की राशि के भुगतान का सरकार को आदेश मिला। इसी पैसे के भुगतान के चक्कर में माधुरी देवी ज़िला स्वास्थ्य अधिकारी और ट्रेज़री का चक्कर काटती रह गईं और पटना नहीं पहुँचीं। अक्सर वह सीवान जातीं तो शाम तक लौट आतीं, पर अगर रात में रुकना होता तो स्व. त्रिभुवन लाल के घर रात गुज़ारतीं। उनकी बहुओं से अपनापा था। वे भी उन्हें ननद का प्यार-सम्मान देतीं। माधुरी देवी को सीवान में ही अख़बार के मुखपृष्ठ पर बेटी की अर्द्धनग्न तस्वीर देखने को मिली। वह बिना किसी से कुछ बोले-बतियाए बाहर निकलीं।

कुछ देर सड़कों पर ऐसे ही भटकती रहीं। कल ही ट्रेज़री में काग़ज़ पहुँच चुका था और आज पैसे के भुगतान की सम्भावना थी। दस बजते ही वह ट्रेज़री पहुँचीं। दोपहर तक पैसा उनके बैंक अकाउंट में चला गया, जिसे उन्होंने सुवंती के अकाउंट में ट्रांसफर किया। वह धीमी गति से चलते हुए उस चौराहे तक पहुँचीं, जहाँ पहली बार हरपुर जाने के लिए गोद में सुवंती को लिये वह रिक्शा पर बैठी थीं। वह सोच नहीं पा रही थीं कि कहाँ जाएँ! त्रिभुवन लाल के घर...पटना...हरपुर...या कचहरी के उस पार बहती दाहा नदी के पेट में?

अख़बार में सुवंती की फोटो तो सबने देखी, पर ख़बर ठीक से सब नहीं पढ़ पाए। फोटो ही ऐसा विस्फोटक था कि ख़बर का एक-एक हर्फ़ पढ़ने का धीरज नहीं रह पाया किसी के पास। केवल जगत कानू ही थे ख़बरों के रसिया, जो पूरी ख़बर पढ़ सके और कारी के बथान से उठकर बाज़ार पहुँचे। उनकी उम्मीद के अनुसार ही वहाँ असर पड़ा था और अफ़रा-तफ़री मची हुई थी। पर जाने क्यों यह ख़बर उन्हें पहले जितनी मसालेदार लगी थी, अब ठीक इसके विपरीत उन्हें उदास कर रही थी। वह बाज़ार की रसचर्चा में डूबे बिना घर की ओर चले। घर लौटते हुए जगत अपने सुपुत्र कौशल कुमार से टकरा गए, जो ख़बर से अभिभूत हरपुर की सड़कों-गलियों में बौराए फिर रहा था।

ढीठ बेटे ने बाप से पूछा—"बाबू, अख़बार देखे?"

बेटे की ढिठाई पर पहले तो जगत अचकचाए, फिर सम्भलते हुए उसे घूरने लगे।

अपने पिता की प्रतिक्रिया भाँपने में असफल मैट्रिक के परीक्षार्थी छात्र कौशल कुमार की ज़ुल्फ़ें जगत की मुट्ठी में थीं। दाँत पीसते हुए जगत बोले—"तुम पढ़ो सरऊ अखबार...देखो...आँख चियारकर फोटो देखो खाली...पढ़ो मत।...भरी सभा में लाँगट-उघार खड़ी है पर अपनी महतारी को नहीं भूली...गाँव को नहीं भूली।...और तुम सरऊ जीयते-जिनगी बाप को फूँक-ताप जाने को तैयार हो।"

कौशल कुमार ब-मुश्किल जान छुड़ाकर भागा और अपने संगी-साथियों के साथ पुनः अख़बार वाचन किया। यह वाचन फुद्दन मियाँ

की नयकी बहू यानी मेराज बहू के सामने हुआ और उसकी देख-रेख में हुआ। मेराज, पप्पू सिंह और टुन्नी मिसिर के हमउम्र थे। यह ठीक उनके बाद की पीढ़ी थी, जो अपनी इस इन्टर पास भाभी को अपना आदर्श मानती थी। मेराज बहू सात महीने पहले ब्याह कर छपरा से हरपुर आई थी। आते ही उसकी धूम मच गई थी। उसने सबसे पहले दालान से टीवी उठवाकर बुढ़ऊ फुद्दन को चारों खाने चित किया था। घर के भीतर गाँव के देवरों को पनाह देकर फुद्दन की बीवी के आतंक और पर्दादारी पर कील ठोकी थी। सुवंती की पथ-प्रदर्शक अपनी जेठानी को घर की आर्थिक सत्ता पर काबिज़ करवाकर वह उनकी दुलारी और मुँहलग्गू बन गई थी।

मेराज बहू यानी नयकी भाभी ने आनन-फ़ानन टीवी खोलकर न्यूज़ चैनल लगाया। प्रादेशिक चैनलों पर सुवंती की धूम मची थी। निर्णायकों को दिया गया सुवंती का जवाब बार-बार हर चैनल की मुख्य ख़बर बन रहा था। सुवंती का जवाब और उसकी उपलब्धि का यशोगान हरपुर की युवा होती इस पीढ़ी के कानों-आँखों से होता हुआ उनकी आत्मा और रगों में बहते लहू तक पहुँचा। वहीं, फुद्दन मियाँ के आँगन में विचार-विमर्श हुआ...योजना बनी। नयकी भौजी ने सुझाव दिया कि इस क़ामयाबी का जश्न सारे गाँव में मनाया जाना चाहिए। ब-हैसियत सदर फुद्दन की बड़ी बहू को इस बातचीत में शामिल किया गया। कनिष्ठ सदस्य के रूप में फुद्दन के बड़े पोते बारह वर्षीय पिंकू भी कम उत्साहित नहीं थे।

बड़ी बी यानी पिंकू की अम्मी के सुझाव पर यह दल पप्पू सिंह से मिलने पहुँचा। पप्पू सिंह सीवान निकलनेवाले थे कि अख़बारों ने गाँव में प्रवेश किया था और वह सुबरन साह की दुकान पर इस सूचना विस्फोट में उलझ गए थे। बाज़ार के गर्द-ओ-गुबार से बाहर निकल अब वह मोटरसायकिल स्टार्ट करने ही जा रहे थे कि कौशल कुमार सहित दर्जन-भर नवतुरियों के गिरोह ने उन्हें घेर लिया। उनके आग्रह पर पप्पू भीड़ से अलग गए। नई पीढ़ी ने जब उन्हें योजना सुनाई, वह चकित रह गए। उन्होंने अपने को कोसा कि वह ऐसा कुछ क्यों नहीं सोच-समझ सके! उन्हें यह भी लगा कि वह एक पीढ़ी पीछे खिसक गए हैं और कमान नई पीढ़ी ने सम्भाल ली है। उन्हें बड़ी बी यानी पिंकू की अम्मा और नयकी भाभी

यानी उनके दोस्त मेराज की बहू का सन्देश भी दिया गया। पिंकू ने कहा—"अम्मा कहिन हैं कि चच्चा से कहना...अऊर चच्ची भी कहिन हैं...।"

पप्पू सिंह ने सीवान जाने का कार्यक्रम स्थगित किया और अख़बार और चर्चा-कुचर्चा में उलझे लोगों के बीच फिर से उपस्थित हुए। गाँव की नई पीढ़ी का प्रस्ताव सबके सामने रखा। सबसे पहले फुद्दन बमके—"पप्पू बाबू, अब तुमको कौनो काम नहीं बचा है का? ठेकेदारी छोड़ के लहेंड़ागिरी मत करो गाँव में। रामधियान भाई की...।"

"ए फुद्दन चा...!" पप्पू ने बात काटते हुए कहा—"तुम्हारा पोता पिंकुआ का परपोजल है। अऊर बड़की भाभी...नयकी भाभी दोनों जनी का एपरूभल है।...समझे?"

फुद्दन की हवा ख़राब करने के लिए इतना ही काफ़ी था। बिना किसी हील-हुज्जत के वह सरक लिए। चर्चा की दिशा बदल गई। उसी शाम पप्पू ने सुवंती को फ़ोन किया। उसे बधाई दी। गाँव के प्रसन्न होने और उसके स्वागत समारोह की योजना की सूचना दी। सुवंती से कहा कि—"कब आ रही हो बता दो ताकि उस दिन कार्यक्रम रखा जा सके।"

माधुरी देवी न तो न पटना गईं और न सीवान में रुकीं। दाहा नदी में इतना जल ही नहीं था कि उसके पेट में समा जाएँ। बरसात के दिन होते तो शायद ऐसा कुछ सोचतीं और सम्भव हो पाता, सो वह हरपुर लौट आईं।

गाँव में हलचल थी। मतैक्य नहीं होने के बावजूद आयोजन की रूपरेखा बन चुकी थी। नई पीढ़ी का जोश उफ़ान पर था। पप्पू सिंह ने कमान सम्भाल ली थी। फुद्दन आयोजन के विरुद्ध अन्तःसलिला नदी की तरह प्रवाहित हो रहे थे। ऊपर से सहज और चुप, पर भीतर ही भीतर उन्होंने प्रवल वेग से सारे गाँव-जवार में अभियान छेड़ रखा था। उनके लिए यह केवल सुवंती या पप्पू का प्रतिकार नहीं था बल्कि इसी बहाने वह अपनी दोनों बहुओं के विरुद्ध भी मुक़ाबले में डटे थे। हालाँकि उनकी गतिविधियों की सूचना पप्पू तक निर्बाध पहुँच रही थी। इन सूचनाओं में पर्याप्त विस्तार कर पप्पू इन्हें पिंकुआ के माध्यम से उसकी अम्मी और चच्ची तक पहुँचवा रहे थे। फुद्दन भी सतर्क थे। उन्होंने अपनी बेगम से साफ़-साफ़ कह दिया था—"अपने हाथों से पकाकर दोगी तो खाएँगे। इन कसबिनों पर भरोसा नहीं

है मुझे। हरामजादियों का कोई ठिकाना नहीं। खाने में माहुर मिलाकर दे सकती हैं। मजीद और मेराज लौटें अरब से तो इस बार दो टूक फ़ैसला होगा। या तो ये हरामजादियाँ अपना चाल-चलन सुधारें या हम ही अलग हो जाएँगे।''

सुवंती के आने की तिथि तय हो चुकी थी। तैयारियाँ ज़ोरों पर थीं। सीवान के ज़िला कलक्टर ने आने की हामी भर दी थी। जोगी पीर के सामने के मैदान में दुधही पोखर के पास मंच और पंडाल बन रहा था। सुबरन साह भी वहाँ चाय की दुकान लगाने की तैयारी में थे। सबके लिए अलग-अलग काम थे। मंगल मिसिर के दोनों पोतों के ज़िम्मे भोज की तैयारियाँ थीं और टुन्नी मिसिर के चचेरे भाई पर सांस्कृतिक कार्यक्रम का भार था। नवतुरियों के उत्साह ने पप्पू सिंह की पीढ़ी को प्रेरित ही नहीं अपने दायित्वबोध के प्रति जागरूक कर दिया था। समीउल्लाह ख़ान ने ज़िले के अधिकारियों और नेताओं को जुटाने का बीड़ा उठाया था। इस आयोजन से जगत कानू की कई उम्मीदें जगी थीं। उन्हें लग रहा था कि गाँव में बहती यह नएपन की बयार यहाँ के नौजवानों के भीतर उत्साह भरेगी और साथ ही सुवंतिया के मातृप्रेम का असर भी पड़ेगा। आयोजन के लिए धन की मुख्य व्यवस्था का ज़िम्मा आयोजन के सूत्रधार पप्पू सिंह पर था। पप्पू कुशलता के साथ लगे हुए थे और निर्धारित बजट से ज़्यादा संग्रह कर चुके थे। रामलगन कोषाध्यक्ष थे। वह पप्पू सिंह के निकटतम सहयोगी थे। कारी को पहले तो लगा कि यज्ञ हो रहा है और साधु-सन्तों का जमावड़ा होगा, पर भेद खुलते ही उन्होंने जगत कानू को कोसना शुरू किया। खेती-बारी और माल-मवेशी का सारा ज़िम्मा बाप के माथ पर छोड़कर रामलगन आयोजन में व्यस्त थे। चिरई की तरह बथान पर आते और फुर्र हो जाते।

सुवंती को लाने के लिए स्कार्पियो लेकर पटना जाने का सबसे आकर्षक काम किसे मिलेगा इसको लेकर आपस में काफ़ी स्पर्धा थी। पर पप्पू ने यह ज़िम्मा कौशल कुमार को सौंपा। कार्यक्रम से पहलेवाली रात कौशल कुमार स्कार्पियो पर सवार हो पटना रवाना हुए। भड़-भड़ करते जेनरेटर की ध्वनि और धुएँ से रोशनी का युद्ध जारी था। उस विशाल पीपल वृक्ष की डालों-पत्तों पर, जिस पर जोगी पीर का वास था, और दुधही के पोखर

के शीतल और थिर जल–सतह पर आग की लपटों की तरह नाच रही थी रोशनी। पप्पू सिंह ने लड्डू और गाँजा की पुड़िया चढ़ाकर जोगी पीर से कार्यक्रम की सफलता के लिए आशीष माँगा। लड्डू नवतुरिया कार्यकर्ताओं में बँटा और मंगल बाबा के साथ जगत कानू ने गाँजे की चिलम लहकाकर जोगी पीर की पूजा का विधान पूरा किया। चिलम टानकर जब मंगल मिसिर टंच हुए, जगत ने इसरार किया—"बाबा, एक ठो हो जाए... कंठ खोलकर...एकदम अइसा टाँसिए कि हरपुर हिल जाए।"

मंगल मिसिर ने तान भरी—"अगिन जो लागी नीर में पाँक जारिया झारि।...किसिम–किसिम के पंडिता रह गए करत विचार।"

सुवंती के साथ पटना से टीवीवालों और अख़बारवालों के भी आने की सूचना थी। यह भी पता चला कि भोजपुरी फिल्मों का कोई हीरो आ रहा है। पप्पू ने बताया—"अभी नाम नहीं आउट करेंगे। सुवंती ने मना किया है।...नाम आउट होने से लॉ एंड आर्डर का प्रॉब्लम हो सकता है।"

हरपुर, हरपुर नहीं इन्द्रपुर लग रहा था। हरपुर भूल चुका था कि पिछले तीन सालों में वह दो बार सूखा झेल चुका है। खेतों की दरारों और खलिहान के सूनेपन की पीड़ा ढोने के लिए अब हरपुर तैयार नहीं था। हरपुर यह भी भूल चुका था कि पिछले बरस दो सालों के बाद अच्छी वर्षा हुई और धान के खेतों में हरियाली उमड़ी, पर बालियों में दाने नहीं आए क्योंकि नए क़िस्म के बीज नक़ली निकले। जो दो–चार पैसे मुट्ठी में बन्द थे उन्हें खेती में लुटाकर लोग भौंचक थे। पर अब हरपुर ऐसा कुछ भी याद नहीं रखना चाहता था जिससे इस जश्न का स्वाद बिगड़े। पिछले चुनाव के बाद साल–भर तक चले हत्याओं के सिलसिले और दंगे की आशंका से थर–थर काँपनेवाले हरपुर ने भय की चादर उतारकर फेंक दी थी।

आयोजन के दिन टुन्नी मिसिर उर्फ़ त्रिपुरारी मिश्र दुरौंधा स्टेशन पर मौर्य एक्सप्रेस से उतरे। प्रेम की महान परम्पराओं का सम्मान करते हुए उन्होंने भट्ठी में जाकर पहली बार पाउच–पान किया और सिगनल से आगे जाकर रेलवे लाइन पर वैशाली एक्सप्रेस के इन्तज़ार में पसर गए। बड़ी देर तक पसरे रहे। वैशाली एक्सप्रेस का अता–पता नहीं था। प्रतीक्षा करते–करते ऊबकर वह उठे और पटरियों के किनारे बेहया की झाड़ियों में फ़ारिग

होने बैठ गए। बैठे ही थे कि धड़धड़ाती हुई वैशाली एक्सप्रेस गुज़र गई और उन्होंने इसे ईश्वर का आदेश मानकर हर हाल में जीवित रहने का संकल्प लिया।

सुवंती ने पप्पू को मोबाइल पर बताया था कि वह अपने पिता के साथ आ रही है। वह अपनी माँ को बिछुड़ गए पति का उपहार देना चाहती है। माधुरी देवी जब किसी क़ीमत पर आयोजन में शामिल होने के लिए तैयार नहीं हुईं, पप्पू ने यह रामवाण सूचना उन्हें दे दी। उसे भरोसा था कि वह इस सूचना की अनदेखी नहीं कर सकेंगी।

जिस समय स्कार्पियो पर सवार सुवंती स्नेहा हरपुर पहुँची, अपनी कोठरी में बन्द माधुरी देवी अपनी माँग का सिन्दूर पोंछ रही थीं और अपने हाथों की चूड़ियाँ तोड़ रही थीं।

उदासियों का वसन्त

वे चले जा रहे थे।

श्लथ पाँव। छोटी-सी मूँठवाली काले रंग की छड़ी के सहारे। यह छड़ी कुछ ही दिनों पहले...कल ही, उनकी ज़िन्दगी में जबरन शामिल हुई थी...बिन्नी की ज़िद पर।

वे छड़ी ख़रीदने के पक्ष में नहीं थे। किसी के सहारे, चाहे वह कोई निर्जीव वस्तु ही क्यों न हो, चलना उन्हें प्रिय नहीं। पर भला बिन्नी कहाँ माननेवाली! ज़िद पर अड़ जाती है तो एक नहीं सुनती। तमाम तर्क... "आपको अभी ज़रूरत है।...छड़ी लेकर चलने से कोई बूढ़ा थोड़े ही हो जाता है...अभी आपको चलते हुए सतर्क रहने को कहा है डॉक्टर ने।...नेलिंग हुई है पिंडली में और पाँव पर ज़रा भी ज़्यादा ज़ोर नहीं पड़ना चाहिए।...छड़ी रहेगी तो वजन सँभालेगी।...पहाड़ी रास्ते हैं...ऊपर-नीचे... चढ़ना-उतरना...हर बात में आपकी मनमानी नहीं चलेगी...!"

बोलते हुए वह दम नहीं लेती। एक बार शुरू हो गई तो रुकने का नाम नहीं लेती है यह लड़की। लड़की ही तो है बिन्नी। उनके सामने तो लड़की ही है। वे दो सालों बाद पचास के हो जाएँगे और बिन्नी अभी इक्कतीस की है। सत्रह वर्षों का अन्तराल कम नहीं होता। उन्हें बिन्नी की बात माननी ही पड़ी और यह छोटी-सी मूँठवाली काले रंग की छड़ी उनकी ज़िन्दगी में शामिल हो गई।

वे चल रहे थे। अवसन्न मन। थके-हारे। मन के अतल में गहरे...कहीं बहुत गहरे छिपी कोई हूक उनका कलेजा चीरकर बाहर आने को बेचैन थी। उमड़-घुमड़ रही थी। सप्तम स्वर में बजते शंखध्वनि-सी शून्य में जाकर अटकी हुई कोई चीख़। पकती...सयानी होती...सिकुड़ती त्वचा के नीचे चुभतीं अस्थियों की किरचें। आँखों की कोर पर सहमी हुई नमी...।

दिवंगत होता सा कुछ...लोप होता हुआ कुछ...। कुछ नहीं...बहुत कुछ। कुछ जाना-सा और कुछ अनजाना। सब धीरे-धीरे, बिना किसी आहट के दूर जाता हुआ।

वे चले जा रहे थे अपनी आत्मा में लहराती अग्निपताकाएँ लिये। इन अग्निपताकाओं में उभरता-छिपता आत्मा के घाव-सा बहुत कुछ लहरा रहा था। कुछ बहुमुँहे घाव...कुछ बन्द मुँहवाले और कुछ खुले मुँहवाले घाव। एक मौन भी था ठिठका हुआ, जिसे वे अपने साथ लिये चल रहे थे।

हल्की चढ़ाई थी। एक कॉटेज था सामने, जिसकी ओर बढ़ रहे थे वे पाँव घसीटते हुए। जब बिन्नी ने केरल चलने का प्लान बनाया, उन्हें मुन्नार याद आया। मुन्नार तब और छोटा था...बहुत छोटा। बस स्टैंड के पास चार-पाँच दुकानें और चालीस-पचास घर। आज भी छोटा ही है, पर पहले के मुक़ाबले बड़ा। मुन्नार से थोड़ी दूरी पर...लगभग दस-बारह किलोमीटर दूर थी वह जगह। वे उस जगह का नाम भूल चुके थे। बीस साल पुरानी डायरी निकालकर उन्होंने उस जगह का नाम ढूँढ़ा—लछमी इस्टेट। लक्ष्मी नहीं...लछमी। चारों ओर पहाड़ों की ढलान पर चाय के बगान। करीने से कटे-छँटे चाय के पौधों की झाड़ियों के बीच से ऊपर जाती चक्करदार सड़क। बीच-बीच में सघन वन। ऊँचे, नाटे, छायादार, पत्रहीन...तरह-तरह के वृक्षों, लताओं और वनस्पतियों से लदे हुए पहाड़। इन्हीं पहाड़ों में से एक के शिखर पर था वह कॉटेज।

जब मुन्नार आना अन्तिम रूप से तय हो गया और ठहरने के लिए बिन्नी होटल का चुनाव करने बैठी उन्होंने इस जगह का ज़िक्र किया। बिन्नी ने गूगल मैप पर यह जगह ढूँढ़ निकाली। मुन्नार से पूरब की ओर जाती इस सड़क पर स्मृतियों के सहारे धीरे-धीरे वे आगे बढ़ते रहे और जैसे ही यह जगह...ये कॉटेज दिखा वे बच्चे की तरह चहक उठे थे—"...यही...यही है...हंडरेड परसेंट यही है।...ये फाटक के पासवाला पेड़ अब बड़ा हो गया है बस।...और वो जो..." जैसे धरती का सीना फोड़कर अचानक कोई जलसोता फूट पड़ा हो! बिन्नी उन्हें नन्हे शिशु की तरह उत्साह...उमंग और कौतूहल से भरते...छलकते हुए एकटक निहार रही थी। वे अपनी रौ में थे—"ये जो पेड़ है न...कामिनी का पेड़ है। जब हम लोग यहाँ रुके थे, उन दिनों यह सफ़ेद फूलों से लदा हुआ था।...युवा पेड़...फूलों से लदा हुआ। एक

तो युवा और ऊपर से फूलों की चादर लपेटे आपके स्वागत के लिए द्वार पर खड़ा।...अनूठा लगता था।...मेरे दोस्त गोपी नायर का कॉटेज था यह। गोपी अक्सर यहाँ आकर महीनों रहता। उसने इसे लछमी इस्टेट वालों से दो साल के लिए लीज पर लिया था। उसकी ही सलाह पर...या उसके ही आमंत्रण पर मैं राधिका और नन्ही-सी टुशी के साथ केरल घूमने आया था। मुन्नार के इस कॉटेज में हमलोग दस दिनों तक रुके रहे थे। पता नहीं अब इसका कौन मालिक होगा! किसी ने ले रखा होगा या लछमी इस्टेट वालों ने अपने चाय बगान के किसी मुलाजिम को दे रखा होगा!...गोपी भी तो नहीं रहा। सात-आठ साल हुए किसी सड़क दुर्घटना में...। इस कॉटेज के पीछे ढलान है।...नीचे की ओर उतरती सपाट ढलान। दाईं ओर वाली पहाड़ी से तेज वेग के साथ उतरकर एक पहाड़ी नदी इस ढलान के बीचोबीच गुज़रती है।...मैं इन दस दिनों में रोज़ इस नदी से मिलने जाता था। जाने क्यों यह नदी मुझे बहुत अपनी-अपनी सी लगती थी। पहाड़ से उतरती हुई यह नदी वेगवती ज़रूर थी पर संयमवाली भी लगती। इसके प्रवाह में लय थी। उतरती हुई आलाप-ध्वनि जैसी गम्भीरता थी। वृक्षों-लताओं से हवाओं के मिलन की...पंछियों की बतकही की...और पुकारों की अन्तर्ध्वनियों के अनगिन राग इसके प्रवाह की ध्वनियों में शामिल थे।...गुँथे थे।..."

वे बोले जा रहे थे और बिन्नी उन्हें अपलक निहारती...शब्द-शब्द पीती जा रही थी। "तुम उस नदी को ढूँढ़ो।...आगे ले चलो कर्सर।...ज़रूर दिख जाएगी वो नदी।...ऐसी नदियाँ...पहाड़ों से उतरनेवाली नदियाँ मरती नहीं।...वह होगी वहीं कहीं। मुझसे ज़्यादा तो टुशी को उस नदी से प्यार हो गया था। दो-ढाई साल की टुशी सुबह उठते ही नदी से मिलने जाने के लिए उतावली हो उठती थी।...मैं उसके तट से गोल...चिकने...चमकते हुए तरह-तरह के छोटे-छोटे पत्थरों को चुनता और टुशी के सामने ढेर लगा देता। टुशी उन पत्थरों से खेलती। कभी घर बनाती, कभी-कभी पेड़ और कभी फूल...पत्थर के फूल।"

वे बेचैन हो गए थे उस नदी को देखने के लिए।...वे वहीं उसी पहाड़ी पर बने किसी कॉटेज में ठहरना चाहते थे ताकि उस कॉटेज को एक बार फिर देख सकें। फूलों की चादर ओढ़कर खड़े कामिनी के उस पेड़ को, जो अब अधेड़ होने लगा होगा, देख सकें। वे उस नदी से मिलना-बतियाना

चाह रहे थे जिसके तट पर उनकी बेटी टुशी ने पत्थरों के टुकड़ों से घरौंदे...पेड़ और फूल बनाए थे। वे फिर उस नदी के पाट के बीच उतरकर उसकी जलधारा को स्पर्श करना चाहते थे। वे चाहते थे उन सारी आवाज़ों को फिर से सुनना, जिन्हें वे अब तक अपनी स्मृतियों में बचाए हुए थे।

इंटरनेट पर काफी समय गँवाने के बाद बिन्नी लछमी एस्टेट में ठीक इस कॉटेज से लगभग एक फर्लांग पहले एक होम स्टे बुक करा सकी। जोसेफ होम स्टे। दिल्ली से कोच्चि की हवाई यात्रा।...कोच्चि से मुन्नार सड़कमार्ग से। टैक्सीवाला एक रिटायर्ड फ़ौजी था और कामचलाऊ अंग्रेज़ी के साथ-साथ अच्छी हिन्दी बोल रहा था। ख़ुशमिज़ाज भी था, सो सारी राह वे उससे गप्पें करते रहे। टैक्सीवाला फ़ौज के अपने क़िस्से सुनाता और वे रस लेकर सुनते। बीच-बीच में बच्चों की तरह अपनी जिज्ञासाएँ प्रकट करते। कभी-कभी वे टैक्सीवाले को छेड़ने के लिए किसी घटना पर सन्देह प्रकट कर देते, पर वह भी था जीवटवाला आदमी। हर तरह से उन्हें सन्तुष्ट करने की कोशिश करता। उसने रास्ते में एक जगह रुककर इडियप्पम खाने की सलाह दी। उन्होंने स्वाद लेकर इडियप्पम खाया और अनिच्छा के बावजूद बिन्नी को भी खिलाया। मुन्नार पहुँचते-पहुँचते शाम हो गई थी। एक बार सबको चाय-कॉफी की तलब लग आई थी। चाय पीते हुए ही बिन्नी की नज़र उस दुकान पर गई थी, जिसमें तरह-तरह के हैट्स और छड़ियाँ टँगी थीं। ज़िद्दी बिन्नी ने उनकी एक न सुनी और यह छोटी मूँठवाली काले रंग की छड़ी उनकी ज़िन्दगी में शामिल हो गई।

जोसेफ ने बस स्टैंड पर आदमी भेज दिया था। वह आगे-आगे मोटर सायकिल से राह दिखाते हुए चल रहा था। हालाँकि उनके होते किसी राह दिखानेवाले की...किसी रहबर की ज़रूरत नहीं थी। उन्हें सब कुछ याद था। बारीक़ से बारीक डीटेल्स पर हमेशा उनकी नज़र रहती और बातें...ध्वनियाँ...दृश्य सब उनकी स्मृतियों में बस जाते। ज़रूरत पड़ने पर वे यह सब अपनी स्मृतियों के ख़ज़ाने से यूँ निकालते, जैसे कोई जादूगर अपनी जेब से कबूतर निकालकर उड़ा रहा हो। जोसेफ होम स्टे पहुँचते-पहुँचते अँधेरा हो चुका था। स्वागत के लिए जोसेफ कॉटेज के गेट पर खड़ा था। घुँघराले बालोंवाले तीस-पैंतीस साल के जोसेफ ने मुस्कुराते हुए स्वागत किया था।

यह कॉटेज दो हिस्सों में बँटा था। आगे के हिस्से में दो बेडरूम, एक लिविंग रूम और सामने बरामदा और फूलों से सजा लॉन। पीछे की ओर था एक बेडरूम, एक लिविंग रूम, छोटा-सा बरामदा और सामने छोटा-सा ढालुआँ लॉन, जिसमें फूलों की पतली क्यारियाँ थीं। कँटीले तारों के फेंस से घिरे इस छोटे लॉन के बाद घना जंगल था। दीर्घ जीवन जी चुके शाल के ऊँचे अनुभवी वृक्षों के बीच-बीच में कई अन्य प्रजातियों के वृक्ष थे और फूलों से लदफद जंगली लताएँ थीं। सूर्य इसी ओर से हर सुबह घने वन के गझिन संसार में प्रवेश करता और अपनी लालिमा से ढँक देता वृक्षों की काया को। वृक्षों से छनकर जब नीचे गिरतीं किरणें, जंगल की धरती लाल फूलों की छापेवाली चुनरी की तरह लहरा उठती।...जब उन्होंने इस हिस्से को ही पसन्द किया, जोसेफ ने रात को, सोने से पहले दरवाज़ों-खिड़कियों को हर हाल में बन्द रखने का आग्रह किया था और अक्सर जंगली जानवरों के आ जाने की सूचना दी थी। इस कॉटेज से लगभग पचास फीट नीचे जोसफ होम स्टे का मुख्य और अपेक्षाकृत बड़ा कॉटेज था। वहाँ से यहाँ आने-जाने के लिए पत्थरों को तराशकर सीढ़ियाँ बनी थीं। नीचेवाले हिस्से में ही किचेन था। दोनों कॉटेज इंटरकॉम से जुड़े थे। वे रात को ही ऊपर जाकर उस कॉटेज को देखना चाहते थे, जिसमें वह अपनी पहली मुन्नार यात्रा के दौरान राधिका और टुशी के साथ ठहरे थे, पर जोसेफ की सलाह पर उन्हें रुकना पड़ा। बिन्नी कमरे को उनकी रुचि के हिसाब से व्यवस्थित कर रही थी और वे जोसेफ से उस ऊपरवाले कॉटेज के बारे में जानकारियाँ ले रहे थे। उस कॉटेज को इन दिनों भारतीय मूल की किसी फ्रांसिसी महिला ने लीज़ पर ले रखा था। वह साल में एक बार दो-तीन महीनों के लिए आती थी और बाक़ी दिनों में वह कॉटेज बन्द ही रहता। एक स्थानीय आदमी उसकी देख-रेख करता। महीने में एक बार साफ़-सफ़ाई कर देता।

बिन्नी ने रात के खाने के लिए जोसेफ को बताया। कोकोनट मिल्क में बना चिकेन और सादी रोटियाँ। वे केरल के लच्छा पराँठे खाना चाहते थे, पर जानते थे कि बिन्नी किसी क़ीमत पर राज़ी नहीं होगी। बिन्नी ने कुछ स्नैक्स तुरन्त लाने को कहा था और वे फिर किसी बच्चे की तरह ख़ुश हो गए थे अपनी पसन्द का ड्रिंक मिलने की प्रत्याशा में। इस मामले में बिन्नी

के हुनर का कोई जवाब नहीं। उसे मालूम है कि उन्हें कब, क्या और कितना ड्रिंक चाहिए और किस ड्रिंक के साथ कौन-सा स्नैक्स।

उनकी रात सहज ही गुज़री थी। लम्बी यात्रा की थकान थी।...और स्मृतियाँ भी तो थकाती हैं कभी-कभी, जब वे ठाट की ठाट उमड़ती हुई बे-लगाम चली आती हैं। उन्होंने बिन्नी के हाथों तैयार दो पेग ग्लेनविट लिया और कोकोनट मिल्क में पके चिकन के दो टुकड़ों के साथ दो फुल्की रोटियाँ। बीस साल पहले यहाँ रोटियों के लिए तरसकर रह गए थे वे। बिन्नी एक छोटा पेग लेकर साथ देने बैठती है। कभी पूरा ले लेती है, तो कभी उस इकलौते छोटे पेग का भी बहुत सारा भाग छोड़ देती है। उनकी नज़र में यही एक बुरी आदत है बिन्नी में कि वह ड्रिंक बरबाद करती है।...फिर बिन्नी की बाँहों में बँधकर सारी रात इत्मीनान से सोते रहे वे। पहली बार बिन्नी के साथ सोए।...सुकून के साथ...निर्भय होकर। वैसे बिन्नी का साथ उन्हें भयभीत नहीं करता, निर्भय करता है। एक आश्वस्ति का भाव...जो दुःखों और निराशा के अन्धकूप से बाहर आने के बाद मिलता है...वैसा ही भाव भर जाता है उनके भीतर जब बिन्नी साथ होती है। पता नहीं बिन्नी कब सोई या कब तक जागती रही। उन्होंने बिन्नी को अपनी बाँहों में भरा या बिन्नी ने...उन्हें नहीं पता। एक तो थकन और फिर ग्लेनविट का सुरूर। सुबह जब उनकी आँखें खुलीं, उनकी उम्मीद के विपरीत बिन्नी गहरी नींद सो रही थी। बिन्नी उन्हें अक्सर बताती रही थी कि वह रात को चाहे कितनी भी देर से सोए, पर जागती अलस्सुबह है और दिन में नींद की क्षतिपूर्ति करती है।

सुबह जब उनकी नींद खुली बिन्नी की बाँहें उनसे लिपटी हुई थीं। जब उसकी बाँहें हौले से हटाकर वे उठे, वह गहरी नींद में होते हुए कुनमुनाई थी। वे उसे निहारते रहे। ज़ुल्फ़ों से झाँक रहा था उसका चेहरा। गोरा रंग...जैसे दूध में ईंगुर घोल दिया हो किसी ने।...नींद में भी दीप्ति से भरा हुआ। बड़ी-बड़ी आँखों के बन्द पटों पर झालर की तरह टँगी बरौनियाँ। सुग्गे की चोंच-सी खड़ी नाक और कतरे हुए पान से सुघड़ होंठ...और अधखुले बटनोंवाले सफ़ेद कुर्ते से झाँकते दो अमृतकलश। वे सम्मोहन में डूब ही रहे थे कि बिन्नी ने करवट बदल ली थी। वे अचकचा उठे थे। पल-भर में उनके चेहरे पर अनगिनत भाव आए...गए। उन्होंने अपने को

सहेजा था और नित्यक्रिया से निबटकर बिन्नी की नींद में खलल डाले बिना बाहर निकल गए थे।

वे उस कॉटेज के सामने थे। वे सबसे पहले कामिनी के वृक्ष की ओर बढ़े। उसके नीचे जा खड़े हुए। उसके तने को...नीचे तक झुक आईं डालों-पत्तियों को स्पर्श किया। कामिनी पर बहार आ रही थी। कुछ ही दिनों में यह वृक्ष फूलों की चादर से ढँकनेवाला था। अभी फूल कम थे, पर कलियों के गुच्छों से लदा हुआ था वृक्ष। वे कामिनी-वृक्ष से निःसृत होती गन्ध को अपनी साँसों में भर रहे थे। वे कुछ देर तक आँखें मूँदे वहीं...वृक्ष के नीचे खड़े रहे। केवल उनकी आँखें मुँदी थीं।...देह और आत्मा का रोम-रोम खुल गया था। वे फाटक के बिल्कुल पास पहुँचे। लकड़ी की पतली फट्टियों से बना छोटा-सा फाटक। अपनी छोटी मूँठवाली काले रंग की छड़ी से फाटक को ठकठकाया।...थोड़ी देर प्रतीक्षा करते रहे। फिर आवाज़ दी। कोई प्रत्युत्तर नहीं मिला। वे बेचैन हो रहे थे। वह उमड़ती-घुमड़ती हूक...अँटकी हुई चीख बाहर आने को उद्धत हो रही थी। वे कॉटेज के पीछे की ओर गए। पर कहीं कोई नहीं था। कॉटेज बन्द पड़ा था। सुनसान था। कॉटेज को छोड़कर ऊपर की ओर आगे जाती सड़क के किनारे एक मोटे तनेवाला सेमल का विशाल पेड़ था। बूढ़ा पेड़, जिसकी मोटी जड़ों की कई शाखाएँ बाहर निकल आई थीं। खोड़रोंवाला पेड़। इन खोड़रों में सुग्गों के घोंसले थे। वे वहीं...सेमल-वृक्ष के नीचे, उसकी बाहर निकल आई एक मोटी जड़ पर बैठ गए थे।

उन्होंने बीस साल पहले के इस सेमल को याद किया था। इतना बूढ़ा नहीं था यह उन दिनों। इसकी विशाल काया में खोड़र नहीं थे । पंछियों के घोंसले ज़रूर थे, पर ऊपर की डालों पर। अब भी होंगे। उन्हें पतली-छोटी चोंच, सुनहले सिर और नीले रंग के पंखोंवाली थ्रश चिड़ियों का वह झुंड याद आया, जो इस सेमल पर रहता था। सुबह उनकी मीठी आवाज़ से नींद खुलती और वह टुशी को लेकर सामने के बरामदे में आ जाया करते थे। नन्हीं टुशी इनको देखकर ख़ूब ख़ुश होती। इक्के-दुक्के ग्रे हार्न बिल भी दिख जाया करते थे। पीली, कठोर और बड़ी चोंचवाले भूरे पक्षी। टुशी उन्हें देखकर डरती थी। वे सोच रहे थे...इन्हीं भूरे पक्षियों ने इस सेमल के तने

को अपनी चोंच से खोखला किया होगा। पहले उन्होंने ही इस खोड़र को अपना घोंसला बनाया होगा। फिर वे कहीं चले गए होंगे, तब सुग्गों को ये खोड़र मिले होंगे रहने के लिए। घोंसले आसानी से नहीं बसते। उन्होंने भी तो बया की तरह राधिका को रीझाने के लिए बहुत मुश्किलों से अपना घोंसला बनाया था। एक तिर्यक मुस्कान उभरी थी उनके होंठों पर, जिसे उन्होंने अपने मन की आँखों से देखा और अपनी ही मुस्कान से आहत हुए।

वे सेमल-वृक्ष के नीचे बैठे पास से गुज़रती सड़क के पार उस कॉटेज के भीतर राधिका और टुशी को अपने मन की आँखों से तलाश रहे थे। सामने बिन्नी खड़ी थी। लगभग हाँफती हुई। तेज़ क़दमों से चढ़ाईवाली राह तय की थी उसने।

"चाय नहीं पी आपने..."

"तुम नींद में थी...सो चला आया।" उनकी आवाज़ कातर हो रही थी।

"जोसेफ चाय रख गया था।...मैं इन्तज़ार करती रही। ठंडी हो गई होगी।...चलिए।" बिन्नी के स्वर में शिकायत नहीं, ममता थी। वह उनके बिल्कुल पास आकर खड़ी हो गई थी। बिन्नी ने अपना दोनों हाथ उनकी ओर बढ़ाया था ताकि वे उसके सहारे उठ सकें। वे उठे। बिन्नी ने झुककर सेमल की जड़ों से टिकी छड़ी उठाई और उन्हें पकड़ा दी। वे दाएँ हाथ में छड़ी लिये चल रहे थे। बिन्नी उनसे सटकर चल रही थी...बाईं ओर। चलते हुए उन्होंने अपना बायाँ हाथ बिन्नी के काँधे पर रख दिया और बोले—"अच्छा किया तुमने कि यह छड़ी ले ली।...चढ़ने में तो नहीं, पर उतरने में इसका साथ होना भरोसा दे रहा है।"

बिन्नी पल-भर के लिए रुकी। वे भी ठिठके। बिन्नी उनकी दाईं ओर आई और उसने उनके हाथ से छड़ी ले ली। वे पहले तो चौंके।...फिर मुस्कुराए। उन्होंने अपना दायाँ हाथ बिन्नी के काँधे पर रखते हुए अपना पूरा भार उस पर डाल दिया था। पूछा था—"ख़ुश?"

"हूँऊँऊँऊँ...!" बिन्नी ने अपनी बाईं बाँह उनकी कमर में लपेट दी थी। वह लाड़ कर रही थी और वे बिन्नी के लाड़ को सहेज रहे थे।

फर्लांग-भर के रास्ते में बिन्नी ने मीलों का सफ़र तय किया। उसने उन्हें छड़ी वापस कर दी थी पर वे वैसे ही उसके काँधे पर सिर टिकाए चलते रहे थे। उतरती हुई ढालुँई राह उन्हें होम स्टे वाले कॉटेज तक ले आई। बिन्नी

ने दूसरी चाय का आर्डर दिया। फूलों की पतली क्यारियोंवाले ढालुएँ लॉन में बैठकर दोनों ने चाय पी।

यह एक ख़ुशनुमा सुबह थी। सद्यमने खड़े वृक्षों के पार से आकर धूप के छोटे-छोटे पाखी लॉन में फुदक रहे थे। हवा जब-जब डालियों-पत्तों को हिलाती-डुलाती ये धूप के पाखी फुदक उठते। उन्हें सुनहले सिरवाली नीले रंग की थ्रश चिड़िया दिखी थी...ठीक सामने...काले द्राक्ष जैसे गोल-गोल झब्बेदार फलोंवाले एक छोटे-से वृक्ष पर। अभी टुशी होती ख़ुश हो जाती।...पता नहीं अब टुशी को यह सब कितना याद होगा! यह चिड़िया याद भी होगी या नहीं!

...पाँच बरस बीत गए टुशी को देखे। गई, तब से एक बार भी नहीं लौटी। अब तो इस साल बाईसवाँ लगेगा उसका। यूनिवर्सिटी ऑफ़ कैलिफोर्निया के सांता बारबरा कैम्पस से उसने पिछले साल अर्थशास्त्र में पोस्ट ग्रेजुएशन किया और इस साल शोध के लिए चुन ली गई है। पाँच साल पहले जब राधिका का बुलावा आया, टुशी दुविधा में थी, पर उन्होंने उसे दुविधा मुक्त कर दिया था। वह पापा को छोड़कर जाना नहीं चाहती थी। वे नहीं चाहते थे कि बाहर जाकर पढ़ने की अपनी सहज इच्छा को दबाकर टुशी यहाँ रहे। वे यह भी नहीं चाहते थे कि वह राधिका से दूर होती जाए और वे जीवन-भर इस लांछन के साथ जिएँ कि उन्होंने अपने स्वार्थ के लिए बेटी को उसकी माँ से काटकर अलग कर दिया।...उसके कैरियर को नष्ट किया। अजीब दिन थे वे, जब उन्होंने टुशी को विदा किया!...वे जानते थे कि टुशी जब तक ख़ुदमुख़्तार नहीं हो जाती राधिका उसे मिलने-जुलने के लिए भी आने नहीं देगी।...पर उन्होंने टुशी को प्रसन्नता के साथ विदा किया। इस प्रसन्नता के गर्भ में जो हाहाकार छिपा था, उसे वे दबाए रहे। टुशी को इसकी भनक तक नहीं लगने दी। और टुशी? वह बच्ची ही तो थी। सोलह-सत्रह की उम्र भी भला कोई उम्र होती है! सपनों और उमंगों के पंख लगाकर इस डाल से उस डाल उड़ती हुई उम्र। हालाँकि टुशी के मन में कहीं बहुत गहरे अपने पापा के अकेलेपन और अवसाद की टीस और चिन्ताएँ थीं, पर...। वे जानते हैं कि ये टीस और चिन्ताएँ लगातार उसके भीतर बनी रहती हैं और उसे गाहे-ब-गाहे ज़्यादा परेशान करती हैं। जब उनका पाँव टूटा और उसे यह ख़बर मिली,

बेचैन हो गई थी। रो-रोकर कई दिनों तक उसने अपना बुरा हाल किए रखा। फ़ोन करती और बिलख-बिलखकर बस एक ही रटन कि 'पापा मुझे आना है आपके पास...पापा मुझे...।' राधिका ने बस एक बार फ़ोन किया था। उनका कुशल-छेम पूछने के लिए नहीं...यह कहने के लिए कि उन्हें टुशी को समझाना चाहिए कि अभी उसका जाना उसके कैरियर पर बुरा असर डालेगा...कि अगर उसकी तैयारियाँ ठीक से न हुईं तो रिसर्च के लिए स्कालरशिप नहीं मिल पाएगा और फिर अब तक की पढ़ाई का कोई अर्थ नहीं रह जाएगा...कि उन्हें टुशी को...। उन्होंने टुशी को हर तरह से समझाया। डॉक्टर भटनागर से फ़ोन पर बात करवाई। बिन्नी से भी। बिन्नी का मोबाइल नम्बर दिया कि वह जब चाहे सीधे उससे बात कर उनके बारे में सारी सच्ची जानकारियाँ ले सकती है। उन्होंने यह भी बताया टुशी को कि बिन्नी मेरी दोस्त है और जब तक मैं अपने पैरों से चलने-फिरने लायक़ नहीं हो जाता, दिन-रात मेरी देखभाल करेगी।...पता नहीं टुशी ने कितना भरोसा किया...कितना समझ सकी...या कितना अपने मन को मारकर समझने का नाटक किया! यह आज भी उनके लिए रहस्य बना हुआ है। पर इन दिनों ख़ूब प्रसन्न रहती है टुशी। फ़ोन पर बातें करते हुए उसकी प्रसन्नता छलक-छलक पड़ती है। इंटरनेट पर चैटिंग करते हुए तो लगता है...लैपटॉप से कूदकर बाहर आ जाएगी और गले में बाँहें डालकर झूल जाएगी। वहाँ जाकर टुशी का रूप-रंग और निखर आया है। उसने राधिका से न रूप-रंग लिया है और न ही स्वभाव। हाँ, प्रतिभा ज़रूर ली है। बिन्नी से भी ख़ूब पटने लगी है उसकी। वह बिन्नी को पसन्द करती है। पता नहीं क्या सोचती है बिन्नी के बारे में!

एक सुबह अकारण, यानी न वे नशे में थे और न ही फिसलन थी, वे वाशरुम में गिरे। और गिरे भी तो ऐसे कि अपने दाएँ पाँव की पिंडली की एक हड्डी तोड़ बैठे। उनके ड्राइवर और पड़ोसियों ने उन्हें लादकर अस्पताल पहुँचाया। उसी शाम ऑपरेशन हुआ। ऑपरेशन के तीसरे दिन जब बिन्नी का फ़ोन आया, तो उसे मालूम हुआ। फिर तो बिन्नी ने सब कुछ टेकओवर कर लिया। दस दिनों तक, ज़ख़्म के टाँके सूखने और प्लास्टर होने तक वह रोज़ सुबह अस्पताल आ जाती और रात तक रुकती। प्लास्टर होने के बाद, जब वे घर गए, बिन्नी साथ थी। वहाँ भी यही

रूटीन। वह रात को तभी निकलती, जब उनका ड्राइवर आ जाता। रात की देखभाल का ज़िम्मा उसी पर था। बिन्नी उन्हें एक पल के लिए भी छोड़ना नहीं चाह रही थी, पर वे इसके लिए तैयार नहीं थे कि वह रात में रुके। हालाँकि इस बीच उन्हें विवश होकर कई बार बिन्नी का रात में रुकना स्वीकार करना पड़ा। जिस दिन भी ड्राइवर ने औचक छुट्टी मार दी, बिन्नी रुकी। कई बार ऐसा भी हुआ कि ड्राइवर के होते हुए भी बिन्नी अपने घर नहीं गई और वे उसे जाने के लिए नहीं कह सके। प्लास्टर कटा। फिर फ़िज़ियोथेरापी शुरू हुई। फ़िज़ियोथेरापिस्ट को देखते ही उनकी रूह काँप जाती थी। बच्चों की मानिंद वे हर सम्भव कोशिश करते कि आज जान छूट जाए...पर बिन्नी सामने आकर खड़ी हो जाती। वे बहाने करते और बिन्नी तर्क देती। साँप-सीढ़ी के खेल की तरह कई बार वे बिन्नी के प्रति कटु होने का नाट्य करते और जब उनकी एक न चलती, मिन्नतें करते। पर बिन्नी को डिगा पाना मुश्किल था।...बिन्नी की दिनचर्या बरक़रार रही। देवदूत की तरह बिन्नी प्रकट ही नहीं हुई बल्कि, उनके जीवन में शामिल हो गई। वे संकोच करते रहे, पर बिन्नी ने कभी संकोच नहीं दिखाया। बिन्नी के सामने उनकी एक न चलती थी। डॉक्टर की सलाह पर अमल करने के मुआमले में वह बेहद कठोर थी। ज़रा भी छूट देने की हिमायती नहीं।

चाय ख़त्म हो चुकी थी। नाश्ता भी। बिन्नी भीतर थी। लैपटॉप पर अनुवाद का अपना काम निबटा रही थी। वह अपना काम अपने सिर पर लिये चलती है। जब तक डेड लाइन न आ जाए वह टालती रहती है। कहती है कि दबाव में ही वह बेहतर काम कर पाती है। वे गुमसुम बैठे थे...अपने भीतर के सान्द्र...निविड़ एकान्त में डूबे हुए। वे वहाँ थे भी और नहीं भी थे। वे अपने एकान्त में धीरे-धीरे घुलते हुए लोप हो जाते और फिर उसके भीतर डूबते-उतराते...लिथड़ते...फिर से आकार लेते और प्रकट होते अपने होंठों पर तिर्यक मुस्कान के साथ। धूप सीधी गिरने लगी थी। धूप उन्हें प्रिय लग रही थी, पर उन्हें बादलों की प्रतीक्षा थी। धुआँ-धुआँ से बादल, जिन्हें उन्होंने अपनी पिछली यात्रा में मुन्नार की घाटियों में अठखेलियाँ करते हुए देखा था।

दोपहर के भोजन के बाद वे नदी तट तक जाना चाहते थे और बिन्नी चाहती थी कि वे थोड़ा आराम कर लें। उनकी आकुलता देखकर बिन्नी ने ज़िद नहीं की। पूछा—"आप अकेले जाएँगे या... ?"

"नहीं-नहीं तुम भी चलो। उस नदी को देखकर तुम सम्मोहित हो जाओगी।...अनूठी है वह नदी।...पारदर्शी जल...तरह-तरह के आकारों-रंगों के पत्थरों से सजा हुआ तल...और झिर-झिर प्रवाह। जल-प्रवाह का ऐसा संगीत कि जादू की तरह बस जाए आत्मा में।...चलो तुम भी।"

वे बिन्नी के साथ निकले...वही अपनी छोटी मूँठवाली काले रंग की छड़ी लिये। धीरे-धीरे ऊपर की ओर चढ़ते हुए उस कॉटेज के पास पहुँचे। उन्होंने ठिठककर कॉटेज को भर आँख देखा। उनकी आँखों में कोई सपना तैर गया था। बिन्नी उन्हें एकटक निहार रही थी। उनकी आँखें नम हो रही थीं। वर्शों से संचित सपना छलकने-छलकने को आतुर हो रहा था। जैसे सावन-भादो के मेघ उनमत्त होकर उड़ेलते हैं जल पृथ्वी पर...वैसे ही उनमत्त दिख रही थीं उनकी आँखें। बिन्नी ने हौले से अपनी हथेली उनके काँधे पर रख दी। उनकी आँखों में अपने सम्पूर्ण वजूद के साथ उतरने की कोशिश की। बोली—"नदी से मिलने नहीं चलना आपको ?...चलिए।"

फिर वही तीर्यक मुस्कान की रेख-सी खिंच गई उनके होंठों पर। उन्होंने अपनी आँखें झुका लीं। बोले—"चलो।...जानती हो बिन्नी...मैं यह कॉटेज ख़रीदनेवाला था। राधिका इसे ख़रीदना चाहती थी। गोपी ने कहा था कि वह लछमी इस्टेट वालों से बात करेगा। अगर वे लोग बेचने को तैयार न हुए तो लम्बे समय के लिए लीज पर तो लिया ही जा सकता है। फ़िलहाल इसका लीज मेरे नाम है ही। अगर राधिका चाहे तो इसे आगे उसके नाम ट्रांसफ़र करवाया जा सकता है। राधिका का चचेरा भाई था गोपी नायर। गोपी ने ही राधिका से मेरी मुलाक़ात करवाई थी।"

वे धीरे-धीरे चलने लगे थे। थोड़ी दूर की चढ़ाई के बाद उस पार की ढलान शुरू होती थी। इसी ढलान के बीच से बहती थी वह नदी। बिन्नी उनसे सटकर चल रही थी। लगभग उनके काँधे पर झुकी हुई। इतनी क़रीब कि उसकी साँसें उनकी गरदन को...चेहरे को छू रही थीं। वे ऊपर चढ़ते हुए धीमी आवाज़ में बोल रहे थे—"...मैं सोच ही रहा था कि इस कॉटेज के बारे में बात करूँ कि वह दुर्घटना हो गई और गोपी नहीं रहा। सड़क

दुर्घटना में बहुत दर्दनाक मौत हुई थी उसकी।...राधिका से पहली बार उसके घर ही मिला था मैं। सुनहले बार्डरवाली सफ़ेद मालबरी रेशमी साड़ी में बड़ी-बड़ी आँखोंवाली साँवली राधिका से...वो जिसे पहली नज़र में प्यार हो जाना कहते हैं न...वैसा ही प्यार हो गया था मुझे।...गोपी और मैं साथ-साथ काम ही नहीं करते थे, अच्छे दोस्त भी थे। मैं उसके यहाँ एक पारिवारिक आयोजन में शामिल होने गया था। राधिका कुछ ही दिनों पहले दिल्ली रहने आई थी। कोच्चि से अपनी पढ़ाई पूरी करने के बाद उसने आईआईटी दिल्ली में एमटेक में दाख़िला लिया था। वह डिजाइन की छात्रा थी।...उस शाम पूरे आयोजन में मेरी आँखें राधिका के पीछे-पीछे घूमती रही थीं। उसे मालूम हो गया था कि मेरी आँखें उसका पीछा कर रही हैं। उसने मेरी आँखों के रास्ते मेरे मन की आकुलता पढ़ ली थी। जैसे ही मुझसे उसकी आँखें मिलतीं, वह नज़रें झुका लेती और कुछ देर के लिए उस भीड़ में जाने कहाँ छिप जाती। मेरी बेचैनियों का मज़ा लेती रही थी वह।''

वे अपनी रौ में थे। चढ़ाई ख़त्म हो चुकी थी। और दूसरी ओर की नीचे उतरती हुई ढ़लान शुरू हो रही थी। रपटीली ढलान...दूब की चादर से ढँकी हुई। बिन्नी ढलान पर उतरते उनके पाँवों को लेकर सतर्क थी। उनकी देह के भार को अपने काँधे पर साझा कर रही थी।...स्मृतियाँ, जो उनके एकान्त में मौन दुबकी हुई थीं...बाहर आने को आकुल थीं। वे चाहते थे रोकना। अपने को बन्द रखना, पर मुन्नार की सिहरन-भरी हवा की आँच उन्हें पिघला रही थी। ठंडी सिहरन-भरी हवा की आँच गर्म लू के थपेड़ों की आँच से ज़्यादा ताक़तवर होती है। वह कॉटेज, वह घर...जिसके सम्मोहन में खिंचते हुए वे मुन्नार तक आए थे, अपनी जगह पर था। उसे कहीं नहीं जाना था, सो वह टिका हुआ था। जैसे पृथ्वी टिकी हुई है अपने अदृश्य अक्ष पर, वैसे ही उनकी स्मृतियों की अदृश्य आभा के अक्ष पर टिका था कॉटेज। बस उसमें रहनेवाला, उसमें नहीं था। वहाँ कोई और होता तो भी...वह खुला और लोगों की आवाजाही से भरा भी होता तो भी उनके लिए वह सूनसान ही होता। नहीं रहना और नहीं रह पाना में बड़ा फ़र्क़ होता है। वह कॉटेज था पर वे राधिका और टुशी के साथ उसमें नहीं रह पाए थे। और अब, जबकि एक तृषा...एक हाहाकार...एक नामालूम-सी व्यग्रता उन्हें खींच लाई थी, उनके भीतर बहुत कुछ बीत रहा था।...लोप हो रहा था। एक दीर्घ अवसान हो रहा था उनकी

आत्मा के अतल में। वे बार-बार इस लोप होने को...बीतने को...इस अवसान को अपने मन की अदृश्य भुजाओं में भींचकर रोकना चाह रहे थे।

सामने नदी थी। नदी में जल न के बराबर था। लगभग सूखी हुई नदी। बीच-बीच में...कहीं-कहीं...छिट-फुट जल के छिछले चहबच्चे थे। नदी तल में बिछे पत्थर के निरावृत्त टुकड़े। निस्तेज। धूमिल। जल ही तो था जो उन्हें सींचता...जिसका प्रवाह उन्हें माँजकर चमकाता...आकार देता और आपने साथ लाये खनिजों से उन्हें रँगता...आभा देता। जल की थाप से ही मृदंग की तरह बोलते थे ये पत्थर और लहरें अपने प्रवाह से इन्हें तारवाद्य की तरह झंकृत करती थीं। अब जल नहीं था।

उन्हें काठ मार गया था। उनके पाँव थरथरा रहे थे। उनकी देह को सँभाल पाना अब काले रंग की छोटी-सी मूँठवाली छड़ी के वश में नहीं था। उनकी देह का लगभग पूरा भार बिन्नी के काँधे पर था। अपनी देह की सारी शक्ति संचित कर बिन्नी उन्हें तब तक सँभाले रही थी, जब तक वे धीरे-धीरे ज़मीन पर बैठ नहीं गए थे। वे नदी को निर्निमेष निहार रहे थे। बिन्नी उनके पास थी। रेत के बगूलों के बीच फँस जाने पर पशु-पक्षी जैसे अपने शिशुओं को छाप लेते हैं धूल-धक्कड़ और तेज़ हवा से बचाने के लिए, वैसे ही खड़ी थी बिन्नी उनकी पीठ पर। कभी उन्हें देखती, तो कभी नदी को...और कभी पीछे मुड़कर उस चढ़ाई का अन्दाज़ा करती, जिससे उतरते हुए यहाँ तक आए थे वे। पानी की बोतल साथ नहीं थी। बिन्नी को मालूम था कि उन्हें प्यास महसूस हो रही होगी। पर अब किया क्या जा सकता था! कुछ नहीं। धीरे-धीरे उनकी साँसें पुरानी लय में लौटने लगी थीं। बिन्नी उनसे मुन्नार, इस कॉटेज, इस नदी के बारे में पहले ही इतना कुछ सुनती रही थी कि उसके लिए कुछ भी अपरिचित नहीं था। वह नदी तट तक गई। उसने कुछ छोटे-छोटे पत्थरों को चुना और उनके सामने लाकर रख दिया। वे पहले तो उन्हें देखते रहे।...फिर छुआ। बिन्नी की ओर देखा। बिन्नी फिर भागती हुई नदी तट तक गई और अपने गले में लिपटे स्टोल में ढेर सारे छोटे पत्थरों को बटोर लाई। उसने देखा, वे घर बनाने की कोशिश कर रहे थे। पहले उन्होंने घर बनाया। फिर चिड़िया...और फिर फूल।

वे बड़ी देर तक दूब से पटी ढलान पर नन्हे-नन्हे पत्थरों से बनी आकृतियों को निहारते रहे थे। अजीब दिख रहे थे वे। वे सोच रहे थे कि

अगर उन्होंने अपने अतीत को भुला दिया तो क्या यह अब तक के जीवन की आहुति नहीं होगी!...मिथकों और पुराकथाओं की तरह क्या उनके वर्तमान में गर्द-ओ-गुबार की तरह बहुत कुछ अयाचित नहीं घुस आएगा! ऐसा अतीत विहीन घातक वर्तमान क्या वे जी सकेंगे! किंवदन्तियों की तरह यह जीना क्या उनकी आत्मा के पटल पर अपमान की नई लिखावटें दर्ज नहीं करता जाएगा! अपनी चित्तवृति से युद्ध करते हुए दैन्य, दुविधा और निग्रह...सब था उनके चेहरे पर। वे अपने जीवन के...अतीत के, तथ्यों के स्वीकार-अस्वीकार के युद्ध में उलझे हुए थे। कुछ देर तक यूँ ही बैठे रहे वे। थ्रश चिड़ियों का एक झुंड नदी तट पर आया। वे सब फुदकते हुए नदी तल में एक छोटे चहबच्चे के किनारे तक पहुँचीं। वे चिड़ियों का जल-किलोल निहारते रहे। चिड़ियों का झुंड उड़ा। फिर वे अचानक उठे और बिन्नी से बोले—"चलो...।"

बिन्नी ने अपने दोनों हाथ बढ़ा दिए। वे खड़े हुए। बिन्नी ने नीचे से छड़ी उठाकर दी। उन्होंने दाएँ हाथ में छड़ी ली। बायाँ हाथ बिन्नी के काँधे पर रखा और चलने लगे। बिन्नी ने अपना दायाँ हाथ पीछे किया और धीरे-धीरे उनकी कमर को सोमलता की तरह लपेट लिया।

वे अपेक्षाकृत तेज़ी से ढलान चढ़ रहे थे।...बहुत लम्बी नहीं चली थी उनकी प्रेम कहानी। पहली मुलाक़ात के तीसरे दिन ही वे राधिका से मिले और यह मिलने-जुलने का सिलसिला पाँच महीनों तक चलता रहा। छठवें महीने उन्होंने एक सादे और पारिवारिक आयोजन में राधिका से विवाह कर लिया था। उनके कुछ दोस्तों के सिवा ज़्यादातर गोपी और राधिका के परिवार के लोग ही थे। उनका अपना कोई घरवाला या रिश्तेदार नहीं था। माँ-पिता, जब वे अबोध थे, तभी गुज़र चुके थे। बड़े पिताजी ने पाला-पोसा। ज़िन्दगी आकार ले ही रही थी कि वे भी चल बसे और उनके बेटों ने सम्पत्ति की लालच में ऐसा आतंक मचाया कि उन्होंने विरक्त मन सब कुछ छोड़कर अपने शहर से ही नाता तोड़ लिया।...बीच की कथा दुःखों और संघर्ष की अनंत कथा है। दिल्ली पहुँचकर वो सब किया जो ऐसे हालातों में जीवित रहने तथा अपनी निर्मिति के लिए एक आदमी कर सकता है। पर उन्होंने ऐसा कुछ नहीं किया जो पश्चाताप का कारण बने। प्रतिभा के बल पर हमेशा अव्वल रहे और सब कुछ बनता गया। बड़ी कम्पनी की ऊँची नौकरी...दोस्तों

से भरा एक संसार...अपना घर...गाड़ी और एक उछाह-भरा व्यस्त जीवन। विवाह के बाद जीवन उन्हें ज़्यादा सुन्दर और आश्वस्तकारी लगने लगा था। साल-भर के भीतर ही टुशी आ गई। जब टुशी ढाई-तीन की रही होगी वे राधिका के साथ मुन्नार आए थे।

जब टुशी दस की हुई राधिका पोस्ट-डॉक्टरल रिसर्च के लिए स्कॉलरशिप पर स्टैनफ़ोर्ड चली गई। तब से टुशी के यूएस जाने तक वे टुशी के पापा और माँ दोनों रहे। दोस्त तो थे ही उसके बचपन से। माँ बनकर टुशी को पालते हुए उन्होंने जीवन को नए सिरे से जाना-पहचाना। स्त्री-जीवन के अनन्त दुखों के सूत्र उनके हाथ लगे। उनकी आत्मा की धरती पर कई नए हरे-भरे प्रदेश रचे-बसे। यह माँ वाला कायान्तरण ही उनके जीवन की फाँस बन गया। सात साल तक कोई पिता अपनी बेटी को माँ बनकर पाले-पोसे और...। हालाँकि इन सात सालों में दो बार आई राधिका। रिसर्च के बाद वहीं दो सालों तक बतौर रिसर्च लीडर एक प्रॉजेक्ट में रही। इसके बाद वहीं स्टैनफ़ोर्ड यूनिवर्सिटी के स्कूल ऑफ़ डिज़ाइन में पढ़ाने लगी। शुरू में उन्होंने राधिका की वापसी के लिए बहुत कोशिशें कीं। उससे मिन्नतें कीं...टुशी का हवाला दिया, पर...। टुशी के जाने के बाद उन्होंने राधिका से उसकी वापसी के बारे में कोई संवाद नहीं किया था। कई सालों बाद उन्होंने उस दिन राधिका की आवाज़ सुनी थी, जब उसने इस बात के लिए फ़ोन किया था कि वे टुशी को समझाएँ कि टुशी उनके पास जाने की ज़िद न करे।...ज़िन्दगी सहल नहीं रह गई थी। वे बसते-बसते उजड़ गए थे। उनकी देह और उनके मन, दोनों का छन्द भंग हो रहा था।...और वे थे कि बार-बार भंग हो रहे छन्दों के सहारे जीवन की लय पकड़ने में लगे थे।

वे जोसेफ होम स्टे के सामनेवाले हिस्से के लॉन में गार्डेन चेयर पर बैठे बिन्नी के साथ चाय पी रहे थे। यह हिस्सा ख़ाली ही था। बिन्नी मौन थी। वातावरण में अदृश्य काँपते मौन के स्पन्दन को वह अपनी देह और आत्मा की त्वचा पर महसूस कर रही थी। बिन्नी मौन के इस गुंजलक से उन्हें बाहर निकालना चाह रही थी। और चाह रही थी ख़ुद भी इससे बाहर निकलकर अपने फेफड़े में प्राणवायु भरना। वह इस गुंजलक के दुर्निवार कपाटों को खोजकर उन्हें खोल देना चाहती थी ताकि उन तक भी प्राणवायु पहुँच सके। अपने विशाल डैने फैलाए ग्रे हार्न बिल वापस अपने बसेरों

की ओर जा रहे थे। अपने चौड़े ताक़तवर डैनों की धारदार गति से हवा को काटते। सरसर की अजीब-सी रहस्यमय ध्वनि के साथ वे आगे निकल गए। वे उस सेमल को पार करते हुए आ रहे थे, जो कॉटेज के सामने था। अब उस सेमल पर इनका बसेरा नहीं था।

दिन सिमट रहा था। अब साँझ का झिटपुटा घिरने लगा था। रोज़ तीसरे पहर बरसनेवाले बादल आज जाने कहाँ आवारगी करते रहे! अपनी तिपहरी कहीं और बिताकर अब पहुँचने लगे थे। उनके आने की आहट से साँझ का अहसास तेजी से घना हो रहा था। देखते-देखते धुआँ-धुआँ बादलों से पूरी घाटी भर गई। कुछ वृक्षों के शिखर पर जा बैठे...कुछ घाटी में तैरने लगे। एक मेघ-समूह कॉटेज के बरामदे में घुसकर जाने क्या तलाश रहा था! उनके होंठों पर मुस्कान तिर गई। उन्होंने बिन्नी की ओर देखा और अपनी आँखों से बादलों की ओर संकेत किया। बिन्नी ने बादलों की ओर देखा था और फिर उनके प्रसन्न चेहरे की ओर देखने लगी थी। उसे मालूम था कि वे सुबह से इन बादलों की प्रतीक्षा में थे। यहाँ आने से पहले वे यहाँ की मेघलीलाओं का वर्णन करते रहे थे। बिन्नी बोली—"चलिए बरामदे में।...अब लगता है वर्षा शुरू होगी।"

"हूँऊँऊँ...!" एक अह्लाद-भरी हुँकारी भरते हुए वे उठे। बिन्नी के साथ बरामदे में पहुँचे। उनको आता देख बादलों ने बरामदा ख़ाली कर दिया था। वे बरामदे में रखी बेंत की कुर्सी पर बैठ गए। बिन्नी ने बरामदे की बत्ती का स्विच ऑन किया। हल्की रोशनीवाला बल्ब दीप्त हुआ।...बहुत कुछ ऐसा था उनके पास, जिससे वे मुक्त हो सकते थे। बहुत सारी स्मृतियाँ...बहुत सारे सुख-दुःख, जिनका बोझ वे अपनी आत्मा पर लादे ढो रहे थे और बहुत-सी आदतें, जिन्हें वह सहलाते हुए पाले-पोसे हुए थे...और बहुत सारी ध्वनियाँ और दृश्य, जिन्हें वह अपनी आँखों में भरकर जी रहे थे, उनसे मुक्ति सम्भव थी। पर वे मुक्त नहीं होना चाहते थे। एक दुर्दम हठ। वे सहज घट जानेवाले पल को अघट बनाने की ज़िद पर तुले हुए थे। वे दुर्निवार पलों के सामने अपनी छाती तानकर खड़े थे। वे अमुक्त जीना चाहते थे, यह जानते हुए भी कि अमुक्त नहीं जी सकते। बिना मुक्त हुए, सब धू-धू कर जल उठेगा इन लहराती हुई अग्निपताकाओं की लपटों की आँच में। भस्म हो जाएगा सब कुछ। ये जो...कुछ बहुमुँहे घाव...कुछ बन्द मुँहवाले और कुछ

खुले मुँहवाले घाव टीस रहे हैं, इनकी टीस और बढ़ जाएगी। हर पल सजग और सचेत रहते हुए...गरदन की नसों पर अतीत, वर्तमान और भविष्य के अँगूठों का दाब सहते हुए जीने का हठयोग कर रहे थे वे।

रात थी। देर से आनेवाले मेघ जमे हुए थे और झमाझम बरस रहे थे। हवा भी थी। झोंकों-झपेड़ों के साथ जंगल में वर्तुलाकार भाँवर काटती हवा। धरती और आकाश के बीच लम्बवत् वलय बनाती हुई हवा। घाटी की तलहटी से ऊपर उठकर पहाड़ों के शिखर को छूती और शिखर छू-कर नीचे तलहटी तक उतरती...नाचती...जलबूँदों से खेलती हवा।...यह हवा उनको उड़ाए लिये जा रही थी। सामने बिन्नी थी। हल्के नीले रंग की कुर्ती और पेशावरी पाजामा पहने बिस्तर पर लेटी हुई।

...बिन्नी उन्हें फ़ेसबुक पर मिली थी। उसने ही फ्रेंड रिक्वेस्ट भेजा था। फिर लगभग तीन-चार दिनों की चैटिंग के बाद उसने मिलने की इच्छा प्रकट की थी। पहली बार उससे मिलने जाते हुए वे असहज थे। उनके भीतर डर की एक लकीर लहरा उठी थी। वे दोनों एक कॉफी शॉप में मिले थे। पहली मुलाक़ात में बिन्नी ने उनसे बहुत कुछ पूछ लिया था। मसलन...उनके घर-परिवार के बारे में...कुछ अतीत और कुछ वर्तमान के बारे में। बिन्नी उन्हें सहज और समझदार लगी थी। गम्भीर भी। और सुन्दर तो वह थी ही। गोरी-चिट्टी...तीखे नाक-नक्श और साँचे में ढली देहवाली। इसके बाद उनकी बिन्नी से ऐसी ही चार-पाँच मुलाक़ातें हुईं। कभी किसी रेस्तराँ में...तो कभी किसी कॉफी शॉप में। एक बार उन्होंने साथ-साथ श्रीराम सेंटर में नाटक भी देखा। अक्सर सुनसान रहनेवाली उस अर्द्धचन्द्राकार नीम-अँधेरी सड़क पर पैदल चलते हुए वे बिन्नी के साथ मंडी हाउस मेट्रो स्टेशन तक आए थे। साथ-साथ पैदल चलते हुए बिन्नी उनसे सटकर चल रही थी। उन्हें पता तक नहीं चला कि कब वह उनके काँधे पर झुक आई...कब उसने अपना सिर टिका दिया...और कब उसकी बाँहें उनकी कमर से लिपट गईं। जब सिकन्दरा रोड का किनारा आया, बिन्नी ने अलग होते हुए कहा था—"यह सड़क मुझे बहुत प्रिय है। जाड़ों में इस सुनसान सड़क पर मैं अक्सरहाँ अपने सुख-दुःख को उधेड़ती-बुनती हुई कई फेरे लगाती हूँ।"

अगले सप्ताह वे बिन्नी के घर थे। बिन्नी ने उन्हें खाने पर बुलाया था। मदनगीर में चौबीस नम्बर की सँकरी-सी गली के एक मकान के तीसरे तल्ले पर दो कमरों के चारों तरफ़ से बन्द दमघोंटू फ्लैट में पहुँचकर जिस सच से उनका सामना हुआ, वह अकल्पनीय तो नहीं, पर विस्मित करनेवाला ज़रूर था। बिन्नी के किचन से आ रही मसालों की ख़ुशबू में पूरा घर आप्लावित था। दो कमरे थे। एक में किताबों के कुछ बँधे...कुछ अधखुले बंडल, दो बड़े बैग...और भी कुछ सामान जैसे-तैसे ठुँसे हुए थे। दूसरे में एक गद्दा ज़मीन पर बिछा था। गद्दे पर सफ़ेद चादर थी हल्के बैंगनी रंग के छोटे-छोटे आर्किड के फूलों की छापवाली। बिन्नी का खुला हुआ लैपटॉप...कुछ किताबें, जिनमें खुले हुए पन्नोंवाली एक अँग्रेज़ी की किताब...एक नेलकटर...एक मॉइस्चराइज़र ट्युब...एस्प्रिन टैबलेट्स का एक रैपर...सब बिस्तर पर ही पड़ा था। एक स्टील का आलमीरा भी कमरे में था, जिसके एक पल्ले में शीशा लगा हुआ था। बिन्नी ने सकुचाते पूछा था—"आपको नीचे बैठने में दिक़्क़त तो नहीं होगी?"

उन्होंने तेज़ी के साथ अपने भीतर उभरते कुछ पुराने दृश्यों को नियंत्रित किया था। चेहरे पर किसी कुशल अभिनेता की तरह इत्मीनान का भाव लाते हुए मुस्कुराकर बिन्नी की ओर देखा था।...वे दीवार से पीठ टिकाए गद्दे पर बैठे थे और सामने खड़ी बिन्नी बोल रही थी—"अभी हफ़्ता-भर पहले ही इस घर में शिफ्ट हुई हूँ। सब इधर-उधर बिखरा पड़ा है। बस किचन को किसी तरह ठीक-ठाक कर सकी हूँ कि खाना बन जाए। वैसे भी कुर्सियाँ हैं भी नहीं। सोच रही हूँ चार प्लास्टिक की कुर्सियाँ, एक टेबल...और एक फोल्डिंग कॉट ले लूँ।...आप बस पाँच मिनट दीजिए...चिकेन तैयार है... गरम-गरम रोटियाँ सेंक लूँ...फिर...। आप रोटियाँ लेंगे या चावल बना दूँ?...या पराँठें?"

"नहीं-नहीं...रोटियाँ ही ठीक रहेंगी। चिकेन के मसालों की ख़ुशबू से भूख इतनी तेज़ हो गई है कि पानी आ रहा है मुँह में। जल्दी करो...।" उन्होंने हँसते हुए कहा था।

"नवाबों के शहर लखनऊ की हूँ। लखनऊ के लोग नानवेज के स्पेशलिस्ट होते हैं।...हर फैमिली की अपनी रेसिपी होती है।...बस दो मिनट।" बिन्नी किचन की ओर भागी थी।

उन्होंने ख़ूब सराह-सराह कर खाना खाया था और वहीं उस नीचे बिछे हुए गद्दे पर लेटे हुए आराम कर रहे थे। बिन्नी उनकी बग़ल में दीवार से पीठ टिकाए बैठी थी, उनकी एक हथेली को अपने बाएँ हाथ की हथेली में लेकर दाएँ हाथ से सहला रही थी। कभी तलहथी, तो कभी अँगुलियों को सहलाती हुई बोल रही थी बिन्नी—"...पिछले दो-तीन महीनों से तनाव में थी। जीवन नर्क हो गया था, पर मैं नर्क का दरवाज़ा तोड़कर भाग निकली।...हम दोनों तीन साल से लिव इन रिलेशन में रह रहे थे। मैं नहीं गई थी उसके पास रहने। तुहिन ही आया था मेरे पास। हालाँकि उस समय इस बात से क्या फ़र्क़ पड़ता था कि कौन किसके पास रहने गया!...या अब भी, अश्लील होकर अतीत बन चुके इस सम्बन्ध की कथा में इस बात का कोई अर्थ नहीं कि मैं उसके पास रहने गई या वह मेरे पास आया। मैं उन दिनों अच्छी नौकरी कर रही थी। चालीस हज़ार तनख़्वाह थी मेरी। मैं जीके के पम्पोश में रहती थी। कुछ ही महीनों बाद जब उसकी नौकरी लगी, उसकी सलाह पर मैंने अपनी नौकरी छोड़ दी और घर से ही अनुवाद का काम करने लगी। तुहिन के प्यार में बौरा गई थी मैं। एक लाख से ऊपर तनख़्वाह थी उसकी। लगभग छोड़ी हुई नौकरी के वेतन के करीब-करीब मैं भी अनुवाद से कमा लेती। जीतोड़ मेहनत करती और उसकी देखरेख भी। मेरी कमाई से घर चलता और उसकी तनख़्वाह से नई ख़रीदी गई कार के लोन की किश्त का भुगतान होता और बाक़ी जल्दी ही फ्लैट ख़रीदने के लिए जमा हो रहा था। वह रूठता और मैं उसे मनाती। मैं रूठती और फिर अपने रूठने से, अपने ही परेशान हो जाती। मुझे लगता, मैं रूठकर उसे तनाव दे रही हूँ, सो ख़ुद ही मान जाती और अपराधबोध से भरकर उससे वायदा करती कि अब नहीं होगा ऐसा।...अब सोचती हूँ अपनी मूर्खताओं पर तो हँसी आती है मुझे।...कुछ महीनों पहले मेरा माथा तब ठनका, जब वह अकारण मुझसे खीझने और ऊबने लगा था। जिन बातों और अदाओं पर वह फिदा रहता था, वे बातें और वे ही अदाएँ उसे चिढ़ाने लगी थीं। मेरी नंगी देह काँपती रह जाती और वह... ! कल तक जो दीवानों की तरह मेरे पीछे-पीछे डोल रहा था...जो रात-रात-भर जागता और आटे की लोई की तरह मेरी देह को गूँधता, वह मुँह चुराए फिर रहा था।...और एक दिन उसने रहस्य खोला कि...उसे अपने ऑफिस की एक लड़की से प्यार हो गया है। वह उसके

साथ काम करती है।...कि वह उससे शादी करना चाहता है।...पर वह मुझे भी प्यार करता है और मेरे बिना जी नहीं सकता।...कि अगर मैंने उसे छोड़ दिया तो वह उस लड़की के साथ सामान्य जीवन नहीं जी पाएगा।...मैं सुनती रही पहले। फिर रोई...चीख़ी-चिल्लाई...दो दिनों तक खाना नहीं खाया। पहली बार तुहिन ने दो दिनों बाद मुझे मनाया। मैं मान गई। आप सोच सकते हैं कि दो दिनों तक भूखी रहकर मैंने कितनी बड़ी मूर्खता की थी। यह मान जाना तुहिन को स्वीकारना नहीं बल्कि, अपनी मूर्खता से वापसी थी मेरी। इस बीच तुहिन हाथ-पाँव जोड़ता रहा। एक बार जाने किन कमज़ोर पलों में मैंने तुहिन को अपने पास आने दिया था और उसके बाद मुझे अपनी ही देह से घिन आने लगी थी। मुझे सेक्स बहुत प्रिय है, पर वह बलात्कार था। पर क्या करती मैं? ख़ुद ही तो बलात्कार के लिए तैयार हो गई थी। बहुत मुश्किलों से उबर सकी थी मैं। तुहिन मेरे निकट आने की हर सम्भव कोशिशें करता। पर मैंने उसे इसके बाद अपनी अँगुली तक नहीं छूने दी।...मैं अब और सहने को तैयार नहीं थी।...वह चाहता था, उस लड़की से शादी करना, जो उससे उम्र में कुछ छोटी थी और उसके बराबर कमा रही थी।...वह चाहता था कि मैं भी उसके जीवन में प्रेमिका की तरह उपस्थित रहूँ।...वह चाहता था कि मैं उसे शादी के लिए अनुमति दे दूँ और उसकी रखैल बनकर रहूँ। जिस रात तुहिन ने यह प्रस्ताव दिया उसके दूसरे दिन मैं किराए का मकान लेने निकली। एक दोस्त ने मदद की और मकान उसी शाम मिल गया। दूसरे दिन अपनी किताबें सहेजती रही। और तीसरे दिन अपनी किताबों और कपड़ों के साथ यहाँ आ गई। अपना सारा सामान वहीं छोड़ आई मैं। मैं चाहती तो उसे कह सकती थी कि वह पम्पोश वाला फ्लैट छोड़कर चला जाए पर...। पीछे-पीछे वह आया था भागते हुए। दूसरे दिन यह गद्दा...गैस का चूल्हा...कुछ बर्तन लेकर मेरी अनुपस्थिति में आया और नीचे मकान मालिक के पास रख गया। अब इसे कहाँ फेंकती! मकान मालिक सन्देह करता...। बहुत थक गई थी। लगातार बिना सोए...अपने-आप से जूझते-लड़ते हुए भी तो थकान होती ही है। इस घर में जब से आई हूँ ख़ूब सो रही हूँ। जाने कैसे इतनी नींद लिये इतने दिनों से जी रही थी! सोचती हूँ लखनऊ हो आऊँ। अम्मा-पापा से मिले दो साल बीत गए। दोनों नाराज़ हैं। तुहिन के साथ मेरे लिव-इन रिलेशन को वे किसी क़ीमत पर स्वीकार करने को तैयार नहीं

हुए थे और उन लोगों ने मुझसे अपने रिश्ते तोड़ लिये। पापा से मिलने को जी छटपटा रहा है। वे बीमार चल रहे हैं। मेरी दोनों छोटी बहनों की इस बीच शादियाँ हो चुकी हैं। जल्दी ही जाऊँगी लखनऊ। यह मकान भी बदलूँगी। अगले दो-तीन महीनों में व्यवस्थित हो जाएगा सब। आज पहली बार मेरे किचन में खाना बना है। सोचा, आपके साथ अपनी नई गृहस्थी का पहला भोजन शेयर करूँ...सो रात ही आपको कहा था मैंने कि आप मेरे साथ खाना खाएँगे...। आपको अजीब लग रहा है न यह सब सुनकर?''

अपने सवाल के जवाब का इन्तज़ार किए बिना बिन्नी ने उनकी हथेली को अपने चेहरे से सटा लिया था। बिन्नी ने जब बोलना शुरू किया था, वे लेटे हुए थे और बिन्नी बैठी थी। पर जब उसने अपनी बात के अन्त में सवाल किया वे बैठे हुए थे और उनकी गोद में सिर रखे बिन्नी लेटी हुई थी। उनकी मुद्राएँ कब बदल गईं, उन्हें भी पता नहीं चला।

वे ग़ौर से बिन्नी को निहार रहे थे। हौले-हौले उनकी आँखें बिन्नी के चेहरे पर टहल रही थीं। उदासियों के घने कोहरे में डूबा हुआ था बिन्नी का चेहरा।

''उदासियों का भी अपना वसन्त होता है।'' धीमे स्वर में कहा था उन्होंने और बिन्नी की उदास आँखों में उनकी आँखें बहुत गहरे तक उतर गई थीं। बिन्नी ने अपनी आँखें हौले से बन्द कर ली थीं।

उनकी एक हथेली बिन्नी का सिर सहला रही थी। अँगुलियाँ उसके बालों में उलझ रही थीं। दूसरी हथेली बिन्नी के हाथ में थी। वह बोली—''आपकी अँगुलियाँ बहुत लम्बी और नाज़ुक हैं।''

वे मुस्कुराते हुए उसे चुपचाप निहारते रहे थे। बिन्नी ने फिर कहा था—''आपको मालूम है...आपकी अँगुलियों में जादू है...?''

बिन्नी की उदासियों का गझिन कोहरा कुछ झीना हुआ। उन्होंने कहा था—''तुम्हारी प्रशंसा से मैं आत्ममुग्ध नहीं होनेवाला।''

बिन्नी मुस्कुराई थी। कुछ देर तक उनकी अँगुलियाँ उसके रूखे हो चले बालों में घूमती रही थीं। वे समझ नहीं पा रहे थे कि वे बिन्नी को सींच रहे हैं या अपने भीतर पसरे बंजरपन को। फिर उन्होंने अपनी अँगुलियों से बिन्नी के होंठों को छुआ था।

...वे बिन्नी को निहार रहे थे। गरज-बरस कर थम चुके थे मेघ। कमरे में हल्की रोशनी थी। हल्के नीले रंग की कुर्ती और पेशावरी पाजामे में सोई बिन्नी के होंठ नींद में लरज़ रहे थे। उन्होंने अपनी अँगुली से उसके होंठों को छुआ। उनके छूते ही और ज़ोर से लरज़े उसके होंठ। उन्होंने अँगुली से ही होंठों को सहलाया। नींद में ही कुनमुनाई थी बिन्नी और उसकी आँखें खुल गई थीं।

करवट सोई बिन्नी पीठ के बल हो गई। उसने आँखें बन्द कर ली थीं। वे उसके चेहरे पर झुक रहे थे। उनकी उष्म साँसों की छुवन से बिन्नी के चेहरे की त्वचा का रंग बदलने लगा था। चेहरे की गोराई में ईंगुर की लालिमा घुलने लगी थी। उसकी त्वचा से छनकर उसके मन का अन्तरंग झिलमिल कर रहा था।...बिन्नी के होंठों की पंखुड़ियों पर चिराग़ जल उठा। उर्ध्व उठती...काँपती...लपलपाती लौ। बिन्नी की दोनों बाँहें ऊपर उठीं और वे उसके पाश में बँध गए थे।...बिन्नी की निरावृत देह को जहाँ-जहाँ उनके होंठों ने छुआ...असंख्य दीप-शिखाएँ झिलमिला उठीं। उसके मदिर रोमहास में वे सुधबुध खो रहे थे। उसके रुधिर का संगीत उसकी शिराओं में गूँज रहा था। बिन्नी की आत्मा के अतल में बतास फूट रहा था और वे ग्रे हार्न बिल की तरह अपने डैने फैलाए परवाज़ भर रहे थे।...कि अचानक चुनचुन करती एक थ्रश चिड़िया घुस आई उस कमरे में। पीले रंग की समीज़ और नीले रंग की सलवार पहने "पापा...पापा" पुकारती टुशी की छाया उनकी आँखों के सामने लरज़ी और लोप हो गई। पंख कटे ग्रे हार्न बिल की तरह गिरे वे।...बिन्नी की मुँदी हुई आँखें, मुँदी रहीं...बहुत देर तक। उसे दिन में देखी हुई ढलानवाली वह नदी याद आई...जिसकी जलधारा सूख गई थी।

रात असहज कटी...दोनों की। आकुलता थी, पर आर्त्तनाद नहीं था। न बिन्नी के अतल में और न उनके। सप्तम स्वर में बजते शंखध्वनि-सी शून्य में जाकर अँटकी हुई जिस चीख़ को साथ लिये वे जी रहे थे, वो चीख़ घुल गई थी...या नीचे कहीं गिरकर धूल-माटी में मिल गई थी...या फिर विवशताओं की किसी ऊँची भीत पर जाकर बैठ गई थी! दो अबोले आख्यान एक साथ गूँजते रहे सारी रात उस कमरे में। दुखते, टीसते, कराहते, छटपटाते हुए कई-कई आभाओं और गतियोंवाले क्षण आते-जाते...कभी ठिठकते और कभी विराम करते रहे थे रात-भर। अपनी आत्मा में अग्निपताकाओं

का आरोहण उन्होंने स्वयं ही किया था और अब अपने ही हाथों अवरोहण कर रहे थे। इन अग्निपताकाओं में कुछ उभरे हुए...कुछ छिपे हुए आत्मा के घाव-सा जो बहुत कुछ लहरा रहा था वो सब अपनी टीस और मवाद के साथ दब गया था।

अगम था सब कुछ उनके लिए।...और बिन्नी के लिए? बिन्नी के लिए कुछ भी अगम नहीं था। वह उनकी तरह अँधियारे में नहीं भटक रही थी। अँधेरा था ज़रूर, पर बिन्नी उसे पहचान रही थी। वह राख-माटी के बगूलों के बीच अपने लिए राह बनाकर निकलना सीख गई थी इन कुछ ही महीनों में। उसे उस गन्ध की तलाश थी, जो उसकी प्राणवायु से निःसृत होती और उनकी प्राणवायु से टकराकर नई गन्ध में ढलती, पर... ।

वे कमरे से बाहर जाकर लिविंग रूम में बैठे थे। मौन। उनका चेहरा कुछ ऊबड़-खाबड़ हो गया था। आँखों के नीचे हल्की स्याही छा गई थी। ठुड्डी और गाल की हड्डी कुछ उभर आई थी। अपने ही जीवन के रहस्यों के गुंजलक को काटकर बाहर निकलने की कोशिशों में वे लोप हो गए थे और वहाँ होते हुए भी नहीं थे। उनके चारों ओर पसरा था एक वीरान...हू-हू करता उजाड़ बंजर।

बिन्नी उनके पास आई। उन्होंने उसकी ओर निमिष-भर को देखा। बिन्नी बहुत पास आकर खड़ी हुई...लगभग उनसे सटकर। वे बैठे रहे। बिन्नी बोली—"सर, आपने ही कहा था...उदासियों का भी अपना वसन्त होता है।...क्या हम दोनों इस वसन्त को नहीं जी सकते?"

जैसे कोई वाण महावेग से चलते हुए आकर पृथ्वी से टकराया हो और जल की अनगिन धाराएँ फूट पड़ी हों...वे फफक उठे। धनुही की तरह उन पर झुक आई थी बिन्नी की देह और उनकी बाँहें उसकी कमर से लिपटी गई थीं।...वे रो रहे थे और बिन्नी उनका सिर सहला रही थी।

वसन्त के हत्यारे

लगभग तीस घंटे पहले वारदात हुई थी।

कल की बात है। कल हुई थी हत्या। सुबह छह बजे। कल भी, आज सुबह जैसी ही ठंड थी। हाड़–हाड़ कँपा देनेवाली ठंड। दिसम्बर महीने की शुरुआत में ऐसी ठंड पहले नहीं पड़ती थी। कल सुबह, जब मैं बन–सँवरकर घर से निकला, घना कोहरा था। ओस से गीली हो रही थी धरती। शहर की गन्दगी समेटकर बहते नाले के बाँध पर पसरी दूब की नोक से शीत की बूँदें टपक रही थीं।

इसी नाले के किनारे, बाँध के उस पार हमारी बस्ती थी। कुछ झुग्गियाँ... कुछ टिन के टप्परोंवाले घर...और कुछ छोटे–छोटे कमरोंवाले छतदार पक्के मकान थे। अपने घर से निकलकर इसी बाँध की पगडंडी पर चलते हुए मैं आता। दूसरी ओर के बाँध पर सड़क थी, जिसे एक पतली पुलिया जोड़ती थी। मैं सड़क किनारे इसी पुलिया पर खड़ा होकर सिगरेट सुलगाता और स्कूल बस आ जाती—कभी चौथाई, कभी आधी, तो कभी पूरी सिगरेट और स्टेडियम वाली सड़क से इस सड़क की ओर मुड़ती हुई बस दिखती। बस पास आए, इसके पहले मैं सिगरेट बुझा देता। पुलिया के ठीक सामने आकर बस रुकती और मैं सवार होता। बस में बच्चे होते... मैथ पढ़ानेवाली एक खूसट बालकटी बुढ़िया मिस तनेजा, और ऐंठी हुई मूँछोंवाले पीटी सर पी.के. सिंह राठौर, और मैं। दो स्टॉप आगे विद्या चढ़ती। अपने स्टॉप पर वह हमेशा देर से पहुँचती। बस रुकती। दो–चार मिनट उसका इन्तज़ार करती और तब वह सब्ज़ीमंडीवाली गली से गिरती–पड़ती हुई निकलती। हाँफती हुई वह बस में घुसती और मेरे पास की सीट पर धम्म से गिर पड़ती। वह हमेशा मेरे साथ ही बैठती, हालाँकि पी.के. सिंह राठौर, जिन्हें हम सब पीठ पीछे हल्दीघाटी का भगोड़ा कहते, हर रोज़ अपने पास की सीट इस उम्मीद में ख़ाली रखते कि विद्या...लम्पट साला!

इतनी सुबह, नींद से अलसायी आँखोंवाले छोटे-छोटे बच्चों का स्कूल जाना मुझे कभी अच्छा नहीं लगा। स्कूल की बस से जाना मजबूरी थी, वरना मैं कभी उनके साथ न जाता। अक्सर मेरा जी करता, कहीं किसी खुले मैदान या पार्क के पास पहुँचकर बस रुकवाऊँ और बस का दरवाज़ा खोलकर बच्चों को खेलने के लिए आज़ाद कर दूँ।

हाँ, तो मैं कल की बात कर रहा था। कल ग़ज़ब की ठंड थी। मैं हलके आसमानी रंग की जैकेट और गहरे नीले रंग की जींस पहने, अपनी ज़ुल्फ़ें सहेजते हुए पुलिया के किनारे पहुँचा। बाँध पर चलते हुए मेरे जूते गीले हो चुके थे और पैरों तले रौंदी गई दूब के सूखे तिनके उनसे चिपके हुए थे। पहले मैंने सीमेंट की स्लैबवाली पुलिया पर पैर पटकते हुए जूतों को झाड़ने की कोशिश की और सिगरेट सुलगाने लगा। सिगरेट सुलगा ही रहा था कि वारदात हो गई।

वे चार थे। दो मोटरसाइकिलों पर दोहरा सवार होकर पहुँचे। पल-भर को रुके। मैंने उनकी तरफ़ देखा। मैं मुस्कुराने ही वाला था कि आगेवाली मोटरसाइकिल के पीछे बैठे सवार ने दाग़ दिया—एक...दो...तीन...चार... और चारों भड़-भड़ करती मोटरसाइकिलों के साथ उड़ गए।

औंधें मुँह गिरी थी देह—आधी पुलिया पर और आधी सड़क पर। एक हलकी जुम्बिश के बाद सब कुछ शान्त हो गया। ख़ून बहकर पहले पुलिया पर पसरा, फिर रिसते हुए कोलतार की सड़क पर फैलने लगा। अफ़रा-तफ़री मच गई। बाँध से सटकर नाले के पेट में छिपे सूअरों के झुंड में सबसे पहले अफ़रा-तफ़री मची। वे सब चीत्कार की अजीब ध्वनि निकालते हुए भागे, जैसे कोई उनका गला रेत रहा हो! दूध के लिए बूथ पर जाते हुए लोग...सुबह की सैर के लिए निकले लोग...चाय की दुकानों पर चाय सुड़कते हुए लोग...और वे तमाम लोग, जो सुबह की चर्या में शामिल होते हैं, पहले तो बदहवास भागे और फिर थोड़ी दूर पर धीरे-धीरे जमा होने लगे। इतने में बस आ गई। बस में बैठे बच्चे...पी.के. सिंह राठौर...मिस तनेजा... बस का ड्राइवर और खलासी—सब हत्प्रभ। लगभग आधा घंटा तक मजमा लगा रहा। बस में बैठे बच्चे डर के मारे आँखें मूँदे हुए अपनी सीट से चिपके थे। फिर पुलिस पहुँची और सब कुछ वैसे ही हुआ, जैसे ऐसी वारदातों के बाद हुआ करता है। पुलिस ने पहले स्कूल बस को रिलीज़ किया। अब इस

आँखों-देखा हाल में क्या रखा है! रोना-बिलखना...पोस्टमार्टम...दाह-संस्कार—सब बीत चुका है।

मेरी टाँगें थरथरा रही हैं। तीस घंटे कम नहीं होते। मैंने अपने पैरों को धरती में रोप दिया है। बहुत ज़ोर से नीचे की ओर पैरों को दबा रहा हूँ। हालाँकि मेरे टखने काँप रहे हैं। घुटने बार-बार मुड़ने लगते हैं। दोनों जाँघों का मांस ऐसे थलथला रहा है, जैसे किसी ने वाइब्रेटर बाँध दिया हो।

लोग जमा हो रहे हैं। लगभग जमा हो चुके हैं। अधिकांश मेरी ही उम्र के हैं। मेरे ही दोस्त-साथी हैं सब। कुछ अधेड़ और कुछ बूढ़े भी हैं। एक है वह दुबला-पतला धँसी हुई आँखोंवाला एक्टर, जो एक नाटक में गांधी क्या बना, लोग उसे बापू पुकारने लगे। टोपी लगाए घूमनेवाले वह बैंक बाबू भी हैं, जो अपने थियेटर और संगीत प्रेम के कारण बैंक में कलाकारजी के नाम से प्रसिद्ध हैं। वह आँखें मूँदे खड़े हैं। बाँसुरी भी वह आँखें मूँदकर ही बजाते हैं। कभी नाटक, तो कभी बाँसुरी—दोनों के प्रेम में यह आदमी आधा तीतर और आधा बटेर है। लेखक मधुसूदन कुमार हैं। खिचड़ी दाढ़ीवाला यह आदमी कभी लेखक बन जाता है, तो कभी रंगकर्मी। एक सड़ियल नाटक लिखकर थियेटर में नाक घुसाए फिरते हैं मधुसूदन कुमार। सुना है, पहले कुछ नाटकों में अभिनय भी किया है। चुक्की दाढ़ीवाले आलम भाई हैं। क्रान्तिकारी नाट्य-निर्देशक हुआ करते थे पहले, पर इन दिनों अधिकतर गुमसुम रहते हैं आलम भाई। सबसे उम्रदराज़ हैं पकी हुई दाढ़ीवाले चित्रकार। वह लकड़ियों को चीरकर उनके भीतर छिपी प्राकृतिक रेखाओं के छापे तैयार करते हैं। उनकी आँखें बहुत तीक्ष्ण हैं। कठोर तने को छेदकर प्रकृति की लीला को देखनेवाली आँखें। कजरारी आँखोंवाला वह कवि, जिसकी बकबक से लोग आजिज़ रहते हैं—सबसे आगे, बैनर लिये खड़ी लड़कियों के बीच खड़ा है। इस जुलूस में भाँति-भाँति के लोग शामिल हो रहे हैं।

अब जुलूस निकलनेवाला है। तैयारी हो चुकी है। सबसे आगे लड़कियाँ हैं—गहरे नीले रंग का बैनर लिये। कवि उनके बीच है, अपनी ज़ुल्फ़ों में अँगुलियाँ फिराते, तो कभी अपनी कजरारी आँखों से बग़ल में खड़ी हुई विद्या को निहारते हुए।

एक रिक्शा आगे और एक पीछे है। दोनों पर लाउडस्पीकर लगे हैं। पीछेवाले रिक्शा पर अमित है—मेरा दोस्त अमित। वह मेरे साथ चार-पाँच नाटकों में काम कर चुका है। अमित बोल रहा है—"हलो...हलो...माइक टेस्टिंग...हलो... वन टू थ्री...हलो...हत्यारों को गिरफ़्तार करो...गिरफ़्तार करो... और वाल्युम बढ़ाओ...। अरे और तेज़ करो, यार...कलाकार की हत्या क्यों ?...जवाब दो।...हाँ...थोड़ा-थोड़ा गैप बनाकर...बीच में नहीं।...सबसे आगे लड़कियाँ रहेंगी बैनर के साथ।...ठीक उनके पीछे बीच में सीनियर्स रहेंगे...।"

मेरे पैर मेरा साथ छोड़ रहे हैं। पर अब चलना होगा। जुलूस में शामिल आगे बढ़ना ही होगा। धरती में रोपे गए पैर के तलुओं को उखाड़कर क़दम-ब-क़दम रोपना होगा। रोपना...उखाड़ना...रोपना।

"आप आगे चलिए।...बीच में...सीनियर्स को बैनर लेकर चलती लड़कियों के पीछे, बीच में चलना है...चलिए सर।...चलिए भाई जी...।" मेरे नाट्यदल के निर्देशक कुछ लोगों को पीछे से आगे ले जा रहे हैं।

चित्रकार, बाँसुरीवादक, अभिनेता, इलेक्ट्रिशियन से लाइट डाइरेक्टर बने बूढ़े बंगाली दादा, दढ़ियल लेखक, आलम भाई और खादी का सफ़ेद कलफ किया कुर्ता पहने नाटक अकादमी के अध्यक्ष का चमचा—सब आगे आ जाते हैं। बैनर लिये लड़कियाँ और ठीक उनके पीछे ये कुछ लोग। इन सबों के पीछे दो पंक्तियों में शेष लोग। विद्या से सटकर खड़ा कजरारी आँखोंवाला कवि पीछे खिसक आता है।

'रंगकर्मी प्रशांत की हत्या क्यों ?...हत्यारी सरकार जवाब दो।'

जुलूस अब चलने को है। नारों की आवाज़ गूँजने लगी है :

'प्रशांत के हत्यारों को...गिरफ़्तार करो—गिरफ़्तार करो!'

प्रेस और इलेक्ट्रॉनिक मीडिया के लोग जुलूस के सामने खड़े हैं। कैमरों के फ़्लैश चमक रहे हैं। कवि फिर धीरे से खिसककर लड़कियोंवाली पाँत में ठीक विद्या के पास खड़ा है।

विद्या रो रही है। कैमरों की मचलती आँखों से बेख़बर विद्या रो रही है। उसके हाथों में तस्वीर है—गत्ते पर सटी हुई, जिसे वह सीने से लगाए खड़ी है और रो रही है। विद्या की बड़ी-बड़ी कोया-सी आँखें रोते-रोते सुर्ख़

हो गई हैं। सूज गई हैं उसकी आँखें। रोती हुई विद्या को लक्ष्य करते कैमरों की भीड़ उसके सामने जुटी है। देखते-देखते उसके चेहरे के सामने माइक्रोफ़ोन का गट्ठर बन जाता है। एक बाइट के लिए तरसते टेलीविज़न वालों को विद्या एक शब्द भी नहीं दे पाती।

जुलूस चलने लगा है। गांधी मैदान की वलयनुमा बाहरी सड़क पर धीरे-धीरे चलता जुलूस—दुःख और क्षोभ से चीख़ता जुलूस, रंगकर्मी प्रशांत की हत्या का जवाब माँगता जुलूस आगे बढ़ रहा है।

मैं पीछे से आगे आ गया हूँ। पीछे शोर ज़्यादा है। वैसे भी पैर घसीटते हुए पीछे-पीछे चलना मुझे कभी नहीं भाया। पर क्या करूँ? थक गया हूँ। अब तो तीस घंटे से भी आगे निकल गया समय। आलम भाई और मधुसूदन कुमार साथ-साथ चल रहे हैं।

"शोक सभा गांधी मैदान में होगी?" आलम भाई पूछते हैं।

"सुना तो है।...ठीक वहीं, जहाँ पिछले दिनों पुस्तक मेला में उसने नुक्कड़ नाटक किया था।" मधुसूदन कुमार के स्वर में थरथराहट है।

"तुमने उसे उस दिन परफ़ॉर्म करते हुए देखा था?" आलम भाई फिर पूछते हैं।

"हाँ, देखा था।...कुछ समझ में नहीं आता कि आख़िर क्यों मार डाला उसे?"

"विद्या को देखा आपने?" फुसफुसाती हुई आवाज़ में इस नए सवाल के साथ कवि पीछे खिसक आया है।

"हाँ, सब देख रहे हैं।" आलम भाई अपनी चिढ़ दबाते हुए कहते हैं।

"बहुत रो रही है। कल भी दिन-भर रोती रही। आज भी, जब से आई है...रो ही रही है।" बनावटी दुःख चिपकाए कवि के चेहरे की त्वचा के भीतर से शरारत छलक रही है।

"दोस्त था उसका। मैं जानता हूँ, बहुत अच्छा दोस्त था उसका। कई नाटकों में दोनों ने साथ-साथ काम किया था।...दोनों एक ही स्कूल में साथ-साथ पढ़ाते भी थे। वह संगीत टीचर था और विद्या ड्रामा टीचर।" मधुसूदन कुमार सारी सूचनाएँ देकर कवि से पीछा छुड़ाना चाहते हैं।

कवि फिर फुसफुसाता है—"आँखें लाजवाब हैं विद्या की।...और रोती हुई आँखें! बड़ी-बड़ी सुर्ख़ आँखें! जादूगरनी है यह लड़की।"

"चुप रहो, यार!" आलम भाई कवि पर झपटते हैं।

"चुप तो हूँ, पर जाने क्यों मुझे लगता है कि कहीं कुछ मामला था ज़रूर।...रोना तो ठीक है, पर ओवर एक्टिंग से सन्देह पैदा होता है कि..."

"बेहूदगी बन्द कीजिए आप।...चुप रहिए।...कवि हैं या हत्यारे?" मधुसूदन कुमार दाँत पीसते हुए दबी जुबान में डपटते हैं।

बिना बुरा माने कवि फिर आगे खिसक लेता है। नारे तेज़ हो गए हैं। पुलिस की गाड़ियों ने इस छोटे से जुलूस को अपने घेरे में ले लिया है। जुलूस के साथ मन्थर गति से चलती एक गाड़ी आगे और एक पीछे। जुलूस आगे बढ़ रहा है। पीछे चलती पुलिस की जिप्सी में आगे बैठा पुलिस अधिकारी अपने कंट्रोल रूम में बैठे अधिकारी को सन्देश दे रहा है—" ...सर!...सौ के आसपास लोग हैं सब...कलाकार हैं सब...नाटक-वाटक करनेवाले हैं सब...बैरिकेटिंग की ज़रूरत नहीं है, सर...सेक्रेटेरियट नहीं जाएगा सब... एग्रेसिव नहीं है, सर...हाँ सर...एक्ज़ीविशन रोड...डाकबँगला रोड...फ्रेज़र रोड होते हुए...वापस गांधी मैदान।...यही रूट है, सर...वहीं कन्डोलेंस करेंगे सब...सर...यस सर...ओवर एंड आउट सर...।"

जुलूस को पीछे से ठेलती हुई जिप्सी चली जा रही है। गांधी मैदान की यह वलयनुमा बाहरी सड़क छूट रही है। लगभग दो किलोमीटर का चक्कर काटकर फिर इसी सड़क में इसे मिलना है और उत्तरी गेट से भीतर प्रवेश करना है।

मैं अब चलना नहीं चाहता। धूप निकल आई है। कोहरे और ठंड के मौसम में धूप का मज़ा ही अलग होता है। बेहतर होगा, मैं अपने निर्धारित रास्ते पर जाते इस जुलूस को छोड़ दूँ...बाहर निकल आऊँ और इस दक्षिणी गेट से गांधी मैदान के भीतर चला जाऊँ। पुस्तक मेला में जहाँ नुक्कड़ नाटक हुआ था, ठीक उसी जगह पर बैठकर धूप सेंकते हुए जुलूस के वापस आने का इन्तज़ार करूँ।

मैं सड़क पार करता हूँ और फिर गांधी मैदान की फेंस। जैसे-तैसे फूलों की क्यारियाँ लाँघकर टाँगें घसीटते हुए मैदान की ओर बढ़ता हूँ। इन तीस-बत्तीस घंटों में सबसे बड़ा फ़र्क़ यही आया है कि मैं टाँगें घसीटकर चलने लगा हूँ। पहले मैं बहुत तेज़ चलता था—मस्ती में।

मैं ठीक वहीं खड़ा हूँ, जहाँ हम सबने नाटक किया था। यहीं...ठीक यहीं सैकड़ों लोग एक गोल घेरे में जमा थे और हम सब नाटक कर रहे थे। चारों तरफ़...बहुत बड़े दायरे में पुस्तकों के स्टॉल थे...हज़ारों लोगों की आवाजाही थी...संस्कृति के पहरुओं की ठनकती हुई आवाज़ें थीं। आज फिर यहीं आएँगे सब। यहीं आकर जुलूस को शोकसभा में बदल जाना है।

मैं बैठ जाता हूँ। मेरे चारों तरफ़ फैला है हरी दूबों से पटा मैदान। मैदान को पार करनेवाले लोगों के पाँवों से पगडंडियों की कई रेखाएँ बनी हुई हैं। इन रेखाओं पर लगातार लोगों का आना-जाना लगा हुआ है। हर दिशा में लोग ही लोग हैं। पूर्वी छोर पर एलिफिंस्टन सिनेमा के ठीक सामनेवाले हिस्से में यौनशक्तिवर्द्धक बूटियाँ बेचने और जवानी का रहस्य समझानेवाले मजमेबाज़ों को घेरे भीड़ जुटी है। रिज़र्व बैंक के सामनेवाले भाग में ढोलक की थाप और आल्हा की तान पर झूमते लोगों की भीड़ है। कहीं कान से मैल निकालनेवाले तो कहीं हाथों की रेखाएँ पढ़नेवाले बैठे हैं। खोमचेवाले अपनी टाँस-भरी आवाज़ में अपनी उपस्थिति दर्ज कराते घूम रहे हैं। इस विशाल मैदान में इस समय पचासों तेन्दुलकर और सहवाग चौके-छक्के मार रहे हैं। यह सब हर रोज़ होता है यहाँ, पर आज जो उत्फुल्लता है, उसे कई दिनों के बाद धूप की आवक ने जना है।...कौन कहता है कि सूरज नहीं चलता, स्थिर रहता है! झूठ है सब। किसी दूर देश की यात्रा से लौटा है सूरज। उसे फिर यात्रा पर निकलना है। वह मुझसे दूर खड़े ध्वज-स्तम्भ के शिखर पर थोड़ी देर विश्राम के लिए रुका है और जादूगर की तरह अपनी झोली से धूप के छोटे-छोटे पंछियों को निकालकर गांधी मैदान में छोड़ रहा है। अपने पंख खोले इधर-उधर उड़ रहे हैं धूप के पंछी। गांधी की काली मूर्ति की नाक पर, लाठी की नोक पर, कमर से लटकी घड़ी पर...खोमचावालों की फलियों पर...ज्योतिषी के सुग्गावाले पिंजड़े पर...तेलमालिश करनेवालों के बक्सों पर...तेन्दुलकरों के बैट पर...चारों तरफ़ फैले हैं और फुदक रहे हैं धूप के पंछी।

वारदात से ठीक पहले ऐसे ही फुदकते फिरता था मैं। उस दिन भी पुलिया पर फुदकते हुए ही आया था। पुलिया पर पहुँचकर सीमेंट की स्लैब पर जूतों को झाड़ने के लिए थोड़े ही पाँव पटके थे मैंने! नहीं!...मैंने तो अपने पंख फड़फड़ाए थे। ठीक वैसे ही, जैसे परवाज़ भरने से पहले पंछी अपने

पंख फड़फड़ाते हैं।...सब कुछ ऐसे आनन-फानन में हुआ कि...सिगरेट को छूती माचिस की लौ आँखों के सामने आकर चक्कर काटते विशाल काले खोह में बदल गई। नदी के जल में जैसे भँवर पड़ता है, वैसे ही तेज घूमता विशाल काला भँवर...।

"काला भँवर है प्रेम।...और कुछ भी नहीं।...एक भयानक काला भँवर।" मानू भाई कहता है।

प्रेमदीवानी विद्या की दीवानगी को लेकर मानू भाई के पास ऐसे अनेक संवाद हैं। हम तीनों यानी मैं, विद्या और मानू भाई अकसर साथ होते हैं। और जब कभी विद्या अपने प्रेम की गठरी से कोई पीड़ा-प्रसंग निकालकर सुबकने लगती है, मानू भाई किसी ऐसे ही संवाद से अपनी बात शुरू करता है।

एक दिन विद्या ने कहा—"बस, अब बहुत हुआ।...अब मैं उसकी किसी बात पर विश्वास नहीं करूँगी।"

"तुम्हें यह फ़ैसला बहुत पहले ले लेना चाहिए था।" मैंने कहा।

मेरी बात अनसुनी करते हुए मानू भाई ने कहा—"नहीं विद्या, वो फिर झूठ बोलेगा और तू फिर उसकी बात मानेगी। यही तो है काला भँवर।"

मैं फिर बीच में टपका—"काला भँवर या काला भँवरा?"

"चुप बे!" मानू भाई डाँटते हुए बोला—"काला भँवरा नहीं...काला भँवर।...ब्लैकहोल। एक बार घुसे, तो घुस गए समझो...बाहर आना असम्भव।"

मैंने ज़िद की—"नहीं, भँवरा।...भँवर नहीं, भँवरा। मानू भाई! वसन्त ऋतु में खिले फूल पर मँडराता भँवरा है प्रेम। जितनी बार भगाओ, उतनी बार भन-भन करता हुआ आकर बैठ जाता है मन की पँखुरियों के भीतर।"

"बहुत कविताई झाड़ रहा है बे!...देख रहा हूँ, तेरा चाल-चलन आजकल गड़बड़ हो रहा है।...वसन्त ऋतु...फूल...पँखुड़ी...प्रेम...भँवरा—सब-के-सब जादूगरों के टोटके हैं। अन्त में ब्लैकहोल ही बचता है। प्रेम के चक्कर में जो लोग नाच रहे हैं, उनसे पूछ। फिर पता चलेगा कि ब्लैकहोल है या कालिदास का भँवरा!" मानू भाई की आवाज़ टन्न-टन्न बज रही थी, चढ़े हुए तबले के दाएँ की तरह।

"मानू भाई, तुम कुछ भी कहो, पर भँवरा..."

"अबे, तू बन्द करेगा अपना भँवरा पुराण या दूँ एक लात?...जुम्मा-जुम्मा छह दिन भी नहीं हुए तेरी पैदाइश के...तेरा छठियार भी नहीं हुआ अभी, और भँवरा के चक्कर में पड़ रहा है! अबे, तू मेरी फिलॉसफी को काट रहा है?...बच्चा है अभी तू...बच्चा। तू क्या टिकेगा मेरी फिलॉसफी के सामने! आजकल तू बहुत उड़ने लगा है।...खोया-खोया जाने कहाँ उलझा रहता है! मैं कई दिनों से देख रहा हूँ तुझे।...और बातें भी तू उलझी-उलझी करने लगा है। लहरों के राजहंस मेरे! वसन्त ऋतु बहुत जानलेवा चीज़ है। वसन्त...फूल...भँवरे को तूने देशी दारू का पाउच समझा है क्या?...चल विद्या, निकाल दस रुपए—पाँच हैं मेरे पास। चल, जल्दी निकाल।"

"कुत्ते हो तुम दोनों।...ख़ाली भौं-भौं करना जानते हो। न दूसरों की सुनोगे, न समझोगे।...दूसरे को क्या समझोगे, जब अपने को ही नहीं समझ सके।" विद्या बिफरती हुई उठकर खड़ी हो गई।

"मैं...मैं तो पैसे नहीं माँग रहा और न ही मैं पाउच पीता हूँ।...फिर तू मुझे क्यों कोस रही है?" मैंने सफ़ाई दी।

"तुझे भी समझ रही हूँ मैं। ठीक कहता है मानू। आजकल तेरे भी पंख निकल आए हैं। मेरी जान पर बनी हुई है और तुझे भँवरा...फूल और वसन्त सूझ रहा है?" आँसू में डूबती-उतराती विद्या मुझ पर अपनी खीज मिटा रही थी।

"मानू भाई, मैं चला..." मैं पीछा छुड़ाकर भागना चाहता था कि मानू भाई ने हाथ पकड़ लिया।

"जाता कहाँ है? देख।...भँवरा दिखाता हूँ तुझे।...देख, विद्या की आँखों को देख ग़ौर से...इसकी रोती हुई बड़ी-बड़ी काली आँखों को देख..."

"चुप रहो।...तुम सब एक जैसे हो। झूठे और मक्कार।...लो दस रुपए।" पर्स से दस का नोट निकालकर मानू भाई के सामने फेंकती हुई विद्या चली गई।

हम दोनों जाती हुई विद्या को देखते रहे। विद्या के ओझल होते ही मैंने मानू भाई को देखा। उसके खुरदुरे चेहरे पर जैसे-तैसे चिपकी मिचमिचाती हुई आँखों में लबालब आँसू थे। अपनी आँखों की चुग़ली पकड़ में आ जाने से, पहले तो वह हिचकिचाया। फिर धीमी आवाज़ में बोला—"सँभल के

प्रशांत...अगर तू प्रेम कर रहा है, तो सँभल जा।...इक आग का दरिया है...यानी ब्लैकहोल...काला भँवर।''

''मानू भाई! ऐसा कुछ भी नहीं है, मानू भाई।...तुम।'' मैं बोल नहीं पा रहा था।

''तू निकल, मैं आ रहा हूँ।...फिर बैठेंगे थोड़ी देर।''

''मानू भाई, मेरे वाले म्युजिक पीस पर काम करना है। कल गड़बड़ हुई, तो सुबोध भाई कच्चा चबा जाएँगे मुझे।''

''तू फिकर मत कर...सब हो जाएगा। मैं गया और आया।'' मानू भाई ने अपने स्वर पर क़ाबू पा लिया था। हम दोनों अलग हुए। वह दारू के सरकारी ठेके की ओर गया और मैं घर।

हम दोनों एक ही बस्ती में रहते हैं। पहले यह बस्ती शहर के पूर्वी छोर पर थी, पर अब शहर के विस्तार ने इसे अपने पेट में ले लिया है। शहर की गन्दगी लेकर गंगा तट की ओर जाते नाले के किनारे बसी इस बस्ती की झुग्गियों में हमारा जन्म हुआ। जिनके घर टिन-करकट-पालिथिन की छाजन से विकसित होकर छोटे-छोटे दड़बेनुमा एक मंज़िला मकानों में बदल गए, उनमें हमारा घर भी शामिल हुआ। इस बस्ती में कोई किसी की ज़ात नहीं पूछता। सूअरों के झुंड से लेकर जर्सी गायों तक को पालनेवाले लोग हमारी बस्ती में हैं। जुआ, शराब, रंडीबाज़ी और चोरी यहाँ शर्म की बात नहीं। रद्दी चुनकर बेचने से लेकर कच्ची शराब तक के धन्धे को यहाँ प्रतिष्ठा प्राप्त है। इस शहर की मशहूर इमारतों को आकार देने और सजाने-सँवारनेवाले राजमिस्त्री इस बस्ती में रहते हैं। यहाँ के लोग अलस्सुबह जागते हैं और बग़ल की कृषि बाज़ार समिति से फल-सब्ज़ियाँ और मछली लेकर अपने-अपने ठेलों-टोकरियों के साथ पूरे शहर में फैल जाते हैं। समय-चक्र का सबसे जीवन्त हिस्सा यहाँ रात होती है। रात में यह बस्ती दुनिया के सबसे मनोरंजक रंगमंच में बदल जाती है। यहाँ ट्रेज़िडी को भी कॉमेडी की तरह मंचित किया और देखा जाता है।

मानू भाई मुझसे सात साल बड़ा है। मैं बाईस का और वह उनतीस का। इसी सात साल की पूँजी के बल पर वह लगातार मुझ पर शासन करता रहा है। अब तो डाँट-फटकारकर या गालियाँ देकर छोड़ देता है, पर बचपन में पीटता भी था। यही सात साल मेरे लिए भी पूँजी हैं। इसी पूँजी के बल पर

मैं जब रूठ कर बैठता हूँ, तो वह मेरे सामने घुटने टेक देता है। मेरी नाराज़गी का एक पल उसके लिए एक जन्म जितना लम्बा होता है। मेरी माँ इस नाले के उस पार बसे बड़े लोगों के मुहल्ले में नौकरानी का काम करती थी। पिता ठेले पर सब्ज़ी बेचते थे। दोनों नहीं रहे। चार भाइयों में मैं सबसे छोटा हूँ। सबसे बड़ा भाई पिता वाली जगह पर ही ठेला लगाकर फल बेचता है। दूसरा भाई प्लम्बर है। तीसरा ऑटो रिक्शा चलाता है। बहन अपने पति के साथ इसी शहर के दूसरे हिस्से में रहती है। सुखी परिवार है मेरा।

मानू भाई का परिवार बहुत छोटा है—उसकी माँ और वह। मानू भाई की माँ को मैं चाची कहता हूँ। चाची पिछले सात वर्षों से हर शनिवार को पीपल के पेड़ को जल का अर्घ्य देती और काले कुत्ते को रोटी खिलाती है। मानू भाई पर शनि की साढ़ेसाती है। छह महीने बाक़ी हैं साढ़ेसाती उतरने में। चाची की लगातार कोशिशों के बावजूद मानू भाई शादी के लिए तैयार नहीं होता। चाची को उम्मीद है, जल्दी ही उसके दिन बहुरेंगे और मानू भाई शादी के लिए हाँ कह देगा।

मानू भाई के पिता को मैंने नहीं देखा। मानू भाई को भी पिता की याद नहीं। अपनी माँ की बातें सुन-सुनकर मानू भाई ने अपने पिता की एक आकृति मन ही मन गढ़ ली है। चाची बताती हैं कि वह मानू भाई जैसे ही लम्बे-छरहरे और गोरे थे। ठीक मानू भाई जैसी ही खड़ी नाक थी उनकी। गले की टाँस मानू भाई से बीस थी। तेज़ गिरती वर्षा की बड़ी-बड़ी बूँदों की तरह उनकी अँगुलियाँ गिरती थीं ढोलक की चमड़ी पर। वह फाग गाते तो...। मानू भाई ठीक अपने पिता की तरह ढोलक बजाना चाहता है। वह चाहता है, अपने पिता की तरह फाग गाना। वह चाहे जितना कोसे मुझे, पर मैं जानता हूँ कि वह अपने ढोलक की थाप और अपने गले की तान से इस पृथ्वी पर खिले फूलों के पराग को आकाश तक पहुँचाने की लालसा में जी रहा है। जो जीवन पिता नहीं जी सके, या जिस जीवन को लूट ले गए हत्यारे, मानू भाई उस जीवन को बचाना चाहता है। वह अपनी माँ के गर्भ में था, तभी उसके पिता की हत्या हो गई थी। वह अपनी नवोढ़ा पत्नी के साथ अपने गाँव से भागकर शहर आए थे और इस बस्ती के नागरिक हो गए थे। बौराए वसन्त की तरह उन्होंने नीच कुल की स्त्री से प्रेम किया और अपने ब्राह्मण-कुल को अँगूठा दिखाकर गाँव से नाता तोड़ लिया। पिता, चाचा और भाइयों

की नाक काटकर शहर लेते आए थे मानू भाई के पिता। वे सब अपनी नाक खोजते शहर पहुँचे और उनका गला काटकर चलते बने। लोग बताते हैं कि बिना सिर के उनकी लाश इसी नाले के किनारे पड़ी मिली थी।

पिता की हत्या के तत्काल बाद मानू भाई अपनी माँ के गर्भ से बाहर निकला। उस समय सातवाँ महीना चल रहा था। सातवें महीने की सन्तान काल का ग्रास बनने के लिए पैदा होती है। पर मानू भाई काल को मुँह चिढ़ाता रहा। जादू-टोना, जन्तर--मन्तर और दवा-दारू के बल पर चाची ने उसे हर बार काल के गाल से खींचकर बाहर निकाला। चाची ने हर मन्दिर और दरगाह में माथा पटका...ओझा-गुनियों के यहाँ भभूत और अक्षत बटोरती रही...डाक्टरों-वैद्यों के यहाँ पैसे लुटाती रही, तब कहीं जाकर मानू भाई के बचपन का दुःस्वप्न बीता। मानू भाई ने इस दुःस्वप्न की सिर्फ़ एक याद को सँजोकर रखा है, और वह है दारू। बचपन में होमियोपैथिक दवा की शीशियों से पानी में दो बूँदें टपकाकर दवा लेने की जो आदत पड़ी, वही आज तक जारी है। मानू भाई के लिए दारू की व्यवस्था सुबोध भाई करते। पर सिर्फ़ उन्हीं दिनों, जब उन्हें अपने नाटक का काम निकालना होता। बाक़ी दिनों में वह इधर-उधर हाथ-पाँव मारता है...पर मुझसे दारू के लिए आज तक एक पैसा नहीं लिया उसने। कभी देना चाहूँ, तो भी नहीं। हाँ, विद्या से गाहे-बगाहे दस-पाँच झटक लेता है।

विद्या मुझसे बड़ी और मानू भाई से छोटी है। वह विद्या को बहुत प्यार करता है। मुझसे ज़्यादा। हालाँकि, विद्या का मानना है कि मानू भाई मुझे ज़्यादा प्यार करता है। हो सकता है, हम दोनों ग़लत हों। मानू भाई की फिलॉसफी है कि पुरुष प्रेमिका या पत्नी के रूप में औरत को कभी ईमानदारी से प्यार नहीं करता। बाक़ी रिश्तों में वह औरत के प्रति काफ़ी ईमानदार होता है। उसका कहना है कि स्त्री सिर्फ़ अपने प्रेमी के प्रति ईमानदार होती है और दूसरे रिश्तों की छाती पर पाँव रखकर वह कभी भी अपने प्रेमी के गले में बाँहें डाल सकती है।...बस, ऐसी ही बातों पर विद्या मानू भाई से लड़ पड़ती है। वह चीख़ती-चिल्लाती है, पर इस अखिल विश्व में सिर्फ़ मानू भाई ही है, जिसके सामने वह अपने जीवन के दुःखों की गठरी खोलती है। वह अपने प्रेम-प्रसंग के तमाम ज़ुल्म-ओ-सितम ऐसे बयान करती है, जैसे किसी वैद्य

के सामने रोगों का बखान कर रही हो। वसन्त के उन्माद में बौराई उसके भीतर की औरत जब-जब पिघलकर सुनहली मदिरा में तब्दील हुई है, मैंने मानू भाई को परेशान देखा है। इतना परेशानहाल कि लत बन चुकी शराब तक को वह भूल गया है। बतास बनकर विद्या के भीतर फूटती वसन्त की हवा की आहट पाते ही मानू भाई की अँगुलियाँ ढोलक पर थाप देने के प्रति उदासीन हो गई हैं। मानू भाई ऐसे समय में चुप-चुप रहता है। लगभग भयभीत-सा। विद्या की रगों में बहते रुधिर का संगीत जब उसके चेहरे से छलकने लगता है, मानू भाई की मिचमिचाती आँखों में किसी गहरे अवसाद की प्रतीक्षा होती है। रोती-बिसूरती विद्या...रेत की दूह-सी पसरी विद्या...अपने दु:खों के द्वीप में सिर पीटती विद्या को सँभालने के लिए वह हर बार अपने को सहेजकर रखता है। अपनी आत्मा पर अपमान, प्रपंच और उपेक्षा की लिखावटें लिये, वसन्त लुटाकर जब-जब लौटती है विद्या, मानू भाई बहुत धीरज के साथ राख के ढेर से चिंगारी ढूँढ़ता है और विद्या को रचने लगता है। वह कभी आग से नहीं डरता।...वह पानी से नहीं डरता।...वह सिर्फ़ वसन्त से डरता है।

विद्या ने जब अपने माँ-बाप का घर छोड़ा और हमारी बस्ती की नागरिकता लेने चाची के पास पहुँची, उस रात मानू भाई ने उसे निरगुन गाकर सुनाया था—'पानी के पियासल हिरना...पानी के पियासल...'

चाची ने बिना लाग-लपेट के पूछा—"किसके लिए घर छोड़ आई, रे विद्या?"

"नाटक के लिए।"

"चाची से छल करती है रे?...सब समझती हूँ मैं।"

"तुमसे छल नहीं चाची।...अपने से छल कर रही हूँ।"

दूसरे दिन फिर चाची ने पूछा—"उसने क्या कहा? गई थी कि नहीं?"

"नहीं चाची।"

"जानती हूँ। तुझे भी और उसे भी।...तेरा जी चाहे, तो तू यहीं रह। मेरे साथ।...क्यों रे मानू?"

"नहीं माँ, इसका यहाँ रहना ठीक नहीं। तू फिकर मत कर।...रंगमंच की इस महान अभिनेत्री को मैं दर-दर की ठोकरें तो नहीं ही खाने दूँगा।" मानू भाई हँसा था।

विद्या के माता-पिता आए। बहन-बहनोई पहुँचे। सब उसे मनाते-समझाते रहे, पर विद्या नहीं लौटी। सप्ताह-भर बाद विद्या ने अलग रहना शुरू किया। पहले विद्या को नौकरी मिली और फिर एक साल बाद उसी स्कूल में मैं भी लग गया।

आत्मनिर्भर विद्या के पाँव हिरनी की तरह कुलाँचे भरने लगे। वह अपने प्रेमी के जन्मदिन पर उपहार ख़रीदना नहीं भूलती। अपने लिए मंगलाहाट से सस्ते कपड़े ख़रीदती और उसके लिए ब्रांडेड जींस-टीशर्ट और जूते। विद्या ने एक-एक पाई जोड़कर सेलफ़ोन ख़रीदा ताकि निरन्तर उससे सम्पर्क में बनी रहे। विद्या के बार-बार फ़ोन करने पर वह झुँझलाता। कभी वह बेहद सर्द आवाज़ में बोलता, तो कभी डपट देता, पर वह एक 'हैलो' सुनने के लिए बहाने ढूँढ़ती रहती। वह विद्या के पास आता और विद्या उसके लिए वह सब कुछ करती, जो उसका इच्छित होता।

एक दिन विद्या ने मानू भाई से कहा—"मानू! मैं जानती हूँ कि तेरी फिलॉसफी की कसौटी पर मैं और मेरा प्रेम, दोनों खोटे हैं।...पर मैं जीना चाहती हूँ, और मुझे लगता है कि मेरे जीने की शर्त वही है। मुझे मालूम है कि वह मुझसे लुकाछिपी का खेल खेलता है। छिपना और दिख जाना...दोनों उसके ही हाथ में है।...फिर भी मैं उसे पूरी ईमानदारी से ढूँढ़ती हूँ। यह जानते हुए भी कि वह न चाहे, तो न दिखे...मैं उसे ढूँढ़ती रहती हूँ।...मानू रे, मैं उसके बच्चे की माँ बनना चाहती हूँ।"

"विद्या, तेरा दिमाग़ ख़राब हो गया है।" मैंने कहा।

"तू चुप कर । बीच में मत बोल। मैं मानू से बात कर रही हूँ।...प्यार की सन्तान अवैध नहीं हुआ करती।" उसने दृढ़ता से प्रतिवाद किया। मानू भाई की ओर मुख़ातिब होकर पूछा—"तू मेरा साथ देगा, मानू?"

उसकी काली पलकों के ठीक पीछे जलती आग की सुनहली आभा में उसका चेहरा दमक रहा था।

"नीबूवाली चाय लेकर आ।" मानू भाई ने मौन तोड़ा।

हम तीनों रिहर्सल के बाद विदा होने से पहले एक पुलिया पर बैठकर गप्पें हाँकते और चाय पीते। पुलिया के उस पार थी चाय की दुकान। मैं चाय बोलकर लौटा और चुपचाप बैठ गया। गिलास में हलके नारंगी रंग की चाय लिये चायवाला आया। हमने चाय पी और बिना किसी बातचीत के अलग

हुए। मानू भाई उस दिन दारू पीने नहीं गया। मुझे नहीं मालूम कि मेरी कुछ देर की अनुपस्थिति में उन दोनों के बीच क्या बातें हुईं! बातें हुईं भी या नहीं!

विद्या कभी प्रसन्न रहती, कभी उदास। कभी धीमे बोलती, तो कभी चहकती। कभी उसकी मुस्कुराहट की धूप में ख़ुद उसका ही चेहरा सतरंगी आभा से भर जाता, तो कभी उसका चेहरा इतना उदास लगता, मानो प्रतीक्षा में थककर अलसाई आँखों का बोझ ढो रहा हो!

मानू भाई बेचैन रहने लगा था। विद्या की आत्मा और देह के भीतर पलते वसन्त की गन्ध जब-जब छनकर बाहर आती, मानू भाई की बेचैनी बढ़ जाती। दुविधा के क्षणों में जब विद्या की आँखों के कोर भींगते, मानू भाई उसे एकटक निहारता। विद्या ने नए नाटक से अपने को अलग कर लिया था। वह रिहर्सल में आती। कुछ देर बैठती और चली जाती। पुलिया पर बैठने, चाय की चुस्कियाँ भरने और गप्पें हाँकने का सिलसिला टूट गया। लगभग एक महीने तक ऐसे ही चलता रहा। नाटक का मंचन हुआ। मंचन की रात वह अनुपस्थित रही। मैं दूसरे दिन मानू भाई के साथ उसके घर पहुँचा, तो विद्या वहीं मिली। वह पहले से पहुँची हुई थी। वर्षा में भींगी हुई हल्दीचिरैया की तरह उसका पीला-निस्तेज चेहरा देखकर मुझे काठ मार गया।

"विद्या, क्या हुआ तुझे?" मैंने पूछा।

"कुछ नहीं।...तू बैठ।" विद्या के बदले चाची ने जवाब दिया।

विद्या मुस्कुरा रही थी। दर्द की नीली गहरी लकीर-सी मुस्कान। एक ऐसी मुस्कान, जो चमकती धूप या पूरे चाँद की रात की आभा को बेधती हुई साफ़-साफ़ दिख जाए। मानू भाई अपने ढोलक की रस्सी कस रहा था।

हम दोनों बाँस की सीढ़ी से छत पर चढ़े। मैं एक अच्छे शागिर्द की तरह गिलास और पानी लेकर आया। मानू भाई ने ढोलक मिलाया। रात हो चुकी थी। अँधेरे के बावजूद बस्ती में चहल-पहल थी। मानू भाई ने जेब से दारू का पाउच निकाला और पहली ख़ुराक लेकर ढोलक को मेरी ओर सरका दिया। बोला—"तू बजा...मैं गाऊँगा।"

मानू भाई ने गुनगुनाना शुरू किया। वह सुर और धुन टटोल रहा था। जिस धुन का छोर पकड़कर उसने गाना शुरू किया, वह सोहर की धुन थी। प्रसवकाल और जन्मोत्सव पर गाए जानेवाले गीत की धुन थी। मैंने मानू

भाई के चेहरे को विद्या के चेहरे में बदलते हुए देखा। मैंने देखा कि मानू भाई की मिचमिचाती हुई आँखें, विद्या की बड़ी-बड़ी कजरारी आँखों में बदल गईं। वह गा रहा था—

"जनमलौं मैं दुखवा की रात, डुबलौं भव-सागर हो,
आहे राम सेजिया पर भरम भुलइलौं, पिया मोरे आगर हो।
दिहलौं मैं अभरन बहाय, बसन सब फारि दिहलौं हो,
आहे राम पिया मोरे..."

"मानू!...बन्द कर गाना-बजाना।" चाची की चीख़ती हुई आवाज़ तोप के गोले की तरह आकर छत पर गिरी। आगे के बोल मानू भाई के कंठ में फँस गए। ढोलक पर गिरतीं मेरी अँगुलियाँ ठिठक गईं। आँधी की तरह सीढ़ी चढ़ती चाची ऊपर आई और बोली—"क्यों रुला रहे हो उसे तुम लोग?...क्यों रे मानू, सोहर गाने का बहुत शौक चढ़ा है तुझे?...अरे हत्यारो! क्या बिगाड़ा है उसने?"

मानू भाई फूट-फूटकर रोने लगा। चाची उसके पास आई। उसके बालों में अँगुलियाँ फिराती हुई बैठ गई। मानू भाई का चेहरा अपनी हथेलियों में भरकर उसे निहारा और फिर उसे अँकवार में भर लिया।

नाटक ख़त्म होने के बाद सुबोध भाई दक्षिण की यात्रा पर चले गए। एक पुराने नाटक का रिहर्सल करते रहने का निर्देश दे गए थे। हम सब उसी में जुट गए। विद्या अपने कमरे में वापस लौट आई थी। उसे देखकर लगता, वह किसी लम्बी और थका देनेवाली यात्रा से लौटी है। थकान से बोझिल उसके चेहरे पर कभी-कभी फीकी हँसी आती और चुपके से अवसाद के चिह्न छोड़ जाती। पहले की तरह ठाठे मारता हुआ उमंग का समुद्र उससे दूर जा चुका था। पहली नज़र में भा जानेवाली उसकी बड़ी-बड़ी आँखों में अब एक मद्धिम लौ वाला चिराग जलता हुआ दिखता। उसकी नाज़ुक ताम्बई देह का रंग धूसर हो गया था। उसने स्कूल जाना शुरू किया। वह दोपहर बाद स्कूल से लौटती और अपने कमरे में बन्द हो जाती। एक दिन मानू भाई उसे साथ लेकर रिहर्सल में पहुँचा। फिर धीरे-धीरे शाम को रिहर्सल करना...रिहर्सल के बाद पुलिया पर बैठकर चाय की चुस्कियाँ भरना शुरू हुआ। मेरी उम्मीद के विपरीत यह विद्या की वापसी थी।

सुबोध भाई दक्षिण से लौटे। पुराने नाटक का प्रदर्शन हुआ। वह कई नए प्रॉजेक्ट लेकर लौटे थे। हम सब नए नाटक की तैयारी में लग गए। विद्या मुख्य भूमिका कर रही थी। मानू भाई नाटक का संगीत तैयार कर रहा था। ये दिन मेरे लिए उत्साह के थे, क्योंकि इस नाटक में पहली बार मैं एक बड़ी भूमिका में था।

हमारी बदनाम बस्ती से सबसे पहले मानू भाई नाटक की दुनिया में गया था। उसे सुबोध भाई ले गए थे। मानू भाई के बाद कुछ और लोग गए। जुआ खेलने और बीड़ी-सिगरेट फूँकनेवाले आवारा लड़कों को ले जाकर नाटक की दुनिया में बसाना आसान काम नहीं था। मानू भाई मुझे बारह की उम्र में ले गया। इन दस वर्षों ने मेरी दुनिया ही बदल दी। नाटक करते हुए मैंने पढ़ाई पूरी की। सुबोध भाई का रिहर्सल-रूम बना मेरी पहली पाठशाला। बिना स्कूल गए चार वर्षों की कड़ी मेहनत के बाद मैंने ड्रॉपआउट छात्र के रूप में मैट्रिक परीक्षा दी। फिर कॉलेज में दाख़िला लिया।...और फिर एक दिन आया, जब संगीत के विशेष-पत्र के साथ ग्रैजुएट बना। विद्या के ही स्कूल में संगीत टीचर बहाल हुआ। यह एक अविश्वसनीय यात्रा रही है—मेरे लिए, मेरे घर और मेरी बस्ती के लोगों के लिए।

कल हुई वारदात के बाद मुझे मानू भाई की फिलॉसफी पर विश्वास कर लेना चाहिए, पर मेरा मन नहीं मानता। मैं कैसे मान लूँ कि प्रेम, प्रेम नहीं होता है...काला भँवर होता है! ब्लैकहोल! सम्भव है कि मानू भाई ही सही हो क्योंकि मैं तो अभी... । यह तो मेरे जीवन में वसन्त के आगमन की आहट-भर थी। मेरे मन और मेरी देह की पोर-पोर में...मेरी साँसों में...मेरी आँखों में...मेरे रुधिर में...मेरे बोलने-बतियाने और चलने में वसन्त प्रवेश करने ही वाला था कि... । इस नए नाटक में ही छिपा है इस वसन्त के उद्‌गम का स्रोत।

इस नए नाटक में कुछ नए लोग शामिल हुए थे। वह पहले दिन अपनी माँ के साथ आई थी। खड़ी नाक और सपनीली आँखोंवाली इस लड़की ने पहले ही दिन पूरे नाट्‌यदल पर जादू कर दिया था। वह सधे हुए स्वर में बोलती। पलकें उठाती, तो लगता, जैसे धीमी लहर पर कोई नाव तिरती हुई चली जा रही हो। सुर और लय में बँधी उसकी आवाज़ में एक तरलता थी, जो प्राणों में घुल जाती। जब उसे परीक्षण के तौर पर गाने के लिए नाटक

का एक गीत दिया गया, उसने सबको मंत्रविद्ध कर दिया। ऐसा लगा, मानो वह अपने जन्म के दिन से ही यह गीत गाती आ रही है। यह एक पीड़ा-भरा गीत था। उसकी सधी हुई सुरीली आवाज़ पाकर सुबोध भाई प्रसन्न हो उठे थे। उस शाम अपने संगीत निर्देशक मानू भाई उर्फ़ मानवेन्द्र द्विवेदी पर ख़ूब प्यार लुटाते रहे सुबोध भाई। रम की बोतल के साथ बैठे थे दोनों। मैं योग्य शिष्य की तरह व्यवस्था सँभालने में लगा रहा।

वह आती और सबके पीछे बैठ जाती। पर्स से स्क्रिप्ट निकालती और उसमें खो जाती। कोई कुछ पूछता, तो हूँ-हाँ बोलकर काम चलाती। बहुत ज़रूरी हुआ, तो बेहद धीमी आवाज़ में कुछ शब्द बोलती। अमूमन फ़ुर्सत के क्षणों में होनेवाली आपस की चुहलबाज़ियों में वह अपनी फीकी मुस्कान के साथ शामिल होती। आते-जाते वह सुबोध भाई के पाँव छूती और विद्या के गले लगती। सुबोध भाई को भाईजी और विद्या को दीदी सम्बोधित करती। मानू भाई को वह भइया पुकारती।

मानू भाई का उसके घर पहले से आना-जाना था। उसके पिता मानू भाई के परिचितों में थे। वह मानू भाई से उम्र में काफ़ी बड़े थे, पर संगीत के चलते उन्होंने मानू भाई को दोस्त बना लिया था। खँजड़ी बजाते थे। दरभंगा महाराज के एक प्रसिद्ध खँजड़ी-वादक के पौत्र थे वह। 'अपना बाज़ार' के सामने फुटपाथ पर पत्रिकाओं और जासूसी उपन्यासों की दुकान ठेले पर लगाते। दिन-भर दुकानदारी में उलझे रहते और शाम को दो घूँट भरकर खँजड़ी बजाते। इसी दो घूँट और खँजड़ी ने उन्हें मानू भाई से मिलाया था। मानू भाई कभी-कभार उनकी खँजड़ी सुनने उनके घर जाया करता। उन्हें ध्यान से सुनता। खँजड़ी की तनी हुई चमड़ी पर गिरती उनकी अँगुलियों की गति को पकड़ता। वह उसे नए बोल और ताल बताते। मानू भाई जब भी जाता, उनके पाँव छूता और जेब से पाउच निकालकर पैरों पर रख देता। मानू भाई बताता है कि वह हर बार भड़क जाया करते थे। कहते--"तू तो भारी अधम है रे... ! अरे नीच ! अमृत को पैरों पर नहीं रखा जाता।"...और एक दिन यही अमृत उनके कंठ में जाकर हलाहल बन गया। वह कहीं से अमृत पान कर लौटे, खँजड़ी बजाने बैठे और उनकी अँगुलियाँ अकड़ गईं।...आँखें उलट गईं। जैसे भिक्षाटन करते हुए बुद्ध के कशकोल में किसी ने सड़ा हुआ मांस डाल दिया था और वह उसे खाकर चल बसे, वैसे ही

खँजड़ी-वादक बुकसेलर पंडित रामसिंगार झा किसी भक्त द्वारा दिए गए नक़ली शराब के पाउच का दान स्वीकार कर चल बसे।

जवान होती दो बेटियों की निरक्षर माँ न तो पुस्तकें बेच सकती थी, और न ही अपनी लाज। उसने अपने उद्यम और साहस के बल पर बेटियों की पढ़ाई नहीं बन्द होने दी। उनके पिता का सपना पूरा करने में जुटी रही। सिलाई-कशीदाकारी का काम बाज़ार से लाती और माँ-बेटी मिलकर काम पूरा करतीं। गोबर-माटी और फूल-पत्तियों के रंग से दीवारों पर चित्रित होनेवाली आकृतियों को औरों की तरह काग़ज़ और कपड़े पर उतारकर बेचने का हुनर भी माँ-बेटियों ने सीखा। शुरू में तो रामसिंगार झा का हमप्याला होने के कारण मानू भाई इस परिवार का कोपभाजन बना, पर धीरे-धीरे उसके निःस्वार्थ सहयोग ने स्थितियाँ बदल दीं। उसकी ही राय पर मिथिला पेंटिंग का काम शुरू हुआ। उसी की राय पर कमला ने इन्टरमीडिएट के बाद कम्प्यूटर कोर्स में दाख़िला लिया और कुछ दिनों बाद डाटा-ऑपरेटर का काम करने लगी। कमला की छोटी बहन कान्ता को मानू भाई ने ही आर्ट-कॉलेज में दाख़िला दिलवाया। मानू भाई के कहने पर ही कमला की माँ ने उसे नाटकों में काम करने की अनुमति दी।

कमला-तट पर बसे अपने गाँव से उखड़कर शहर में बसनेवाले रामसिंगार झा ने बहुत सोच-समझकर अपनी बेटी का नाम कमला रखा था।...कमला। उसर-बाँझ धरती को भी उर्वरा बना देनेवाली कमला! बाढ़ के बाद जब उतरती है कमला, छोड़ जाती है माटी के गर्भ में खनिजों का भंडार। इसी ख़ज़ाने से अँखुए चुन-चुनकर सिंगार करती है कमला-तट की धरती।...संगीत का भंडार है हमारी कमला। उसके स्वर का जादू हमारे नए नाटक का प्राण बनता गया। उसके आने से नाट्यदल में जिसके महत्त्व को सबसे ज़्यादा ख़तरा था, उस विद्या के तो प्राण ही बसने लगे कमला में। अपनी मुस्कान...आँखों की चमक...और अपने स्वर की भंगिमाओं से वह मेरे भीतर वसन्त उड़ेल रही थी। हम दोनों आपस में बहुत कम बातें करते। मैं उसे देख रहा होता और नज़रें मिल जातीं, तो मैं अचकचा उठता। उसके साथ भी ठीक ऐसा ही होता। मैं गहरे, और बहुत गहरे डूबता जा रहा था कमला की वन्या में। मैं जहाँ कहीं भी होता, हंसिनी की चहक और किलकारियों की तरह दूर से आती उसके गाने की आवाज़ मेरे कानों में बजती रहती।

अचानक हुआ सब कुछ। एक दिन वह रिहर्सल में नहीं पहुँची। रिहर्सल अन्तिम दौर में था। मंचन की तिथि तय हो चुकी थी। ऐसे समय उसकी अनुपस्थिति सबको चौंका गई। सबने सोचा, शायद बीमार पड़ गई हो। पर जब वह दूसरे दिन भी नहीं पहुँची, मानू भाई ने मुझे भेजा। बोला—"जा, देख तो सही कि आख़िर बात क्या है!"

मैं सुबोध भाई की मोटरसाइकिल से भागा। मुझे तो मुँह माँगी मुराद मिल गई थी।...पर जब वहाँ पहुँचा, तो मेरे होश उड़ गए। अभिशप्त प्रेतात्माओं के आतंक की छाया में दुबके हुए थे सब के सब। सबके चेहरे पीले पड़ चुके थे। कमला की माँ और कान्ता मुझे पथराई आँखों से निर्निमेष निहारती रहीं। मुझे सामने पाकर कमला ने अपने को सहेजने की कोशिश की। उसके चेहरे का रंग थोड़ा बदला। उसने जब कारण बताया, मेरे दिमाग़ की नसें सुन्न हो गईं। तीनों मेरे सामने थीं—अपमान और मृत्यु के बीच झूलते आतंक के पुल पर असहाय खड़ी।

मैं लौटा। मेरी सूचना पर सब सकते में आ गए। सुबोध भाई ने मानू भाई को अलग ले जाकर बातचीत की। मुझे और विद्या को साथ लेकर वे दोनों कमला के घर पहुँचे। पति की मौत के बाद बेटियों का हाथ पकड़ आग पर नंगे पाँव चलनेवाली एक साहसी औरत हमारे सामने माटी के ढूह की तरह खाट पर पसरी थी। सुबोध भाई के निर्देश पर मैं फिर भागते हुए रिहर्सलवाली जगह पहुँचा और सबको साथ लिये वापस लौटा। दो दिनों से जिस घर में भेड़ियों का भय तांडव कर रहा था...बन्द दरवाज़ों-खिड़कियों के भीतर जहाँ उनकी अदृश्य उपस्थिति का आतंक प्रलय मचा रहा था, उस घर में अचानक तीस लोगों के पैरों की धमक भर गई।

कमला डाटा-ऑपरेटर का अपना काम निबटाकर सीधे रिहर्सल के लिए पहुँचती और रिहर्सल से वापस घर लौटते हुए उसे अक्सर उनकी फाड़ खानेवाली निगाहों का सामना करना पड़ता। वे फब्तियाँ कसते। उनकी अश्लील टिप्पणियाँ कमला को बेधतीं। पर कमला अपनी राह चलती जाती।...उस शाम रिहर्सल से लौटती कमला को उन्होंने चारों तरफ़ से घेर लिया था।

"हमारे साथ चलो, डार्लिंग।...आज हम नचाएँगे तुम्हें।...'काँटा लगा' पर नाचोगी, तब जवानी का असली मज़ा मिलेगा।"

''मेरे बेरी के बेर मत तोड़ो कोई काँटा...हम लोग धीरे-धीरे बेर तोड़ेंगे...दरद नहीं होगा... ।''

''चल, उतर रिक्शा से नीचे...बैठ मोटरसाइकिल पर... ।'' उन्होंने उसे खींचकर रिक्शा से नीचे उतार लिया था।

''नहीं रे, आज ज़बर्दस्ती नहीं ।...आज छोड़ दो। दो-चार दिन का टाइम दो ।...मान जाएगी ।...देखो बेबी...इधर-उधर नाचने-गाने से कोई फ़ायदा नहीं है ।...हमारे साथ चलो, पूरा हुलिया बदल देंगे ।...ज़ेन पर घूमने लगोगी...मम्मी से पूछ लो ।...नहीं माने, तो हम लोग मना लेंगे।''

वे सब उसे, वहीं सड़क पर कीलित कर चले गए। भय से थरथर काँपता रिक्शवाला बिना पैसे लिये भागा।

''मुझे नहीं मालूम, मैं कैसे अपने पैरों चलकर अपने घर पहुँची।'' कहकर फूट-फूटकर रोने लगी कमला। बीहड़ों के भीतर किसी हिंस्र वनपशु के आक्रमण से घायल साँभरी के चीत्कार की तरह उसकी हिचकियाँ उठतीं और हमारी आत्माओं के भीतर आँधी की तरह पसर जातीं। विद्या ने उसे चुप कराना चाहा, पर मानू भाई ने छोड़ देने का इशारा किया। धीरे-धीरे कमला की हिचकियाँ थमीं। हम सबको वहीं छोड़ सुबोध भाई और मानू भाई बाहर निकल गए।

दोनों ने नाट्यदल के संरक्षक के रूप में अलंकरण की तरह टँगे नामवालों के दरवाज़े खटखटाए। कुछ लोग बाहर निकले और कुछ स्थिति की गम्भीरता को देखते हुए टाल गए। तय हुआ कि पहले थाने में रपट लिखा दी जाए। थानेदार ने समझाया—''आप लोग अपनी मुसीबत काहे बढ़ाना चाहते हैं ?...जाकर पार्षदजी से बात कीजिए। उस गिरोह का सरगना है उनका छोटा भाई। केस रजिस्टर करने से कुछ नहीं होगा ।...पुलिस के लिए आफ़त मत खड़ा कीजिए ।...समझे ? कनेक्शन समझे बिना केस करने चले हैं आप लोग!''

सीनियर एस.पी. ने बहुत ग़ौर से सुना। कला-संस्कृति की राह में ऐसी बाधा पर चिन्ता प्रकट करते हुए उसने सलाह दी—''मैं थाने को निर्देश दे देता हूँ ।...थानेदार से मिलकर बात कीजिए ।...वह पैच-अप करवा देगा। बहुत अनुभवी पुलिस ऑफ़िसर है। मिल-जुलकर मामला निबटा लेना ही बेहतर रहेगा। आजकल क्राइम और पॉलिटिक्स का ऐसा काकटेल बना हुआ है कि...''

सबको साथ लेकर थानेदार पार्षदजी के यहाँ पहुँचा। नगरपालिका के युवा पार्षद के दरबार में जब पेशी हुई, दोनों हाथ जोड़े रिरिया रहा था थानेदार। पार्षदजी पहले तो गरजे—"क्राइम करे साला कोई...और नाम लगता है मेरा। क्रिमनल को ख़ाली हम ही पालते हैं का?...जाकर गोली मार दीजिए...हम कवनो रोकते हैं!...और तुम लोग नाच-गाना-नौटंकी का धन्धा करता है...लड़की सब का जुटान लगाता है और जब लुक्कड़ सब पीछे लगता है, तो थाना-पुलिस-पार्षदजी..."

थानेदार ने फुसफुसाकर पार्षदजी से बात की। समझाया कि मामला तूल पकड़ लेगा और अख़बारबाज़ी भी हो सकती है। थोड़ा नरम पड़े पार्षदजी। बोले—"आप लोग जाइए। हम पता करवाते हैं कि कवन सब था। डाँट-फटकार देंगे।...पर लड़की सब से कलाकारी करवाते हैं, तो ऊ सब को सुरच्छा दीजिए।...कुछ हो गया तो मेरे वार्ड का नाम बदनाम होगा।"

रिहर्सल बन्द कर दिया गया। नाटक का मंचन अधर में लटक गया। एक विद्या को छोड़ तमाम लड़कियों का मनोबल टूट चुका था। लड़के भी सहमे हुए थे। सुबोध भाई चाहते थे, कमला को ड्रॉप कर दिया जाए और कुछ दिनों बाद रिहर्सल शुरू हो। मानू भाई कुछ बोल तो नहीं रहा था, पर उसकी चुप्पी में प्रतिवाद छिपा था।...और कमला अपनी ज़िद पर अड़ी थी कि चाहे जो हो, इस नाटक में वह काम करेगी ही।

एक दिन फिलॉसफर मानू भाई ने पुलिया पर बैठकर नीबू की चाय सुड़कते हुए कहा—"विद्या, तू जानती है, प्रेम क्या है?...आत्मरति का दूसरा नाम है प्रेम।"

"मानू, प्लीज़ बन्द करो अपनी बकवास। ऐसे ही कम मुसीबतें नहीं हैं।" विद्या के स्वर में आजिज़ी थी।

"तू नहीं समझेगी।...जानती है, ज़िन्दगी के पहले ही क्षण से प्रेम शुरू हो जाता है—आत्मरति के रूप में। एक नन्हा-सा बच्चा अपनी ज़िन्दगी के पहले दिन से तब तक हर चीज़ को प्यार करता है, जब तक वह डरना न जान जाए। उसकी भीतरी और बाहरी दुनिया में कोई फ़र्क़ नहीं होता।...पर जैसे ही वह डरना जान जाता है, प्यार करना बन्द कर देता है।...बहुत निडर है कमला।"

मानू भाई का स्वर गम्भीर हो चला था। यह उसकी अनोखी अदा है। कहीं से शुरू करता है और कहीं जा पहुँचता है।...और सचमुच बहुत निर्भय निकली कमला। वह नाटक में काम करने की अपनी ज़िद पर अड़ी रही। लगभग एक महीने बाद रिहर्सल शुरू हुआ। कमला ने काम पर जाना भी शुरू किया। अब सब सामान्य लगने लगा था। सुरक्षा के नाम पर सिर्फ़ इतनी सतर्कता बरती जाती कि रिहर्सल ख़त्म होने के बाद उसे कोई घर छोड़ आता। कोई क्या, मैं ही सुबोध भाई की मोटरसाइकिल पर उसे लेकर जाता। शुरू में थोड़ी हिचक थी। हिचक नहीं, भय की एक लकीर थी, जो साथ-साथ चलती। हालाँकि, यह लकीर कमला को लेकर जाते हुए धूमिल रहती, पर वापस होते हुए गहरी हो जाती।

अब साथ जाते हुए कमला से काफ़ी बातें होने लगी थीं। हूँ-हाँ करनेवाली कमला बोलने लगी थी। वह बहुत नरम और मद्धिम आवाज़ में बोलती। ठीक अपनी पीठ के पीछे उसके होने का अहसास मुझे स्फुरण से भर देता। मेरे पीछे बैठी कमला जब बोलती, तो उसकी आवाज़ और साँस की तरंगें मुझे ऐसे छूतीं, मानो कोई मेरी नसों में फूँक मार रहा हो! मेरी देह बाँसुरी की तरह बजने लगती।

वारदात से ठीक पहलेवाली साँझ, यानी परसों, मैं उसे लेकर गया था। कमला ने पूछा—"आपको डर नहीं लगता?"

"कैसा डर?"

"मुझे छोड़ने जाते हुए...कि वे लोग..."

मैंने कहा—"मानू भाई कहता है, पुरुष डरपोक होते हैं और इसीलिए प्यार नहीं कर पाते।"

"और आप?"

"मैं डरपोक नहीं।" फिर मैंने पूछा—"तुम्हें डर नहीं लगता?"

वह हँसी। उसकी हँसी मेरी गरदन पर, मेरे काँधों पर, मेरी पीठ पर कुलाँचे भरने लगी—छायापाखी की तरह। मुझे लगा, मेरी पीठ पीछे कोई चाँद चिपक गया है।

"तुम हँसी क्यों?" मैंने फिर पूछा।

"बस, ऐसे ही।"

"यह तो अच्छी बात नहीं है।" मैंने कहा।

"क्या?"

"यही, हँसना और उसके बाद चुप लगा जाना।"

"मेरा हँसना बुरा लगा?"

"नहीं, बुरा नहीं लगा।...पर तुम हँसी क्यों?...तुम्हें यह तो बताना चाहिए।"

"ज़रूरी नहीं कि हर बात...अच्छा, कल बताऊँगी।"

उसका घर आ गया था। वह उतरी। उसके जाने तक मैं रुका रहा। दरवाज़े के पास पहुँचकर उसने हाथ हिलाया, पहली बार। हाँ, इतने दिनों में वह मुझे पहली बार विदा कर रही थी। वह घर के भीतर गई। दरवाज़ा बन्द होने के बाद मैं मोटरसाइकिल मोड़कर वापस चला।

लौटते हुए वे सब मिले। लगभग रोज़ ही आते-जाते दिख जाते थे। कभी किसी चाय की दुकान पर गप्पें लड़ाते हुए दिखते, तो कभी सड़क किनारे खड़े होकर ठहाके लगाते। उस दिन जाते हुए तो नहीं, पर आते हुए दिखे। मुझे आते हुए देखकर वे चुप हो गए थे। उस दिन उनके ठहाकों ने मेरा पीछा नहीं किया। मैंने सोचा, कभी इनसे बातें करूँगा। खा तो नहीं जाएँगे!...हो सकता है, मेरी बातचीत से रहा-सहा तनाव ख़त्म हो जाए। मैंने यह भी सोचा, कितना अच्छा होता अगर ये सब मेरे दोस्त होते!...हमारे साथ नाटक में काम कर रहे होते!...फिर तो इन्हीं के साथ लौटती कमला...। अब हँसी आती है मुझे अपनी इस सोच पर।...वारदात के समय मैंने माचिस की तीली जलाई ही थी कि वे दिखे।...और मैं मुस्कुराने ही वाला था कि उन्होंने...हाँ, उन्होंने मेरी हत्या कर दी।

जुलूस की प्रतीक्षा करते-करते मैं उब चुका हूँ। कौन सा मोह है कि अपनी हत्या के बाद भी मैं भटक रहा हूँ।...आख़िर क्यों मैं अपनी ही हत्या के प्रतिरोध-जुलूस के पीछे-पीछे घूमा और अपनी ही शोकसभा की प्रतीक्षा में बैठा हूँ?...काफ़ी देर हुई। अब जुलूस को लौटना चाहिए। ध्वज-स्तम्भ के शिखर पर विश्राम के लिए रुका सूरज अब आगे की यात्रा पर निकलने ही वाला है। वह धीरे-धीरे धूप के पंछियों को सहेज रहा है...ठंड बढ़ रही है।...साँझ होने में अभी देर है, पर मौसम के मन-मिज़ाज का क्या भरोसा!...हो सकता है कि बिना साँझ हुए ही कोहरा घिर आए और इस गांधी मैदान में अँधेरा भर जाए।

...आ गए वे लोग। उत्तरी गेट से प्रवेश कर रहा है जुलूस। गांधी मैदान की गतिविधियों पर ऐसे जुलूसों का बहुत असर नहीं पड़ता। क्षण-भर ठिठककर लोग निहारते हैं और जो कर रहे होते हैं, फिर उसी में व्यस्त हो जाते हैं।

जुलूस ठीक वहीं पहुँचा है, जहाँ मैं बैठा हूँ। चारों तरफ़ से गोल घेरा बनाकर लोग बैठते हैं। इस मैदान में यह जगह नुक्कड़ नाटकों के मंचन के लिए चिह्नित है। नाटक देखने की लालसा में कई दर्शक भी आकर शामिल हो जाते हैं। मैं बीच में हूँ। शोकसभा अब शुरू होनेवाली है।

मैं उठना चाहता हूँ। बहुत ज़ोर लगाकर अपने पाँवों को खींचना चाहता हूँ। उन्हें धरती में रोपकर खड़ा होना चाहता हूँ कि अचानक अँधेरा छा जाता है।...वही काला भँवर...ठीक वैसा ही भयानक काला भँवर...ब्लैकहोल...। इस विशाल गांधी मैदान का शोर अचानक चुप्पी में बदल जाता है। सारी हलचल थम गई है।...मुझे कुछ भी नहीं सूझ रहा है।...मैं खड़ा भी नहीं हो पा रहा हूँ। यह भँवर मुझे लील रहा है।...इस जुलूस में शामिल तमाम लोग इस भँवर में गड़ाप होते जा रहे हैं...।

...गहरे...बहुत गहरे...इस काले भयावह भँवर की अतल गहराइयों में नीचे पहुँचता हूँ कि एक बार फिर अचानक दृश्य बदलता है...। एक तेज़ प्रकाशपुंज दीप्त होता है।...ऐसा प्रकाशपुंज, जो अँधेरे से भी ज़्यादा भयावह है...आँखों में बर्छी की नोक की तरह चुभता हुआ...। इस प्रकाश की परिधि में चाची दिखती है...अपने पति के शव पर लोटती और दहाड़ें मारकर रोती हुई चाची।...पथराई आँखों से अपने अजन्मे शिशु की प्रतीक्षा करती विद्या दिखती है।...और दिखती है कमला...अपने दरवाज़े पर आकर अचानक अदृश्य हुए वसन्त के पाँवों की छाप ढूँढ़ती-निहारती कमला।...पर मानू भाई कहीं नहीं दिखा! वह लगातार अनुपस्थित रहा है। उस समय भी, जब जुलूस शुरू हुआ, वह नहीं था। मैं जानता हूँ कि उसे मालूम है कि उसको कब कहाँ होना चाहिए।...वह जानता है कि मेरी हत्या के इस नाटक का उपरान्त दृश्य कहाँ मंचित होगा और कौन लोग मंचित करेंगे।...क्या मेरी हत्या के उपरान्त दृश्य में वे लोग मानू भाई को भी... ?

भुजाएँ

अष्टभुजा लाल को अपने बीते हुए दिनों के बारे में सोचना अच्छा नहीं लगता। बीते हुए दिनों की बात याद आते ही उन्हें मितली आने लगती है। उन्हें लगता है, जैसे अपनी पत्नी के वार्डरोब में बन्द हो गए हों! इस वार्डरोब की याद उनके लिए किसी बजबजाते दुर्गन्धमय नाले में गिर जाने की तरह यातनाप्रद होती है। इस यातना से मुक्ति के लिए वह लगातार हाथ-पाँव मार रहे हैं। आकुल-आहत छटपटा रहे हैं। जब से उन्होंने अपनी पत्नी का वार्डरोब देखा है, जीवन के बीते हुए दिनों के अजीब-अजीब चित्र उनके मन में बनते हैं। किसी डरावने स्वप्न की तरह यह वार्डरोब उनके दिलो-दिमाग़ पर छाया हुआ है।

पिछले दिनों पत्नी के मायका-प्रवास के दौरान वार्डरोब की चाबी उनके हाथ लग गई। पत्नी उसे साथ ले जाना भूल गई थीं। बिना किसी दुर्भावना के, मात्र कौतूहलवश उन्होंने वार्डरोब खोलकर देखना चाहा कि आख़िर क्या-क्या सहेज-छिपाकर रखा है श्रीमती कुसुम कुमारी ने!...और अष्टभुजा लाल ने मुसीबत मोल ले ली। न देखते, तो शायद उनके जीवन के बीते हुए दिनों के बरअक्स यों बार-बार पत्नी का वार्डरोब नहीं आ खड़ा होता। बजबजाते हुए दुर्गन्धमय नाले में गिरकर निकलने के लिए हाथ-पाँव मारने की-सी यह यातना उन्हें नहीं मिलती।

उस दिन पत्नी के वार्डरोब में उन्हें तरह-तरह की चीज़ें मिली थीं। वार्डरोब खोलते ही उन्हें लगा था कि आज कोई अनहोनी घटनेवाली है। वह हाथ डालते झिझक रहे थे। वह जब-जब अपना हाथ खींचते, एक-दूसरे में लिपटी-गुँथी चीज़ें बाहर निकल आतीं और अष्टभुजा लाल उलझकर रह जाते। वह अपने को कोसते, अपना माथा पीटते और ख़ुद अपनी लानत-मलामत करते हुए वार्डरोब में फँसे थे। उनके सामने बिखरी थीं वार्डरोब से निकली चीज़ें—मसलन, शादीशुदा बड़ी बेटी धन्नी के बचपन

के दिनों की दूधवाली बोतल...जवान होकर विवाह की प्रतीक्षा में ठिठकी हुई चौबीसवर्षीया दूसरी बेटी बन्नी के बचपन के दिनों का पुराना फ़्रॉक और जाँघिया...पत्नी के दो-दो पुराने हुकविहीन ब्रा...आरज़ू-ताजमहल-मेरे महबूब जैसी पुरानी फ़िल्मों के गानों की किताबें...श्रृंगार-प्रसाधन की कुछ ख़ाली शीशियाँ...उनकी प्रचंड जवानी के दिनों की एक श्वेत-श्याम तस्वीर, जिसमें उनकी गरदन में छींटवाली टाई लटकी हुई थी और ज़ुल्फ़ें देवानंद की तरह ऊपर उठी थीं। और इसी वार्डरोब में उन्हें मिला था...। श्रीमती कुसुम कुमारी के इस फूहड़पन ने उनके जीवन की शक्लो-सूरत ही बदल दी थी। उन्हें अपना तमाम जीवन फूहड़ दिख रहा था। यहाँ तक कि उन्हें अपने नाम से भी चिढ़ होने लगी थी। अपने नाम का सम्बोधन सुनते ही उनकी इच्छा होती कि वह पुकारनेवाले का मुँह नोच लें।

अष्टभुजा लाल के नाम की कथा के सूत्र उनके जन्म की कथा में छिपे थे। उनके जन्म के पूर्व से जन्म तक की स्थितियाँ उलझी हुई थीं। उन्हें अपने घर में पैदा करने के लिए उनके माता-पिता के संघर्ष ने उन्हें यह नाम दिया था। उनकी माता मानोदेई दुर्लभ सौन्दर्य और व्यक्तित्व की स्वामिनी थीं। सत्रह वर्ष की उम्र तक अपने मायके के घर-आँगन में कोयल-सी कूकती रहनेवाली मानोदेई को उनके क़ातिब पिता ने जब झूलन लाल के हवाले किया, उनका अपना घर-आँगन सूना हो गया...और दूसरी ओर छपरा कचहरी के नामवर वकील बाबू हनुमंत सहाय के मुख़्तार झूलन लाल का घर-आँगन मानोदेई की उपस्थिति के चलते कलरव से भर उठा। विवाह के बाद माह-भर तक युवा झूलन लाल न तो कचहरी गए और न ही वकील साहब के निवास। खस्सी का सालन पकवाकर खाते और मानोदेई की झुनकीदार पायल की रुनझुन के पीछे-पीछे डोलते फिरते। जब मानोदेई को उल्टियाँ आने लगीं और बहू को आनेवाली इन उल्टियों का स्वागत सास ने सोहर के बोलों से किया, तब झूलन लाल ने कचहरी की सुध ली।

लगभग आठ वर्ष में ताबड़तोड़ सात बेटियों को पैदा करने के बाद जब पच्चीस की हुईं मानोदेई, तो धीरज ने झूलन लाल का साथ छोड़ दिया। गहन निराशा के अन्धकूप में गिर पड़े तैंतीसवर्षीय मुंशी झूलन लाल। सात बेटियों में से पहली दो साल तक जीवित रहने के बाद चल बसी। दूसरी और तीसरी

बेटियों ने एक-एक वर्ष तक झूलन लाल के आँगन में बाल-लीला करने के बाद इस दुनिया से नाता तोड़ा। चौथी और पाँचवीं ने कुछ घंटों तक इस धरती को पवित्र करने के बाद पयान किया। मानसिक रूप से विकलांग छठी पुत्री भी मानोदेई की कोख की लाज बचाने के लिए जीवित नहीं रह सकी और सातवीं के गर्भ में आते ही उसने साथ छोड़ दिया। सातवीं बेटी के मृत पैदा होने के बाद झूलन लाल नगर के बाहर सरयू-तट पर बने सिद्ध शक्तिपीठ अष्टभुजा मन्दिर पहुँचे। मन्दिर की देहरी पर माथा पटककर उन्होंने माता अष्टभुजा से पुत्र की कामना की और माता को वचन दिया कि जब तक जीवित रहेंगे, सुबह-शाम दोनों वक़्त माता के दरबार में हाज़िरी लगाने आएँगे। उसी रात माता अष्टभुजा ने उन्हें स्वप्न में दर्शन दिए और आशीर्वाद भी। माता अष्टभुजा लोप हुईं और उनकी नींद खुली। माता के दर्शन की ख़ुशी में विभोर वह प्रसूति-गृह पहुँचे। रक्तहीन देह लिये मानोदेई मृतप्राय पड़ी थीं। झूलन लाल ने पत्नी के ललाट पर हाथ फेरा। मानोदेई ने आँखें खोलकर पति को देखा। स्वप्न में माता के दर्शन और आशीर्वाद की सूचना प्राप्त की और सूनी आँखों से बड़ी देर तक पति को निहारती रहीं। उनकी आँखों में याचना थी। कसाई से जान की भीख माँगती बकरी की आँखों की-सी याचना।

इस रात के आठ वर्ष बाद झूलन लाल की आठवीं सन्तान के रूप में मानोदेई ने अष्टभुजा लाल को जन्म दिया। पर इस शुभ घड़ी के साक्षी नहीं बन सके झूलन लाल। लम्बे समय तक माता के दरबार में हाज़िरी लगाते, चाकरी बजाते झूलन लाल निराश हो चुके थे। सन्तान-सुख नहीं पाने की इस निराशा से उन्होंने अपने लिए एक अलग संसार बसा लिया था। बहुत कम बोलते। चुपचाप सूनी आँखों से घंटों आसमान निहारा करते। कचहरी जाने की इच्छा नहीं होती, पर जीविकोपार्जन के लिए जाना पड़ता। मुवक्किलों से जो मिलता, बिना हील-हुज्जत के ले लेते। उनके चारों तरफ़ निराशा-ही-निराशा पसरी रहती थी।...और ऐसी ही एक सुबह जब वह मन्दिर से पूजा करके लौटे, मानोदेई ने उन्हें अपने गर्भवती होने की सूचना दी। यह सूचना पाकर पहले तो वह प्रसन्न हुए, फिर उन्होंने मरी हुई सातवीं बेटी के जन्म के बाद वाले वर्षों के एक-एक दिन को याद किया। अपनी स्मृति पर लगातार दबाव बनाए रखने के बाद भी वह उस क्षण की स्मृति को नहीं ढूँढ़ पाए। उन्होंने अपने बीते हुए इन वर्षों का कोना-कोना तलाश

किया। ढूँढ़ते-ढूँढ़ते उनका दिमाग़ थककर चूर हो गया, पर उन्हें वह क्षण नहीं मिला। अन्ततः उन्होंने पत्नी से पूछा। मानोदेई ने कुछ भी नहीं छिपाया। सब कुछ साफ़-साफ़ बता दिया।...और तब उनकी नज़र अपने ममेरे भाई बचनू लाल पर पड़ी, जो पिछले एक वर्ष से उनके घर स्थायी मेहमान की तरह रहते हुए कचहरी में मुहर्रिर के काम पर लगे हुए थे। झूलन लाल ने पत्नी को भर आँख देखा। सातवीं बेटी के बाद ठठरी काया लिये प्रसूति-गृह से निकलनेवाली मानोदेई की सूरत उनकी आँखों के सामने उभर आई। वह बहुत देर तक मानोदेई को घूरते रहे। उनके चेहरे की गोरी पारदर्शी त्वचा के नीचे दमकती लहू की आभा, बड़ी-बड़ी कजरारी आँखों की क्षिप्र भंगिमाओं, वक्षों के बोझ से लचकती क्षीण कटि और भारी नितम्बों को निहारते रहे झूलन लाल। पिछले वर्षों में अपने लिए अर्जित निराशा को उन्होंने बार-बार तौलने का प्रयास किया। मानोदेई ने रूप की जो दमक और देह का जो सौष्ठव अर्जित किया था, उससे अपने अर्जन की तुलना करते हुए लगभग माह-भर जीवित रहे झूलन लाल।...और एक रात अष्टभुजा मन्दिर से पूजा करके लौटे और चिरनिद्रा में सोने चले गए। गर्भ की अवधि पूरी हुई। मानोदेई ने पुत्र को जन्म दिया। झूलन लाल ने स्वर्ग से ही माता अष्टभुजा को प्रणाम करते हुए इस कृपा के लिए धन्यवाद ज्ञापित किया। सात बेटियों के जन्म के आठ वर्ष बाद आठवीं सन्तान के रूप में माता अष्टभुजा की कृपा से पैदा हुए अपने पुत्र का नाम मानोदेई ने अष्टभुजा रखा। प्रकृति, भाग्य और समाज पर विजय के बाद इस नाम को मानोदेई ने बहुत गौरव के साथ अपने पुत्र को सौंपा था। यह नाम अष्टभुजा लाल के पिता की धार्मिक आस्थाओं और माता के संघर्ष का प्रतिफल था। अनजाने में ही अपने जिस नाम की चर्चा करते अघाते नहीं थे अष्टभुजा लाल, वही नाम उन्हें काट खाने को दौड़ रहा था।...उस वार्डरोब ने उनके जीवन में उथल-पुथल मचा दी थी।

श्रीमती कुसुम कुमारी पूरे कुनबे सहित मायका-प्रवास से वापस लौटीं। वह अपने बड़े भाई के छोटे सुपुत्र के विवाहोत्सव में शामिल होने छोटी बेटी बन्नी के साथ पटना गई थीं। बड़ी बेटी धन्नी भी पति और बच्चों सहित ममेरे भाई की शादी में शामिल होने वहाँ पहुँची थी।...सो बेटियों, दामाद और दौहित्रों को साथ लिये वापस लौटीं श्रीमती कुसुम कुमारी।

रविवार का दिन था। अष्टभुजा लाल बिना कुछ खाए-पिए पेट के नीचे तकिया दाबे औंधे मुँह पड़े थे। कॉलबेल की आवाज़ सुनकर उठे। दरवाज़ा खोला। पत्नी को तिरछी आँखों से देखा। इसके पहले कि लोग पाँव छूकर आशीर्वाद लें, अष्टभुजा लाल तेज़ झटके से मुड़े और बाथरूम में घुस गए। दस दिनों से ख़ाली बरतन की तरह ढनढनाता हुआ घर, घर लगने लगा। दोनों दौहित्रों की धमाचौकड़ी का संगीत गूँज रहा था। उमगते यौवन को जैसे-तैसे सहेजकर कुँवारेपन के दिन काटती बन्नी का दुपट्टा पूरे घर में लहरा रहा था। पाँच वर्ष के वैवाहिक जीवन में दो बेटों को जन्म देकर विशाल उदर और भारी नितम्बों को अर्जित करनेवाली धन्नी हाथ-पाँव छितराए तख़्त पर पड़ी सिरदर्द से कराह रही थी। बैंक में मुलाज़िम दामाद मुकुंद बिहारी वर्मा ड्राइंगरूम में सोफ़े पर बैठकर अपनी साली बन्नी के दुपट्टे की छाया के पीछे खोजी और जीभचटोर बिलाव की तरह आँखें दौड़ा रहे थे। श्रीमती कुसुम कुमारी सूटकेस और बैग खोलकर मायके से मिले उपहार निकालने में व्यस्त थीं।...बूँदी के लड्डू...चुनरी प्रिंट की साड़ी...बन्नी के लिए सलवार-शमीज़ का कपड़ा और पति के लिए कुर्ता-पाजामे का कपड़ा। धन्नी के परिवार का कपड़ा उसके सूटकेस में था। श्रीमती कुसुम कुमारी विजेता की तरह लौटी थीं। तीस वर्ष पहले छूट गए मायके से आज के ज़माने में इतना वसूलकर लौटना आसान काम नहीं था। और वह भी तब, जब भौजाइयाँ चंट हों और भाई ग़ुलामों की तरह उनके पीछे-पीछे दुम हिलाते फिर रहे हों। हालाँकि अष्टभुजा लाल के लिए कपड़े के नाम पर दम साध लिया था भौजाइयों ने। अन्ततः पति की मृत्यु के बाद मिलनेवाली सरकारी पेंशन की निजी राशि से श्रीमती कुसुम कुमारी की माँ ने उत्सव में अनुपस्थित दामाद के लिए कपड़ा ख़रीदकर दिया। अष्टभुजा लाल बाथरूम से निकले। अपने आगे पंसारिन की तरह दुकान लगाए फ़र्श पर पालथी मारकर बैठी पत्नी को देखा और आगे बढ़ गए। श्रीमती कुसुम कुमारी ने कहा—"सुनो! तुम्हारे लिए भाभी ने कपड़ा दिया है। कुर्ते के लिए मलमल..."

"मेरे लिए?" अष्टभुजा लाल मुड़े। पत्नी को घूरकर देखा। फिर पूछा—"दिया है या तुम माँगकर लाई हो?"

गोली निशाने पर लगी और आर-पार कर गई। पति के इस सधे हुए हमले से श्रीमती कुसुम कुमारी के पाँव उखड़ गए। वह हकलाती हुई बोलीं—

"आख़िर बात क्या है? आई हूँ तब से देख रही हूँ कि मुँह फुलाए हुए हो। न हूँ, न हाँ। बच्चों तक से कुशल-क्षेम नहीं पूछा।"

"अब मायके का प्रपंच समेटो और उठो। मायके की सम्पत्ति देखकर जुड़ाते रहने के लिए बहुत उमर बाक़ी है अभी। देखकर जुड़ाते रहना...पहले चाय दो।"

अष्टभुजा लाल ड्राइंगरूम की ओर मुड़े। दामाद ने आकर पाँव छू लिये। उन्होंने दामाद को दोनों बाँहों में भरकर स्नेह किया और अपने कमरे की ओर मुड़ गए। गोला दाग़ने के बाद तोप की नली पीछे खींचकर मानो तोपगाड़ी मुड़ गई हो। श्रीमती कुसुम कुमारी धराशायी हो चुकी थीं। पाँव छितराए, हाथ पर हाथ धरे श्वसुर-दामाद के मिलन को टुकुर-टुकुर निहारती रहीं। उन्होंने उठने की कोशिश की, पर उस क्षण उठ नहीं सकीं। देह जैसे धरती से चिपक गई थी।

दिन जैसे-तैसे गुज़रा। धन्नी ने सिरदर्द के बहाने खर्राटे भरने में पूरा दिन गुज़ारा। मुकुंद बिहारी वर्मा और बन्नी जीजा-साली के बीच परिहास के सहज सम्बन्ध की आड़ में एक-दूसरे के साथ शतरंज के खिलाड़ियों की तरह चालें चलते रहे। बन्नी का दुपट्टा लहराता रहा और बैंक बाबू उसके दुपट्टे की हवा के झोंकों से इधर-उधर उड़ते रहे। अष्टभुजा लाल ने पत्नी से मुँह मोड़ते हुए दौहित्रों के साथ मन बहलाने की कोशिश की। उनकी भोली शरारतों और चंचलता पर खुलकर हँसना चाहा, पर पत्नी के वार्डरोब में छिपा सत्य बार-बार उनके कलेजे में बमगोले की तरह फूटता और वह लहूलुहान हो जाते।

श्रीमती कुसुम कुमारी दिन-भर व्यस्त रहीं। इस व्यस्तता के बीच मायके की स्मृतियाँ उनका पल्लू पकड़े रहीं।

तीस वर्ष के बाद पुराने ज़ख़्म एक बार फिर से लहलहा उठे थे। हालाँकि बन्नी की पैदाइश के बाद तक वह निरंजन सहाय की छाया के साथ जीती रही थीं। बहुत कठिन थे वे वर्ष। किसी की छाया साथ लिये, किसी दूसरे के साथ जीना, तिल-तिल छीजकर मरने के सिवा और कुछ नहीं होता। जीने की कोशिश में ऐसे ही मरते-मरते उन्होंने बहुत मुश्किलों से निरंजन सहाय को स्थगित किया था। बेटियों के लालन-पालन में उलझकर जीना शुरू

किया और धीरे-धीरे इतना समय काट लिया।...पर बोतल में बन्द जिन्न जैसे ढक्कन तोड़कर बाहर निकल आया हो, वैसे ही इस बार नीरू ने...। नीरू! निरंजन को वह प्यार से नीरू कहती थीं। थीं क्या, आज भी कहती हैं। उस दिन भी तो यही निकला था उनके मुँह से।

हवा में उड़ते रुई के फाहों की तरह नीरू की स्मृतियाँ उड़ने लगी थीं। वर्षों तक निःस्तब्धता के झुरमुटों में छिपे रहने के बाद श्रीमती कुसुम कुमारी का मन बाहर निकल आया था।...अभी भी वैसे ही मुस्कुराता है नीरू। वैसे ही शब्दों पर वजन देकर बोलता है। गर्वीले सांड की तरह उसकी चाल वैसी ही है। वह औरतों की भीड़ के बीच बैठी थीं और वह पहचान गया। भीड़ में घुसकर सामने खड़ा हो गया। उनके मुँह से निकला 'नीरू'...और नीरू ने उन्हें भर आँख देखा था—जैसे कोई ड्रिलर चट्टान को ड्रिल कर रहा हो! वह भी चट्टान की तरह कठोर बनी रहतीं तो शायद...। पर ऐसा हुआ कहाँ? नीरू की एक नज़र ने उन्हें मोम कर दिया था। उन्होंने आँखें झुका ली थीं।

"कुसुम! इधर आओ।" नीरू ने आवाज़ दी थी।

श्रीमती कुसुम कुमारी उठकर यंत्रवत् उसके पीछे चलीं। बरामदे के सामने सहन में कुर्सियाँ लगी थीं। दो कुर्सियाँ खींचकर पहले उन्हें बैठने को कहा। फिर ख़ुद बैठा और ढेरों बातें करता रहा। बच्चों और पति के बारे में पूछा। पति के नहीं आने का कारण जाना। धन्नी, बन्नी, दामाद और दौहित्रों को बुलवाकर मिला। अपने बारे में बताया कि एक बेटी और दो बेटे हैं। बेटी की शादी हो चुकी है। बड़ा बेटा विवाह के बाद विदेश में बस गया। छोटे ने इसी साल बैंक की नौकरी ज्वाइन की है। साथ ही रहता है। पत्नी चार साल पहले गुज़र गईं। अच्छी प्रैक्टिस है। वकालत के पेशे के चलते निकलना कम होता है। उसके पिता नवरंग सहाय अभी जीवित हैं। अस्सी के ऊपर जा चुके हैं। साथ ही रहते हैं। उनकी सेवा के लिए एक फुलटाइम नर्स है...।

श्रीमती कुसुम कुमारी कभी उसके प्रश्नों के जवाब देतीं, कभी उसकी बातें सुनते हुए पुराने दिनों की कोई स्मृति-छवि पकड़ने लगतीं...तो कभी उसकी किसी बात पर मुस्कुराकर नज़रें झुका लेतीं। बहुत देर तक दोनों साथ बैठे रहे थे। इस बीच बन्नी चाय दे गई थी। चाय ख़त्म करके श्रीमती कुसुम कुमारी ने पूछा था—"अभी तो तुम रुकोगे?"

"हाँ, परसों बहूभोज के बाद देर रात की ट्रेन से निकलूँगा।...कुसुम! शादी-विवाह का घर है, फिर फ़ुर्सत मिले, न मिले। एक बात कहना चाहता हूँ।" नीरू के स्वर में गम्भीरता थी।

काँप उठी थीं श्रीमती कुसुम कुमारी—"बोलो।"

"बन्नी को मुझे सौंप दो। छोटे सुपुत्र के लिए लड़की ढूँढ़ने के अभियान पर भी निकला था। पता था कि तुम आ रही हो। बन्नी के बारे में तुम्हारी माँ से फ़ोन पर जानकारी मिली थी।...पहले तो सोचा था, मेरा बेटा है, सो ज़रूर इश्क़ का कीड़ा उसके भीतर होगा और कहीं न कहीं गुल खिलाएगा ही।...पर नालायक़ निकला।...हाँ, दहेज़ ज़रूर लूँगा।" नीरू के होंठों पर मुस्कान थी।

"क्या लोगे?"

"समधिन चाहिए दहेज़ में।" एक ज़ोरदार ठहाका लगाया था बाबू निरंजन सहाय एडवोकेट ने।

श्रीमती कुसुम कुमारी ने मुस्कुराते हुए नज़रें झुका ली थीं और हौले से उनके होंठ काँपे—"छपरा जाकर ख़त लिखूँगी।"

मायका-प्रवास का एक-एक क्षण यादगार बनता गया। भीड़ के बीच हर क्षण नीरू की आँखें श्रीमती कुसुम कुमारी का पीछा करती रही थीं। हर रस्म पर जब भी वह सजती-सँवरतीं, उनकी भी इच्छा होती कि नीरू देख लेता! और होता भी यही, जैसे बाबू निरंजन सहाय इस क्षण की प्रतीक्षा कर रहे होते और अचानक प्रकट हो जाते! बहूभोज की रात, भीड़ में नीरू की आँखें सिर्फ़ उनके पीछे ही घूमती रहीं। लेसर किरणों की तरह उनके भीतर उतरती रहीं नीरू की आँखें।

श्रीमती कुसुम कुमारी के मन का कोना-कोना दीपित हो उठा था। असंख्य कन्दीलों के प्रकाश से जगमगा उठे से मन के गह्वर। अपने विवाह के बाद आरम्भिक दिनों में उनकी आँखों से बहे आँसू के क़तरे फूल बनकर खिल उठे थे...उनके मन के आकाश में जगमगा रहे थे। आह्लाद से भरी हुई छपरा लौटी थीं श्रीमती कुसुम कुमारी। सोचा था, घर पहुँचते ही पति को यह ख़ुशख़बरी देंगी। उन्हें विश्वास था कि लड़का ढूँढ़ने और दहेज़ जुटाने की त्रासद यातना से मुक्ति का यह सन्देश पति को आह्लाद से भर देगा।

पर यहाँ तो मौसम ही बदला हुआ था। श्रीमती कुसुम कुमारी दिन-भर पति से संवाद स्थापित करने की कोशिश करती रहीं, पर अष्टभुजा लाल ने नाक पर मक्खी नहीं बैठने दी। वह पीछे-पीछे घूमतीं और अष्टभुजा लाल दुलत्ती झाड़कर किनारे हो जाते।

रात हुई। खाने की मेज पर सब लोग एकत्र हुए। धन्नी के बेटे पहले ही खाकर सो चुके थे। अष्टभुजा लाल बे-मन से रोटी के टुकड़े कुतर रहे थे। पत्नी ने जानना चाहा—"तबीयत तो ठीक है?"

अष्टभुजा लाल के घाव अनगिनत सूर्यों की तरह जल उठे। उन्होंने आग उगलती आँखों से पत्नी को घूरा और थाली सरकाकर उठ गए। श्रीमती कुसुम कुमारी आगे थाली लिये ठगी-सी बैठी रहीं। पिता के जाने के बाद बन्नी ने वातावरण को सहज बनाने के लिए जीजा को छेड़ा, तो धन्नी ने रंग दिखाया। दिन-भर बे-रोकटोक बन्नी के साथ चुहल करते रहने की छूट में धन्नी की उपस्थिति को नज़रअन्दाज़ करनेवाले मुकुंद बिहारी वर्मा के होश को उसने अपनी मुखमुद्रा से ठिकाने लगाया। बैंक बाबू ने सिटपिटाकर थाली में जो नज़रें गिराईं, खाना ख़त्म होने के बाद भी बन्नी की ओर न देख सके। दिन-भर की शीतनिद्रा के बाद सज-धजकर तैयार धन्नी अपने ख़ज़ाने पर नागिन की तरह कुंडली मारकर बैठी फुँफकार रही थी। बन्नी उठी और ड्राइंगरूम के सोफ़े पर जाकर पसर गई। धन्नी ने पति के साथ बन्नी वाले कमरे में पलँग पर क़ब्ज़ा जमा लिया। श्रीमती कुसुम कुमारी बिना कुछ खाए उठीं, मेज साफ़ किया, किचन सहेजा और जाकर छत पर बैठ गईं।

मई का आख़िरी सप्ताह चल रहा था। दिन तपते और रातें उमस-भरी होतीं। देर रात तक लोग छतों पर होते। पहले के ज़माने में लोग दरवाज़ों के सामने सहन में खाटें बिछाकर सोया करते थे।...पर अब तो लोग सिकुड़कर अपने घरों में या छतों पर सोने लगे थे।...दानापुर रेलवे कॉलोनी की गरमी की रातें कौंध गईं श्रीमती कुसुम कुमारी की आँखों के सामने।

रेलवे कॉलोनी में अपने-अपने क्वार्टरों के सामने खाटें निकालकर सोया करते थे लोग। उनके पिता वासुदेव शरण माल बाबू थे। बाबू नवरंग सहाय टी.सी. और वासुदेव शरण के क्वार्टर आमने-सामने थे। इन्हीं क्वार्टरों में श्रीमती कुसुम कुमारी और निरंजन सहाय एडवोकेट के बचपन से लेकर

यौवन के आरम्भिक दिन गुज़रे थे। इसी दानापुर रेलवे कॉलोनी के आकाश के सूरज-चन्द्रमा और तारों ने दोनों को घुटुरन चलत से लेकर यौवन के वायुवेग के साथ उड़ते हुए देखा था। यहीं मैट्रिक पास होने की ख़ुशी में किशोरी कुसुम ने पहली बार चुम्बन का मौलिक और दुर्लभ उपहार सौंपा था अपने नीरू को। इसी कॉलोनी में दुर्गा पूजा की रात अपनी माँ की पेटी से पैसे चुराते हुए पकड़े जाने पर नवरंग सहाय के जूतों से पिटते नीरू को जब उसकी माँ मुक्ति नहीं दिला सकीं, तब कुसुम ने ढाल की तरह अपनी पीठ बिछा दी थी। यहीं सब कुछ हुआ था। छोटे-छोटे काग़ज़ के पुर्ज़ों पर लिखे सन्देश लम्बे प्रेम-पत्रों में विकसित होते गए। बी.ए. फेल होने पर महीनों मुँह-अँधेरे निकलकर देर रात गए वापस आने पर अपनी प्रतीक्षा में कुसुम को बाट निहारते देखकर नीरू ने इस धरती पर बहुत बड़ा आदमी बनने की शपथ ली थी। इसी दानापुर रेलवे कॉलोनी के अन्तिम छोर पर बने क्वार्टर में रहते थे वासुदेव शरण के दोस्त और बचनू लाल के साले, जिनकी बेटी की शादी में शामिल होने छपरा से आई थीं मानोदेई। उन्होंने रजिस्ट्री ऑफ़िस में क्लर्की कर रहे अपने बेटे अष्टभुजा लाल के लिए कुसुम कुमारी को पसन्द कर लिया था।

दानापुर रेलवे कॉलोनी की इस धरती ने उन दिनों हर क्षण इतिहास रचा था। विवाह की गहमागहमी शुरू होने से ठीक पहले नीरू ने कुसुम से कहा—"अब तो तुम जा रही हो। मैं इस लायक़ नहीं कि तुम्हें रोक सकूँ।...पर तुमसे थोड़ी देर के लिए अकेले में मिलना चाहता हूँ। एक-दो दिनों में रिश्तेदारों का आना शुरू हो जाएगा। तुम्हारा बाहर निकलना मुश्किल होगा...क्या आज... ?"

...और उसी रात वासुदेव शरण के क्वार्टर के पीछे भारतीय रेल मज़दूर संघ के दफ़्तर के बरामदे के गहन अँधेरे में दो प्रेमातुर आत्माओं और देहों का महामिलन सम्पन्न हुआ। ईश्वर इस महामिलन के साक्षी ही नहीं बने बल्कि उन्होंने पकड़े जाने से इन दोनों की रक्षा भी की । बी.ए. फेल नीरू नौकरीपेशा अष्टभुजा लाल के रथ को रोक न सके। निःशब्द नीरू ने अपने हाथों बारातियों को भोजन परोसा और जूठे पत्तल उठाए। विदा होती श्रीमती कुसुम कुमारी को आशीष दिया। आक्रान्ता योद्धा की तरह आए अष्टभुजा लाल और कुसुम कुमारी को लेकर चले गए।

अष्टभुजा लाल को नींद नहीं आ रही थी। अग्नि-शैया पर लेटे वह छटपटा रहे थे। आँखें मूँदते, तो अँधेरे में वार्डरोब की छाया उभरती। यह वार्डरोब उनके लिए उच्च ताप पर दहकती परमाणु भट्ठी की तरह था, जिसमें क़ैद उनका पूरा अस्तित्व गलकर पानी बन रहा था। दाएँ-बाएँ, हर करवट उन्होंने सोने का प्रयास किया। कभी पेट के बल, तो कभी चित लेटे, पर चैन न मिला। कुछ देर तक जब श्रीमती कुसुम कुमारी कमरे में नहीं पहुँचीं, उनकी खोज में वह बाहर निकले।

बन्नी सोफ़े पर पसरी थी। धन्नी पति के साथ कमरे में बन्द थी। खाने की मेज़, किचन, सब ख़ाली। कहाँ गईं श्रीमती कुसुम कुमारी ? दबे पाँव सीढ़ियाँ चढ़ते हुए अष्टभुजा लाल छत पर पहुँचे। देखा, कुसुम कुमारी बेंत वाली कुर्सी पर पीठ टिकाए आसमान निहार रही थीं। वह फिर दबे पाँव नीचे उतर आए। कुसुम कुमारी को पता तक नहीं चला कि कोई आकर चला गया।

दानापुर रेलवे कॉलोनी स्थित अखिल भारतीय रेल मज़दूर संघ के अँधेरे परिसर की यादों से एक गहरे नि:श्वास के साथ बाहर निकलीं श्रीमती कुसुम कुमारी। उठीं और आसमान की ओर मुँह उठाकर दोनों हथेलियों से चेहरा पोंछा। खुले-बिखरे बालों को सहेजकर ढीला जूड़ा बनाया। नीचे उतरीं और कमरे में चली गईं। अष्टभुजा लाल को जब श्रीमती कुसुम कुमारी के आने की आहट मिली तो वह करवट बदलकर लेट गए।

श्रीमती कुसुम कुमारी पति के पास जाकर लेट गईं। थोड़ी देर तक उनकी नज़रें कमरे की दीवारों पर भटकती रहीं। उन्होंने बड़ी मुश्किल से अपने को सहेजा। पिघलकर बहते मन को बाँधा और पति के कन्धे पर हाथ रखती हुई बोलीं—"सुनो! एक ज़रूरी बात करनी है तुमसे।"

"बोलो।" बिना चेहरा घुमाए अष्टभुजा लाल ने कहा।

"मेरी ओर घूमो, तब तो कोई बात कहूँ!" श्रीमती कुसुम कुमारी ने आग्रह किया।

"बात कहने के लिए चेहरा निहारना ज़रूरी नहीं। बोलो, जो बोलना है।" अष्टभुजा लाल फुँफकार उठे।

"किस बात पर नाराज़ हो ?...बिना अपराध बताए सज़ा देना कहाँ का इंसाफ़ है ?...और ऐसे में कोई बात कहने-सुनने से क्या लाभ ?...पहले मेरी ओर

घूमो, तब बोलूँगी।" श्रीमती कुसुम कुमारी ने अपना स्वर मीठा किया और पति की पीठ से सटती हुई दाईं बाँह में अष्टभुजा लाल को लपेटने की कोशिश की।

"जो कहना हो, जल्दी कहो। मुझे नींद आ रही है।" अष्टभुजा लाल तटस्थ बने रहना चाहते थे।

"नहीं, पहले इधर मुँह करो।...मेरी ओर देखो, तब बोलूँगी।" श्रीमती कुसुम कुमारी ने अष्टभुजा लाल की पीठ पर अपने वक्षों का दबाव बढ़ाया। उनके कन्धे और गरदन के नीचे हौले से दाँत चुभो दिया।

अष्टभुजा लाल ने करवट बदल ली। पके फल की तरह अपनी झोली में टपकते पति को दोनों बाँहों में कसकर श्रीमती कुसुम कुमारी मुस्कुराईं। फिर बोलीं—"बेटियों के सामने जितना चाहो नाराज़ हो लो, जो बोलना चाहो, बोल लो...लेकिन दामाद के सामने तो मेरा मान रखा करो।"

क्षण-भर के लिए अष्टभुजा लाल ने पत्नी की आँखों में देखा और बोले—"कहो, क्या कहना है?"

"आपको नीरू याद है?...निरंजन, हमारी शादी में तो देखा ही था तुमने उसे!"

"नहीं, मुझे कोई याद नहीं।" अष्टभुजा लाल ने फिर अपनी आँखें श्रीमती कुसुम कुमारी की आँखों में डाल दीं।

"दानापुर रेलवे कॉलोनी में ठीक हमारे क्वार्टर के सामने उन लोगों का क्वार्टर था। नवरंग चाचा का क्वार्टर...। निरंजन आजकल बहुत बड़ा वकील है। भागलपुर में प्रैक्टिस करता है। अपना मकान है। काफ़ी पैसा और जायदाद है...उसी के छोटे बेटे से बन्नी के लिए बात चलाई है। लड़का बैंक में अफ़सर है।...हमारे दोनों दामाद बैंक वाले हो जाएँगे। कोई बेटी किसी से कम नहीं रहेगी।...बहुत बड़े लोग हैं। पुराने सम्बन्धों के चलते तैयार हो गए हैं। माँ और भैया लोगों ने दबाव दिया, तो उन्हें मानना ही पड़ा।...अब वह अपने बेटे के साथ बन्नी को देखने आना चाहते हैं...अगले ही महीने।"

"बन्नी को देखने आना चाहते हैं कि अपनी चहेती से मिलने?" दाँत पीसते हुए पूछा अष्टभुजा लाल ने। उनकी आँखों में क्रोध की लपटें थीं और नथुने फूल गए थे।

"क्या हो गया है तुम्हें?" श्रीमती कुसुम कुमारी के स्वर में मिमियाहट थी।

"मुझे तो कुछ नहीं हुआ।...हाँ, तुम्हें पंख ज़रूर निकल आए हैं।...बेटी के बहाने पुराने यार से रिश्ता जोड़ना चाहती है तू?" गरजे अष्टभुजा लाल और चीते की फ़ुर्ती से उछलकर श्रीमती कुसुम कुमारी की छाती पर सवार हो गए।

"तुम्हारा दिमाग़..."

इसके पहले कि अपनी बात पूरी करें श्रीमती कुसुम कुमारी, अष्टभुजा लाल ने एक ज़ोरदार तमाचा लगाया। पलँग पर बिछावन के नीचे हाथ लगाकर पुराने पत्रों का एक बंडल निकाला और श्रीमती कुसुम कुमारी के मुँह पर फेंकते हुए बोले—"मेरा दिमाग़ तो तुम जिस दिन पटना गईं, उसी दिन से ख़राब है।...लो, पढ़ो अपने पुराने यार की ये चिट्ठियाँ।"

विवाह पूर्व लिखे गए नीरू के पत्र पलँग पर बिखर गए। श्रीमती कुसुम कुमारी की छाती पर सवार थे अष्टभुजा लाल। कभी तमाचे और मुक्के लगाते, तो कभी मुट्ठियों में बाल पकड़कर झकझोरते। उनका कायान्तरण हो चुका था। वह सचमुच अष्टभुजाधारी ऑक्टोपस की तरह अपनी गिरफ़्त में श्रीमती कुसुम कुमारी को जकड़े हुए थे।

पति के कायान्तरण का रहस्य पल-भर में समझ गईं श्रीमती कुसुम कुमारी। वह पति के प्रहारों से बदहाल थीं, पर उन्होंने क्षणांश में निर्णय लिया कि अष्टभुजा नामधारी इस ऑक्टोपस से मुक्ति के लिए यही उचित अवसर है। उन्होंने अपने भीतर साहस सँजोया और एक झटके के साथ उठीं। अष्टभुजा लाल की पकड़ ढीली पड़ी और वह तिलमिलाते हुए गिरे। तनकर खड़ी हुईं श्रीमती कुसुम कुमारी। बोलीं—"बस! अब छूना भी नहीं मुझे।...तुम्हें ये चिट्ठियाँ तो वार्डरोब में मिल गईं...पर तुम्हें अपनी माँ की डायरी नहीं मिली?...उसी में है...जाओ, निकालो और पढ़ लो। मरने से पहले मुझे सौंप गई थीं तुम्हारी माँ मानोदेई। कैथी लिपि में लिखी है।...उनके मरने के बाद तुम्हीं से कैथी सीखकर पढ़ी थी मैंने। तुम भी पढ़ लो।...और कल से अष्टभुजा लाल वल्द झूलन लाल मत लिखना। लिखना, अष्टभुजा लाल वल्द बचनू लाल..."

अष्टभुजा लाल पलँग पर लोथ की तरह पड़े थे। उनकी तमाम भुजाएँ जाने कहाँ विलीन हो चुकी थीं!

व्यासब्रह्म

व्यास बाबा समाधि लगाकर बैठे हैं।

ब्रह्मस्थान के चबूतरे पर पालथी मारे, हथेलियाँ घुटनों से सटाए, आँखें मूँदकर मृत्यु का आवाहन कर रहे हैं। उनके ऊपर बूढ़े पीपल की गझिन छतरी तनी है। मृत्यु के लिए तड़प रही है उनकी आत्मा। उनके भीतर हाहाकार मचा हुआ है। अपने अब तक के जीवन के संचित तपों के फल की याचना के रूप में वह मृत्यु को पुकार रहे हैं।...और मृत्यु है कि पाँक में छिपी माँगुर मछली की तरह उनकी मुट्ठियों से फिसल-फिसल जा रही है। इसके पहले भी कई बार ऐसा हुआ है कि उन्होंने मृत्यु की कामना की है...मृत्यु को पुकारा है और मृत्यु छाया की तरह आभास देकर लोप हो गई है।...पर पहले की पुकार और आज की पुकार में फ़र्क़ है। आज की पुकार में उन्होंने अपने जीवन के सारे पुण्य दाँव पर लगा दिए हैं।

व्यास बाबा साँस रोककर बार-बार मृत्यु के क़रीब जाने का प्रयास कर रहे हैं। उन्हें लगता है कि बस अब आ ही गई मृत्यु कि जाने कहाँ से सँसरकर हवा फेफड़े में चली आती है और याचित मृत्यु छिटककर उनसे दूर हो जाती है। ठीक वैसे ही, जैसे सुराज-उत्सव की रात डोमना चमार की औरत उनकी कसरती देह के वज्रकसाव से छिटककर भाग गई थी और वह हाथ मलते रह गए थे। गाँव में सुराज-उत्सव चल रहा था, सो उन्होंने पीछा नहीं किया। सोचा था, आज नहीं कल सही। पर वह उसी रात फाँसी लगाकर झूल गई थी।...पचास वर्ष होने को आए, पर डोमना चमार की औरत की देहगन्ध आज भी उनके नथुनों में बसी है। पल-भर के लिए ही बाँध पाए थे अँकवार में और इसी पल-भर में वह दे गई जीवन-भर के लिए सौगात...कँटीली चम्पा के फूल-सी तीखी गन्ध। बीस वर्ष बाद उन्हें डोमना की बेटी ललमुनियाँ की देह को सूँघने का अवसर मिला। उसकी देह का

पोर-पोर उन्होंने सूँघा, पर वह गन्ध कहाँ! ललमुनियाँ जब कभी उनके हाथ लगती, पहले उसे सूँघते, पर उन्हें उसकी महतारीवाली वह गन्ध नहीं मिली।

...नहीं। आज नहीं। अभी तो बिलकुल ही नहीं। इस समय वह अपने इन कर्मों को याद नहीं करेंगे। अपनी इस लालसा को तो वह लार टपकाने ही नहीं देंगे। डोमना बहू की देह की गन्ध खोजने में समूची उम्र कट गई और सुराज-उत्सव की रात की असफलता की टीस वह जीवन-भर भोगते रहे।...पर अब इस दुःख को याद नहीं करेंगे।

व्यास बाबा की मुँदी हुई आँखें खुलती हैं। वह पीछे की ओर गरदन झुकाकर बूढ़े पीपल की छतरी को निहारते हैं। डालों-पत्तियों की गझिन बुनावट के बीच छूट गए छिद्रों से आती किरणों पर आँखें टिकाकर भगवान भुवन भास्कर को गुहारते हैं। साहस सँजोते हैं। अपनी याचना को बलवान बनाते हुए फिर से आँखें मूँद लेते हैं।

...याचना सिर्फ़ आज-भर। अगर आज सूर्यास्त तक नहीं मिली मृत्यु, तो कल सूर्योदय के समय हठ से काम लेंगे। अपना मृत्यु-यज्ञ आरम्भ करेंगे। आज रात से ही अन्न-जल त्याग देंगे और कल यहीं...ब्रह्मस्थान के इसी चबूतरे पर...यहीं सारे गाँव के लोगों के सामने वह अपना चोला बदल देंगे। सुगना उड़ा देंगे फुर्र से और पिंजड़ा छोड़ देंगे इसी पीपल के नीचे।...बाँध लिया है गठरी अब तो।

आँखें मूँदकर समाधि में लीन बैठे व्यास बाबा की नाक पर बीट करके एक काग उड़ता है। पीपल की गझिन छतरी में हलचल होती है। सुग्गे की चोंच जैसी उनकी नुकीली नाक लदफद हो जाती है। दहाड़ते हैं व्यास बाबा—"कागभुसुंडि! साले! सगरे गाँव में एक हमारी ही नाक मिली थी हगने के लिए?...हग लो साले...जितना जी चाहे हग-मूत लो। यहीं आना दशगात्र का पिंड खाने...यहीं होगा श्राद्ध का भोज। सगरे गाँव में एक हमारी ही तो नाक बची है हगने के लिए...।"

व्यास बाबा की दहाड़ती हुई आवाज़ रुदन में बदल जाती है। उनकी हिचकियों का स्वर आग की लपटों की तरह ऊपर उठता है...बूढ़े पीपल की डालों पर बैठे कागों का पीछा करता है। समूह-स्वर में काँव-काँव मचाते हुए काग पंख फड़फड़ाते हैं। उड़ते हैं। व्यास बाबा के विलाप स्वर, कागों की काँव-काँव और पंखों की फड़फड़ाहट से बूढ़े पीपल के गझिन पत्तों

में हलचल मच जाती है। इस हलचल से गाँव के दक्षिणी सीवान का पर्यावरण असन्तुलित हो उठता है।

सूर्यास्त होता है। आकाश में दिन-भर विचरण के बाद पक्षियों के समूह वापस हो रहे हैं। बूढ़े पीपल के पत्तों से फिसल-फिसलकर बहती जा रही हैं ललछौंहीं किरणें। पत्ते सँवलाने लगे हैं। चहल-पहल से भर उठता है बूढ़े पीपल का घर-आँगन।

व्यास बाबा उठते हैं। नीचे उतरकर चबूतरे पर माथा टेकते हैं। लघुशंका से निवृत्त होकर सामने स्थित पोखर की भींट पर चढ़ते हैं। भींट पर खड़े होकर बूढ़े पीपल को निहारते हैं। कुछ देर तक पीपल को निहारने के बाद भींट के उस पार उतरकर पोखर के किनारे पहुँचते हैं। कमर में बँधी धोती और काँधे पर रखा गमछा उतारकर किनारे रखते हैं। और नग्न-स्नान के लिए पोखर के पेट में उतर जाते हैं। डुबकी लगाते हैं। जनेऊ तानकर पीठ रगड़ते हैं। फिर नाक दाबकर लगातार डुबकियाँ लगाते हैं। बाहर निकलकर गमछे से देह पोंछते हैं और धोती धारण कर आँखें मूँदते हुए बुदबुदाते हैं—"तुम चाहे जितना छल करो, प्रभु, पर हम तो आज गुहारेंगे ही।...अब तुम्हारी मरजी। जो चाहो, सो करो।"

अँधेरा घना हो चुका है। दिन-भर की तपिश से बदहाल साँपों और कीड़े-मकोड़ों के विहार का समय है। भींट की बाँबियों से निकलकर विहार करते न जाने कितने साँपों का फन कुचला है व्यास बाबा ने! वर्षों पुरानी एक स्मृति कौंधती है।...ऐसी ही एक साँझ थी। वैशाख की तपिश-भरी साँझ। आदमी, पशु-पक्षी, कीड़े-मकोड़े—सब बदहाल थे। पड़ोस के गाँव से कुश्ती लड़कर लौट रहे थे व्यास बाबा। घुटने तक उठी धोती, कमर में गमछे का फेंटा और माथ पर लाल लँगोट की ध्वजा जैसी लहराती पगड़ी। अखाड़े की धूल और पसीने से सनी नंगी देह और हाथ में छोटे गिरहवाली लम्बी लाठी लिए विजय के उन्माद में चँवर की पगडंडियाँ रौंदते चले आ रहे थे पहलवान पंडित व्यास बिहारी मिसिर कि... । चँवर के बीचोबीच बहनेवाली बरसाती पइन के पेट में नाग-नागिन का जोड़ा एक-दूसरे से लिपटकर धरती पर लोट रहा था। पहले तो ठिठके...फिर साँस रोककर अँधेरे में थाहने की कोशिश की और तब मेड़ से छलाँग लगाकर कूदे पइन के पेट में। नाग-नागिन का जोड़ा छिटककर अलग हो गया। अँधेरे में ही साधकर दुहत्थी

लाठी से वार किया, तो गों-गों करते हुए धरती पर गिरकर तड़पने लगा काला भुजंग—हीरा पासवान। थरथर काँपती डोमना की बेटी ललमुनियाँ घुटने में छाती छिपाए बैठी थी। अँधेरे में भी उसे साफ़-साफ़ देख रहे थे व्यास बाबा। इसके पहले कि वह दुबारा लाठी से वार करें, हीरा ने उनके पाँव पकड़ लिए। उन्होंने बाएँ हाथ की मुट्ठी में उसकी ज़ुल्फ़ों को भरते हुए उसे उठाया और मेड़ की ओर धकेल दिया। बिना कुछ बोले पइन के पेट से बाहर निकल गया हीरा पासवान।...और उन्होंने ललमुनियाँ की देह को सूँघना शुरू किया। उसकी महतारी की देह की गन्ध खोजते रहे।...पर अब ठहरकर यह खेल खेलने का समय नहीं रहा। बदल गया है समय। यही बदला हुआ समय फन निकालकर उनके सामने खड़ा फुँफकार छोड़ रहा है।

व्यास बाबा लौट रहे हैं। पोखर की भींट, बूढ़ा पीपल...ब्रह्मस्थान का चबूतरा...और लौटते हुए व्यास बाबा—सब अँधेरे का ग्रास बनते जा रहे हैं।

वृत्ताकार बसा है पंडितपुर गाँव।

वृत्त की परिधि पर बसे हैं डोम, मुसहर, दुसाध और चमार जाति के लोग। यहाँ झोंपड़ियाँ थीं और इन झोंपड़ियों में संझा-बाती की परम्परा नहीं थी। दिन-भर की गुलामी के बाद लोग जो कुछ पाते, सूर्यास्त होते ही खा-पीकर सुबह की प्रतीक्षा में लग जाते।

परिधि के बाद और केन्द्र से पहले बसी हैं—मध्य जातियाँ। इसी बीचवाली पट्टी में परम्परागत पेशे के साथ केन्द्रवालों की धरती पर अधिया खेती और मज़दूरी के बल पर कच्ची दीवारोंवाले घर थे। इन पर अधिकांशत: फूस या कहीं-कहीं खपरैल के छाजन थे। इन घरों में ढिबरियाँ तो थीं, पर वे सारी रात नहीं जलतीं। रात का एक पहर बीतते ही बुझा दी जाती थीं। लोग खा-पीकर सो जाते या गीत-गवनई करते। इस पट्टी में गीत-गवनई करनेवालों या कुश्ती लड़नेवालों की भरमार थी। पर्व-त्योहार या उत्सवों के समय इनके गीत-नाद की गूँज दूसरे गाँवों तक पहुँचती। विवाद-फसाद के समय मालिकों के बोल पर जब ये लोग लाठियाँ लेकर हहास बाँधते हुए दौड़ते, तो गाँव के दुश्मन जवार छोड़कर भाग खड़े होते। इसी पट्टी में रहते थे रामसिंगार कानू जैसे लोग, जिनके कंठ में सुरसती बसती थीं और

अँगुलियों में बंगाले का जादू। बिरहा गाते, तो कलेजे में छेद कर देते और आल्हा-ऊदल गाते हुए ढोलक पर थाप देते, तो गढ़महोबा उतर आता पंडितपुर गाँव में। इसी पट्टी में रहते थे टैन भगत, जिनकी देह में इन्द्र के ऐरावत का बल था। पूरे जवार में एक भी पहलवान नहीं था, जो हाथ मिला सके। ज़िला-जवार के पहलवानों को धूल चटानेवाले टैन भगत सिर्फ़ व्यास बाबा से नहीं जीत सके। दोनों जोड़ीदार थे। जब-जब लँगोट बाँधकर व्यास बाबा से लड़ने के लिए अखाड़े में उतरे, चित हो गए। इस रहस्य को कोई नहीं बूझ सका कि आख़िर एक बार भी क्यों नहीं जीत पाए टैन भगत! जीतना तो दूर, बराबरी का ज़ोर तक नहीं दिखा सके। मर गए टैन भगत, पर यह राज़ नहीं खुला। अब किसी को क्या बताते और कैसे समझाते कि बाभन को पटककर परलोक बिगाड़ लेने से तो अच्छा है अखाड़े में चित हो जाना!

व्यास बाबा गाँव के दक्षिणी सीवान से चलते हुए वृत्त के किनारे पहुँचते हैं। परिधि पर बनी झोंपिड़याँ अब नहीं रहीं। पाँच साल से ऊपर हुए इनकी जगह इन्दिरा आवास उग आए। जिन दिनों ये बनकर तैयार हुए, पीले रंग से पुते अट्ठासी मकानों की छटा देखते ही बनती थी। इन मकानों में प्रवेश के दिन मंत्री, नेताओं और हाकिम-हुक्कामों की भीड़ से पंडितपुर गाँव में तिल धरने की जगह नहीं थी। लोहे के खम्भों में तने तारों पर बहती हुई जाने किस लोक से रोशनी आई और नए बने हर घर में ढेरों नन्हे-नन्हे सूरज जगमगा उठे। पंडितपुर के केन्द्र में उस दिन अँधेरा था और परिधि पर रोशनी का मेला लगा हुआ था। उसी रात, पहली बार परिधि पर बसे घरों में संझा-बाती की परम्परा शुरू हुई। उसी रात दारू पीकर जेठ में होली गाते और हुड़दंग मचाते लोग केन्द्र तक पहुँच गए थे। बात-बेबात देह की चमड़ी उतार लेनेवाले लोगों ने अपने-अपने घर के दरवाज़े की ओट से झाँककर जेठ में होली का हुड़दंग मचाते लोगों को देखा और सहमे हुए उनकी वापसी की प्रतीक्षा करते रहे।

व्यास बाबा सरकारी मकानों की पट्टी को पार कर चुके हैं। इन दिनों बिजली के लट्टुओं में कभी-कभार ही रोशनी आती है। अधिकतर अँधेरा ही रहता है। यह अँधेरा अच्छा लगता है व्यास बाबा को। जब रोशनी रहती है, इन मकानों को पार करना रौरव नरक से गुज़रने की तरह लगता है। देह के रोम-रोम में सुई की तरह चुभती हैं किरणें। वह बीचवाली पट्टी

में प्रवेश कर चुके हैं। इस पट्‌टी में प्रवेश करते ही उन्हें लगता है, जैसे रौरव नरक से निकलकर रावण की लंका में आ गए हों। जो लोग राह से गुज़रते हुए देखकर पाँवों पर झुक आते थे, उनके वंशज आजकल ठीक बीच राह पर खाट बिछाकर ताश के पत्ते फेंटते रहते हैं। इस पट्‌टी को पार करते हुए व्यास बाबा का मन आशंकाओं से भरा रहता है। उनकी रीढ़ की हड्‌डी थरथराती रहती है।

पंडितपुर की हवा अब व्यास बाबा को रास नहीं आती। उनके मन में तरह-तरह की बातें उठ रही हैं। एक समय था, जब लोग ईश्वर से डरते थे।...लोग मेहनत-मज़दूरी करते...धरती जोतते-बोते...मालिक जो देते बाँटकर, उसे बिना हील-हुज्जत के ले लेते और अपनी गृहस्थी चलाते। तब दुनियादारी इस तरह मटियामेट नहीं हुई थी और बड़े-छोटे का भेद मिटा नहीं था। छोटे पाँवलगी करते और हथेली फैलाकर माँगते। बड़े असीसते और पेट भरने के लिए हथेली पर कुछ-न-कुछ रख देते। उन दिनों छोटे लोग, बड़े लोगों के लिए जान भी दे देते, तो उसका हिसाब नहीं रखते...मुआवज़ा नहीं माँगते। बड़े गाली भी देते, तो वह आशीर्वाद की तरह फूलता-फलता। परिधि पर बसे लोगों की बहू-बेटियाँ तो मन में यह आस लिए गर्भ के दिन उछाह से काटतीं कि इस बार सन्तान की चमड़ी का रंग बदल जाएगा। बीचवाली इस पट्‌टी की औरतों का जूठन ही उनके गर्भ को नसीब होता। मूरख और ज्ञानी दोनों को मालूम था कि एक औरत महाभारत रच सकती है, सो औरतों को लेकर कोई बवाल नहीं होता था। औरतें भी जानती थीं कि आबरू और आक़बत मर्दों की बनती-बिगड़ती है।...अब डोमना चमार की औरत जैसी एक-दो पागल निकल जातीं, तो उनकी फिकर कौन करता!...पर अब तो पृथ्वी ही उलट गई। धरती चली गई नीचे और पाताल आ गया ऊपर। जो भी गन्दा-ग़लीज़ छिपा था पृथ्वी के पेट में, सब बाहर आ गया। अब तो सकल संसार ही रावण की लंका की तरह लगने लगा है। हर गाँव लंका...हर गाँव में रावण और उसकी राक्षसी सेना।...अब तो बच-बचकर चलने और सहम-सहमकर जीने के दिन आ गए। एक-से-एक ज़हरीले कीड़े-मकोड़े घूम रहे हैं। पता नहीं कब कौन काट-डँस ले! ऐसे-ऐसे भयानक पशु गाँव में दिन-दहाड़े घूमते-फिर रहे हैं, जो पलक झपकते आदमी को खा-चबा जाएँ। जिस टैन भगत की लँगोट वह हर कुश्ती

में खोलते रहे...जिस टैन भगत की पीठ में हर रोज़ अखाड़े की धूल मलते रहे, उसी टैन भगत का...। धरती के मालिक धरती का काग़ज़-पत्तर लिए चाटते रह गए और दूसरों का घर भर गया। कुकुरमुत्तों की तरह पक्के मकान उग आए। अब तो माटी की भीत और खपरैल का छाजन ढूँढ़ने पर कहीं-कहीं मिलता है। दरवाज़ों पर नादों और खूँटों की क़तार देखते ही बनती है। हरिहरक्षेत्र के मेले से लाई गई जर्सी गाय के दूध में नहाते और पार के सुबुक सींगवाले बैलों की जोड़ी को टिहकारी-पुचकारी मारते दिन गुज़ारते हैं इस पट्टी के लोग। व्यास बाबा बीचवाली पट्टी पार कर चुके हैं। न किसी ने पाँवलगी किया और न ही कुशल-क्षेम पूछा।

अब पंडितपुर गाँव के केन्द्र में प्रवेश कर रहे हैं व्यास बाबा। केन्द्र में बसे हैं पंडितपुर के पंडितों के तीन छोटे-छोटे टोले। पाँड़े टोला में कुल बारह घर हैं। पुरोहिती करते, पाँवलगी करवाते, जनम-विवाह की दक्षिणा और श्राद्ध का दान-पिंड स्वीकार करते इन घरों में अन्न-धन पहले अँटा-गँसा रहता था। आठ घरोंवाले मिसिर टोला की पुरोहिती गाँव से बाहर थी। बड़कागाँव के राजपूतों और रसूलपुर के कायस्थों के घरों की जजमनिका की आधी कमाई घर बैठे हासिल हो जाती थी। पाँड़े टोला के लोग जाकर कर्मकांड करवाते और दान-दक्षिणा का अधिया दे जाते। खेती और बाग़-बग़ीचों का हिसाब-किताब करने से लेकर गाँव-जवार के झगड़ों की पंचायत तक का दायित्व इतना व्यस्त रखता कि मिसिर टोला के मर्दों को साँस लेने की भी फ़ुर्सत नहीं मिलती। औरतें दिन-भर गपियातीं, व्रत और पूजा-पाठ में लगी रहतीं, आपस में झगड़तीं, ज़रूरतमन्दों को डेढ़ा-अढ़ैया पर अन्न-रुपए देकर सूद वसूलतीं और गहने गढ़वातीं। इन दोनों टोलों में संझा के समय, जो दीये जलते, सारी रात जलते रहते। व्यास बाबा मिसिर टोला के निवासी थे। इन बारह और आठ घरों के अलावा दो घर और थे। दुबे लोगों के घर। दो घरों का सबसे छोटा, पर सबसे ताक़तवर टोला था—दुबे टोला। दुबे टोला के लोग इस गाँव के मूल निवासी नहीं थे। मिसिर टोला का एक परिवार नावल्द हो गया। इसी नावल्द परिवार के दामाद ने ससुराल की डीह पर आसन जमाया। बेटी का वंश मायके की माटी में ख़ूब फूला-फला। अन्न-धन-जन की ऐसी बाढ़ आई कि देखते-देखते पंडितपुर की नाभि बन गए दुबे लोग। परिवार एक से दो हुआ। अपने विशाल भवनों से दुबे

लोग बिना सवारी के बाहर नहीं निकलते थे। ममहर का रिश्ता होने के कारण मिसिर लोगों के साथ भात खाते, पर पाँड़े लोगों के साथ पंगत में बैठकर कभी भात नहीं खाया। पंडितपुर से पटना तक फैला था इनका संसार। इन घरों में दीया-लालटेन नहीं, पेट्रोमेक्स जलता था। दरवाज़े पर टँगे पेट्रोमेक्स की रोशनी की छाया सामने के पोखर में चमकती। पोखर में ढेला फेंकने पर चल्हवा मछली की तरह लहराती थी रोशनी की परछाईं। पाँड़े टोला, मिसिर टोला और दुबे टोला के बीच में था यह पोखर। इसी पोखर के किनारे था राम-जानकी मन्दिर, जिसके परिसर में बजते शंख की ध्वनि इन बाईस घरों को पवित्र करती और इनमें सुख-समृद्धि भरती।...पर ये बातें बीते दिनों की हैं। उन दिनों की बात ही कुछ और थी। तब यह पंडितपुर गाँव, केवल एक गाँव नहीं था। इस जवार के गाँवों की नाक था यह गाँव। बड़कागाँव के राजपूतों का रोबदाब और रसूलपुर के कायस्थों की रईसी की चमक पंडितपुर के लोगों के सामने फीकी पड़ जाती थी।...तब अमन-चैन के दिन थे।

व्यास बाबा पंडितपुर के केन्द्र में हैं। गाँव के दक्षिणी सीवानवाले पोखर से चलते हुए गाँव के बीचवाले पोखर तक पहुँच चुके हैं। पोखर के किनारे, पाँड़े टोला में खड़े हैं। पोखर के ठीक उस पार उनका घर है। बाईं तरफ़ पश्चिम की ओर चलने पर पूरब की ओर मुँह किए मन्दिर है और दाईं तरफ़ चलने पर पश्चिम दिशा में मुँह किए दुबे लोगों के मकान हैं। दुबे टोला अँधियारे में डूबा है। कभी न ख़त्म होनेवाली अनन्त कालिमा से ढँक गया है दुबे टोला। पेट्रोमेक्स की रोशनी को बुझे हुए सात साल हो गए। जनशून्य मकानों से कुत्ते भी परहेज़ करते हैं और बिल्लियाँ तक रास्ता बदल लेती हैं। पिछले कई सालों से चूना नहीं पुता। दीवारें काई से करियाने लगी हैं। जंगली पौधे और घास-फूस उग आए हैं। व्यास बाबा ठहरकर अँधेरे में ढँके दुबे टोला को निहारते हैं।...ठीक एक रात पहले सारा माल-असबाब समेटकर दोनों घरों के लोग निकल गए थे। बाल-बच्चे तो पहले से ही पटना में रहकर पढ़ रहे थे। वहाँ मकान बन चुके थे और समानान्तर गृहस्थी बस चुकी थी, सो सरक जाना आसान था।...पर बाक़ी लोग कहाँ जाते ? दुबे लोगों को पहले ही पता चल चुका था। सच तो यह है कि दुबे लोगों ने समझौता किया था। बड़ी रक़म सौंपकर, जान बचाकर निकल भागे थे दोनों

घरों के लोग।...अब पंडित व्यास बिहारी मिसिर भी निकल जाएँगे। अब नहीं रुकेंगे। बहुत देख-भोग लिया संसार को।...आज की रात उनके जीवन की अन्तिम रात है। अब और कोई रात नहीं होगी उनके जीवन में। कल ब्रह्मवेला से मृत्यु-यज्ञ आरम्भ और सूर्यास्त होते ही फ़ैसला।

व्यास बाबा बाईं ओर मुड़ते हैं। पाँड़े टोला का अन्तिम छोर छूट रहा है। रामदहीन पाँड़े, भवनाथ और हरिहर पाँड़े के दरवाज़ों पर सन्नाटा है। अन्तिम छोर पर है सूरत पाँड़े का घर। सूरत पाँड़े के ओसारे में बँधी एक मरियल बछिया हँकार रही है। वह क्षण-भर ठिठककर बछिया को पुचकारते हैं। उसकी हँकार रुक जाती है। पिछले दिनों सूरत पाँड़े की विधवा ने इसी बछिया की माँ को जलालपुर के कसाई के हाथों बेच दिया था। व्यास बाबा का मन घृणा से भर आता है। बुदबुदाते हैं—"हरामजादी! ...सूरता बहू!...कुतिया, राँड़ हुई तब से जलालपुर के कटुओं का मेला लगाए रहती है।"

वह दाईं ओर मुड़कर मन्दिर की ओर बढ़ते हैं। मन्दिर के ओसारे में दीपक टिमटिमा रहा है। मन्दिर के पुजारी झक्खड़ बाबा गाँजा टानकर सो चुके हैं। वह बाहर ही खड़े-खड़े शीश नवाकर भगवान को प्रणाम करते हैं। मन ही मन अपना संकल्प दुहराते हैं...'सिर्फ़ आज-भर, प्रभु। कल से ये शीश नहीं झुकेगा।...आज रात को इच्छामृत्यु दे दो...मेरी लाज रख लो... और नहीं, तो कल से जुध ठनेगा तुमसे।'

व्यास बाबा मिसिर टोला में हैं। पंडित नन्द बिहारी मिसिर के इकलौते सुपुत्र पहलवान पंडित व्यास बिहारी मिसिर अपने घर के सामने पहुँचकर चारों तरफ़ नज़रें घुमाते हैं। छाती-भर ऊँची कुरसीवाला मकान। ओसारे की ओरी में लालटेन लटक रही है। लालटेन की मद्धिम लौ का क्षीण प्रकाश ओसारे में और सहन के ऊपर पसरा हुआ है। ओसारे के नीचे एक मोटरसाइकिल खड़ी है। वह ओसारे पर चढ़ते हैं। दोनों तरफ़ गोलकमरे हैं। मकान के इस बाहरी हिस्से की हालत जर्जर होने लगी है। दीवारों से पलस्तर झड़ना शुरू हो चुका है। एक तरफ़ का गोलकमरा पहले बैठक था। हित-पाहुन आते, तो इसी में ठहरते। दूसरा गोलकमरा व्यास बाबा का तपस्थल था। इसी में रहता था हाथीदाँत जड़ित उनका मुगदर, जिसे भाँजने में बड़े-बड़े पहलवानों के पाँखुर उखड़ जाते। बुद्ध के वज्रासन की तरह आज भी इस कमरे में पड़ा हुआ है उनकी माँ के मायके से मिला वह पलंग, जिस

पर उन्होंने अनगिनत पुण्य अर्जित किए हैं। कभी इस गोलकमरे का भी भाग्य था। बहेलिया के जाल की तरह था यह गोलकमरा। रात-बिरात...दिन-दुपहरिया शिकार अपने आप खिंचा चला आता था। कभी-कभार ऐसी भी नौबत आई कि बिना राज़ी-ख़ुशी कोई आया और राज़ी-ख़ुशी लौटा। इस कमरे ने सुख के दिन देखे हैं। इस कमरे में उनकी जवानी की साँसें रची-बसी हैं। आज भी इसकी दीवारों को कोई सूँघे, तो उसे तरह-तरह की महक मिलेगी। इसी कोठरी में टैन भगत की बीवी... । उन्हें जब कभी सिरदर्द होता टैन की बीवी गाय का पुराना घी लेकर आती। गाय के पुराने घी से मालिश करने पर उसका सिरदर्द छूमन्तर हो जाता। टैन को अखाड़े में मात देना आसान नहीं था, तो टैन बहू को क़ाबू करना भी सबके बूते की बात नहीं थी। उसकी साँसों की हुमक और देह की धमक से यह गोलकमरा धरती छोड़कर आकाश पकड़ लेता था। वह तो व्यास मिसिर की क़ुव्वत थी कि वह इस तूफ़ान को अपनी देह के वज्रकसाव में बाँध लेते।

ओसारे में बिछी चौकी को गमछे से झाड़कर व्यास बाबा बैठते हैं। वह पिछले कई वर्षों से इसी चौकी पर सोते हैं। बरसात हो, जाड़ा हो या प्रचंड गर्मी, इसी चौकी पर उन्हें नींद आती है। पंडिताइन जीवित थीं उन दिनों भी वह नींद के लिए इसी चौकी पर सोते रहे हैं। ओसारे में खुलनेवाले दोमुँहे का दरवाज़ा उढ़का हुआ है। भीतर तेज़ जलती लालटेन की रोशनी की लकीर पल्लों की दरार से ओसारे में फैली मद्धिम रोशनी पर गिर रही है। दोमुँहे के पार से हँसी की आवाज़ें आती हैं। औरत और मर्द की मिली-जुली हँसी। कभी हँसी...कभी फुसफुसाती आवाज़ की आस...और कभी दम साध लेनेवाली चुप्पी। व्यास बाबा नहीं चाहते हैं इन आवाज़ों को सुनना और इस चुप्पी को थाहना।...पर क्या करें ? कान कहाँ रख आएँ ?...कहाँ फेंक दें छाती में उठते बवंडर को ?...किस पोखर में डुबो आएँ अपने भीतर धधकती इस ज्वाला को ?...साँझ ख़त्म हो चुकी है कब की।...रात का पहला पहर बीत चुका है। सारा गाँव खा-पीकर सो गया है या फिर ऊँघ रहा है।...और इस घर में अभी रसलीला चल रही है।...रसलीला।...नहीं, रसलीला नहीं। ये साले क्या रसलीला करेंगे।...है कोई माई का लाल जो उनकी रसलीला का मुक़ाबला कर सके।...समय ने सब कुछ बदल दिया, नहीं तो व्यास मिसिर उड़ती चिरई का पाँख नोच लेते थे। यह समय का

ही फेर है कि अपने दुआर पर बैठकर दूसरे की रसलीला देख रहे हैं।...यह समय की घात है कि अपने ही दुआर पर बैठे-बैठे जाने कब तक जागना पड़े कि किशन-कन्हैया निकलें और राधिका रानी दुआर पर बैठे कुकुर-बिलार के लिए जूठन फेंकें।

माह-भर पहले व्यास बाबा मरते-मरते बचे थे। इसी दरवाज़े पर दोनों हाथ जोड़कर परमपिता से गुहार लगाते और आँखों से लोर टपकाते हफ़्ता दिन गुज़रा। मलजर में फँस गए थे। तेज़ ज्वर और पेट में ठीक नाभि के ऊपर उठती मरोड़ के बाद चिकना आँव। काँखते-कूँखते घर के पिछवाड़े बाड़ी में आते-जाते दिन-रात कटते थे। व्यास बाबा ने अमरूद का टूसा चबाकर प्राण बचाए। पहले तो लगा कि डोला उठ जाएगा, पर वह रोग-व्याधि से मरना नहीं चाहते। उन्होंने भगवान से प्रार्थना की थी कि ऐसे नहीं प्रभु।...प्रभु ने सुन ली। मल रुका। ज्वर उतरा। पर क़ायदे का खान-पान नहीं हुआ। सुबह से रिरियाते रहते थे कि मड़गीला भात चाहिए, पर किसी को फ़ुर्सत हो तब तो सुने। बारह बज जाते थे और तब आती थीं दो टिकड़ी रोटियाँ। एक तो मलजर की मारी हुई देह और ऊपर से टिकड़ी रोटियाँ, जिसे आदमी तो दूर, कुकुर-बिलार तक सूँघकर छोड़ दें। पहले दिन तो उन्होंने सूँघकर छोड़ दिया। मक्खियाँ भिनभिनाती रहीं। जब कोई पूछने नहीं आया, तो ताक़त बटोरकर गरजे—"मड़गीला भात नहीं मिला तो मूत देंगे इसी थाली में।"...पर मड़गीला भात नहीं ही मिला।

दोमुँहा का दरवाज़ा खुलता है। भीतरवाले लालटेन की रोशनी का तेज़ भभका ओसारे में फैल जाता है। सफ़ेद खादी का कुर्ता-पाजामा पहने एक तीस वर्षीय युवक बाहर निकलता है। कलेजे पर पत्थर रखकर व्यास बाबा विदा का यह दृश्य अपनी आँखों देख रहे हैं।...वह ओसारे से नीचे उतरता है। मुड़कर दरवाज़े पर लालटेन लेकर खड़ी स्त्री को चमक-भरी आँखों से निहारता है। मुस्कराता है। मोटरसाइकिल चालू करता है। फिर भड़भड़ करती मोटरसाइकिल पर बैठकर उड़ जाता है। भीतर से आती लालटेन की रोशनी लोप हो जाती है। व्यास बाबा दाँत पीसते हुए बुदबुदाते हैं—"साले! उड़ा लो चेतक घोड़ा, उड़ा लो। इसी घोड़े से गिरकर एक दिन मरोगे साले।" शाप देते हुए व्यास बाबा के नथुनों से गेहुँवन साँप की तरह फुँफकार निकल रही है। उनकी आवाज़ तेज़ होती है—"एक

दिन माछी भिनभिनाएगी तुम्हारी लहास पर।...साले! जवानी के जोम में अन्हराए-बऊराए फिर रहे हो। तब पता चलेगा, जब गिरोगे और भर मुँह माटी लेकर तड़पोगे।...जिस धरती को मसलते हुए चल रहे हो, साले...एक दिन वही धरती फटेगी और गड़ाप हो जाओगे।''

व्यास बाबा की आँखों में गड़ाप होते सुखों के दृश्य उभरते हैं। पंडितपुर के ब्राह्मणों का सुख लील गई धरती। धरती लेकर चाटने से पेट नहीं भरता। और जब धरतीवाले भी न रहें, तो चाटेगा कौन?...राजनीति की ऐसी बयार चली कि उसमें सब कुछ उड़ गया। देखते-देखते खेतों से फ़सल उड़ी...फिर खेत उड़ने लगे। मान-मरजाद उड़ा...नेम-धरम उड़ा और एक रात अट्ठारह जवान, दस अधेड़, पाँच औरतें और दो बच्चे यानी कुल पैंतीस जानें उड़ गईं।

व्यास बाबा के कलेजे की अग्नि तेज़ होती है। जब-जब याद आती हैं जवान बेटों की ख़ून में सनी लाशें, उनके माथ में बवंडर उठ जाता है। उनका जी करता है आग लगा लें देह में या फिर सारे गाँव को फूँक-ताप जाएँ और...। परलोक जाएँगे तो क्या जवाब देंगे पंडिताइन को। क्या बताएँगे उन्हें कि तुम्हारे दोनों बेटों और बड़े पोते को फूँक-तापकर आ रहा हूँ। पैंतीस लाशों में उनके बड़े बेटे ललन मिसिर, छोटे बेटे मदन मिसिर और ललन के पाँच वर्षीय बेटे की लाशें शामिल थीं।

मदन की कनिया अपने साल-भर के बेटे के साथ मायके में थी, सो बेटे के साथ बच गई।...और यहाँ बचे व्यास मिसिर और बड़े बेटे ललन की औरत। दो-दो जवान विधवा बहुओं और एक दुधमुँहे पोते के साथ पंडित व्यास बिहारी को उनके ईश्वर ने धरती का सुख भोगने के लिए छोड़ दिया।...सात वर्ष गुज़र गए इस घटना को बीते। बँटाई-मज़दूरी के बहाने शुरू हुई इस लड़ाई का बीज दुबे टोला ने बोया था। और मिसिर टोला-पाँड़े टोला के लोगों ने खाद-पानी डालकर इसे सींचा। खेत परती रहने लगे। फिर जैसे-तैसे थोड़ी खेती शुरू हुई तो हल्ला बोलकर फ़सलें लूटी जाने लगीं। परिधि पर बसे लोगों ने मरे हुए माल-मवेशियों को छूना बन्द कर दिया। मजूरी मनमौजी। उन्होंने अपनी औरतों की देह पर ताले जड़ दिए। बीच की पट्टीवालों ने तो आँखें ही नहीं बदलीं, आँखें तररने भी लगे। पाँवलगी बन्द हो गई। बँटाई खेतों पर लाठी के बूते क़ब्ज़ा शुरू हुआ। जो

औरतें बिना बुलाए घर-आँगन में फिरकी की तरह डोलती थीं, उन्होंने मुँह पर थूकना शुरू कर दिया। राम सिंगार कानू के दरवाज़े पर कानू-कहारों की औरतों ने सूरत पाँड़े को थूक-थूककर नहला दिया था।...गाँव से बाहर के लोग आते...कई-कई रातों तक गाँव में ठहरते और केन्द्र में बसे तीनों टोलों के लोग घर-गृहस्थी का काम तो अलग, दिशा-मैदान तक के लिए बाहर निकलना बन्द कर देते।...उस रात भी बाहर से ही लोग आए थे।...सौ से ज़्यादा ही लोग रहे होंगे। पंडितपुर के लोगों के आमंत्रण पर आए लोगों ने आधी रात को पाँड़े टोला और मिसिर टोला को घेर लिया था और फिर लाशें छोड़कर विजय के उन्माद में पगलाए चले गए थे। जिन्होंने बुलाया था, वे लोग अपने दरवाज़ों पर खड़े होकर हाहाकार का यह नाटक देखते रहे। दुबे टोला के दोनों परिवार एक रात पहले ही गाँव छोड़ चुके थे।

व्यास बाबा अपनी आँखों से अविरल बहते आँसू पोंछते हैं।...नहीं। रुदन नहीं।...रुदन नहीं करेंगे। अब बचा क्या है, जिसके लिए रुदन करें। उन्हें पेशाब की तलब होती है। सहन में जाते हैं। लम्बा-चौड़ा विशाल सहन। लालटेन की मरियल रोशनी को सहन के विशाल उदर ने निगल लिया है। आधे से ज़्यादा भाग अँधेरे में डूबा है। मिसिर टोला में किसी के घर के सामने इतना बड़ा सहन नहीं है। इसके पहले कि यह सहन सिकुड़कर छोटा हो जाए...टुकड़ों में बँट जाए, वह इस दुनिया से पीठ फेर लेंगे। ललन की औरत ने अपने हिस्से का मकान और सहन की ज़मीन किसी को लिख दिया तो!...और क्या पता लिख ही दिया हो! जिसको लिखा हो, वह पंडित व्यास बिहारी मिसिर के मरने की बाट जोह रहा हो कि कोर्ट-कचहरी के झंझट में फँसने से अच्छा है बुढ़वा के मरने तक दम साध लेना।...अब जो भी हो, एक रात में क्या रखा है।

व्यास बाबा वापस आकर चौकी पर बैठते हैं। रीढ़ की हड्डी चिनकती है। ब्रह्मस्थान के चबूतरे पर दिन-भर बैठे रहे हैं, तो रीढ़ तो चिनकेगी ही। वह सिरहाने गमछा लगाकर चौकी पर लेट जाते हैं। ललन और मदन की विधवाओं ने जीवन में जो भी बचा था, सब मटियामेट कर दिया। एक राँड़ कुल-ख़ानदान के विनाश के लिए काफ़ी होती है...और यहाँ तो दो-दो जवान राँड़ों का उपद्रव। उपद्रव ही तो मचा दिया इन दोनों हरामजादियों ने। श्राद्ध के दस दिन भी नहीं बीते थे कि उपद्रव शुरू हो गया। सरकार ने मरनेवालों

के नाम एक-एक लाख रुपया बाँटा। पोते के नाम का पैसा तो सरकारी लोग हड़प गए, पर दोनों बेटों के नाम पर एक-एक लाख रुपए मिले। रुपए क्या मिले, बारूद में आग लग गई। दोनों को लगा, बुढ़ऊ पचा जाएँगे। दोनों ने रुपए हथियाने के लिए ऐसा उपद्रव मचाया कि उनकी बोलती ही बन्द हो गई। रुपए हथियाने के बाद ललन की औरत मायके जा बैठी। वहीं से बँटवारे के लिए सन्देश भिजवाने लगी। बलरामपुर के पंडितों का कुल-ख़ानदान इतना नीच होगा, यह जानते तो बेटा ही नहीं ब्याहते। समधी बाँके तिवारी एक नम्बर का कमीनज़ात निकला। विधवा बेटी की दौलत पर राज़ भोगना चाहता है।...राज़ भोगें सब लोग। अब व्यास मिसिर का इस माया के बाज़ार से कैसा नाता!...बहुत गिड़गिड़ाए। ससुर होकर हाथ जोड़े कि चलो...चलकर रहो।...उपज में तुम्हारा हिस्सा अलग करके दे देंगे। चाहे जैसी मरजी तुम्हारी...जैसे चाहो खरच करो। बस धरती बेचने और बेचकर मायके में लुटाने की बात मत सोचो।...पर दिमाग़ धरती पर हो, तब कोई सोचे-समझे!...भाग्य पहले ही फूटा था...मति भी भ्रष्ट हो गई। गहना-गुरिया सब समेटकर साथ लेती गई।...अब कौन गरज की लौटेगी?...खेत तो मायके में ही बैठकर बेच देगी। ख़रीददारों की कमी नहीं है। पंजाब और अरब का पैसा बाढ़ की तरह गाँव में बहने लगा है। जानते हैं व्यास बाबा कि गाँव के लोग बलरामपुर जाकर पैसे गिनने को तैयार हो जाएँगे। लिखवा लेंगे।...फिर कौन करता फिरेगा फ़ौजदारी?...कौन कचहरी में जाकर नाक रगड़ेगा? बूढ़ी देह और टूटी हुई हिम्मत लेकर कितना लड़ेंगे वह?...और किसके लिए लड़ेंगे?...मदन के बेटे के लिए?

मदन की औरत का चेहरा याद आते ही व्यास बाबा का मन कसैला हो जाता है। वह तो बिना नाथ-पगहा की गाय की तरह सींग मारती फिर रही है। बेटे को मायके भेज दिया है। अबोध बालक क्या जाने दुनिया का रीति-रिवाज। वह भी चाहते हैं ममहर में ही रहे। वहीं रहकर पढ़े-लिखे। इस गाँव में तो अब जान की क़ीमत रही नहीं। कुल का अकेला चिराग है।...इसी का लाभ उठा रही है मदन की औरत। अकेली जवान राँड़ औरत। कोई रोक-टोक नहीं। ससुर का तो माटी के बराबर मोल नहीं है। न कोई डर-भय और न कोई लोक-लाज।...दिन-रात रसलीला। हीं-हीं-ठीं-ठीं करती रहती है। टैन का बेटा मोटरसाइकिल उड़ाते आता है और घुस जाता

है घर में। लफंगा साला। उस रात हत्यारों को नेवता देने में यह भी शामिल था। नेता बना फिरता है। लाल झंडे का नेता। साले, वही लाल झंडा एक दिन कफ़न बनेगा तुम्हारा।...पंडित के घर की आबरू लूट रहे हो...विधवा का धरम लूट रहे हो...कोढ़ फूटेगा...बजर गिरेगा कुल-ख़ानदान पर।...

क्रोध के बवंडर में उड़े जा रहे हैं व्यास बाबा। देह चौकी पर है और मन को उड़ाए लिए जा रहा है आँधी-तूफ़ान।...अपने ही घर में खोट है।...राँड़ की जाँघ में अगर खुजली हो जाए, तो उसे कोई नहीं मिटा सकता। इस औरत ने तो उन्हें कहीं का नहीं रखा। उनका जी करता है कि लाठी उठाएँ और धुनते हुए घर से बाहर कर दें। कर तो दें, पर कौन देगा दो रोटी सेंककर ?...पर अब किस रोटी की चिन्ता ? अब जब मृत्यु को पुकार रहे हैं...मरण-यज्ञ ठान लिया है, तो रोटी किस काम आएगी ?...फिर ? फिर क्यों सहें इस हरामजादी की जवानी का उपद्रव ? इस राँड़ से कैसा नाता-रिश्ता ?...कैसा मोह ? जब बेटा ही चला गया तो इससे कैसा मोह ? इस औरत ने उनका मान लूट लिया और अपना मान लुटाती फिर रही है, तो वही क्यों धरम देखें ?...वही क्यों लोक-लाज सोचें ? जब मरना ठान ही लिया है, तो मरने से पहले क्यों नहीं...।

व्यास बाबा पाँव समेटते हैं। उठकर बैठते हैं। माथे पर पगड़ी की तरह गमछा लपेटते हैं। सचमुच उड़ा जा रहा है उनका माथा। उनकी आँखों के सामने पहले अँधेरा छा जाता है। गहरा अँधेरा। सब कुछ कालिमा में डूब जाता है। फिर अचानक तेज़ प्रकाश। आँखें चौंधिया देनेवाला तेज़ प्रकाश। अँधेरे से भी ज़्यादा भयावह प्रकाश। ऐसा प्रकाश, जिसमें व्यास बाबा को कुछ भी नहीं सूझता है।...वह उठकर दरवाज़े तक आते हैं। उढ़के हुए पल्लों को धक्का देते हैं। पीतल के फूलदार कीलों से सजा दोमुँहे का विशाल दरवाज़ा धड़ाम से खुलता है।

रसोईघर में ससुर के लिए खाना निकालती हुई छोटी बहू चौंकती है। रसोईघर से आवाज़ देती है—"कौन ?"

एक हाथ में लालटेन और दूसरे हाथ में थाली लिए वह रसोईघर से बाहर निकलती है। वर्षों से बाहर के ओसारे में चौकी पर बैठकर भोजन करनेवाले ससुर को भोजन के समय रात में अचानक आँगन में पाकर उसकी बड़ी-बड़ी आँखों में अचरज भर जाता है। धीमी गति, पर सधे हुए क़दमों

से अपनी ओर बढ़ते चले आ रहे ससुर के चेहरे को देखकर उसका मन थरथरा उठता है।

पंडित व्यास बिहारी मिसिर बहू के सामने, बिलकुल क़रीब आकर रुक जाते हैं। उसके ऊपर अपनी जलती हुई लाल आँखें टिकाकर उसे एकटक निहारते हैं।

...चमकता हुआ गेहुँआ रंग...बिना सिन्दूर और सिंगार के दिप-दिप करता चेहरा और बिना काजल की रेखवाली बड़ी-बड़ी ठिठकी हुई आँखें।

ससुर को जलती आँखों से अपने को एकटक घूरते हुए पाकर उसकी देह सिहरती है। दाएँ हाथ से छूटकर थाली गिर जाती है और घर की दीवारों को भेदती हुई झन्न की आवाज़ पसर जाती है मिसिर टोले में...पंडितपुर में...सम्पूर्ण दिक्-दिगन्त में।

वह लालटेन को अस्त्र बनाती है। निशाना साधती हुई झटके से दो क़दम पीछे हटती है और फिर दहाड़ती है—"कुत्ते!...निकल जाओ आँगन से।...जाओ, नहीं तो इसी लालटेन से झुलसा दूँगी...भसम हो जाओगे...लहास भी नहीं उठेगी...और बच गए मरने से, तो सारा गाँव थूकेगा।"

सधे क़दमों से वह आगे बढ़ती है, दबाव बनाती है। व्यास बाबा पीछे हटने लगते हैं। वह आगे बढ़ रही है और पंडित व्यास बिहारी मिसिर पीछे हट रहे हैं। पीछे हटते हुए वह दरवाज़े से बाहर निकल जाते हैं। दहला देनेवाली आवाज़ करता हुआ दरवाज़ा बन्द हो जाता है। बाहर ओसारे की ओरी में टँगे लालटेन की रोशनी समाप्त हो चुकी है। तेल के अभाव में लालटेन बुझ चुका है।

दूसरे दिन की सुबह पंडितपुर गाँव के नामी पहलवान पंडित व्यास बिहारी मिसिर गाँव के दक्षिणी सीवान पर स्थित ब्रह्मस्थान वाले पीपलवृक्ष में झूलते हुए पाए गए। टैन भगत के दरवाज़े पर बने कुएँ के पास रखी बाल्टी की डोरी का उपयोग उन्होंने झूलने के लिए किया। चबूतरे से दो फीट ऊपर उनका पाँव झूल रहा था।

और दिनों की तरह उस दिन भी रात के बाद भोर हुई। लोग-बाग नींद से जागे। मवेशियों को सानी-पानी दिया। दिशा-मैदान को निकले। जो लोग

दक्षिणी सीवानवाले पोखर का उपयोग दिशा–मैदान और स्नान–ध्यान के लिए करते थे, उन्हीं में से किसी ने व्यास बाबा को झूलते हुए देखा। हल्ला मचा। सारा गाँव–जवार एकत्र हुआ। सबसे पहले किसने देखा—इस बात पर काफ़ी मतभेद था। पहले देखने के दावेदार कई थे। फिर जब यह लगा कि मामला थाना–पुलिसवाला बनेगा, तो पहले देखनेवाले दावेदारों ने अपनी दावेदारी वापस ले ली।

पुलिस आई। लाश उतारकर पहले थाने और फिर चीर–फाड़ के लिए ज़िला अस्पताल ले गई। छोटी बहू ने लाश देखने के लिए थाने या ज़िला अस्पताल जाने से इनकार कर दिया। मुखाग्नि देने के लिए अपने आठ वर्षीय पुत्र को मायके से नहीं बुलवाने के अपने निर्णय पर, गाँव के लोगों के दबाव के बावजूद डटी रही। पुलिस को एक हज़ार रुपए देकर हाथ जोड़ लिए। पुलिस ने पंचनामा करके लाश को सरकारी ख़र्च पर फूँकने की व्यवस्था कर लाश से अपना पीछा छुड़ाया। बड़ी बहू के पास भी सन्देश भेजा गया, पर वहाँ से कोई नहीं आया।

व्यास बाबा ने झूलने के लिए जिस रस्सी का उपयोग किया था, उसके कारण पुलिस ने सन्देह के आधार पर टैन भगत के मोटरसाइकिल वाले सुपुत्र को गिरफ़्तार कर लिया। पन्द्रह दिनों तक जेलवास करने के बाद वह ज़मानत पर छूटा। पुलिस ने हत्या और आत्महत्या के बीच सन्देह पैदा करते हुए रिपोर्ट दर्ज की थी। बाद में जाँच के समय व्यास बाबा की छोटी बहू ने दस हज़ार की गड्डी देकर पुलिस डायरी में आत्महत्या का मामला साफ़–साफ़ दर्ज करवाया और मोटरसाइकिल सवार को घर बैठे कोर्ट से बरी करवा लिया।

पंडितपुर के निवासी चाहते हैं कि व्यास बाबा की पहली बरसी से ब्रह्मस्थान पर हर साल मेला लगे। मेले की तैयारी शुरू हो गई है। ब्रह्मस्थान के चबूतरे की मरम्मत, पोखर की सफ़ाई, यज्ञ–हवन और मेले के दीगर इन्तज़ाम के लिए चन्दा उगाही चल रही है।

...इन दिनों अहिवात औरतें व्यासब्रह्म को कच्चा सूत, लँगोट, चने और लड्डू चढ़ाकर अपने अहिवात की रक्षा के लिए मनौतियाँ मानती हैं।

पांडे का पयान

महामहोपाध्याय महापंडित त्रयंबक पांडेय के प्रपौत्र, महापंडित रुद्रदेव पांडेय के पौत्र और पंडित दिगम्बर पांडे के सुपुत्र तिरलोचन पांडे फुहियों में भीगते, घुटनों तक कीचड़ में सने लदफद हुए जब छपरा बस-पड़ाव पहुँचे, धूप निकल आई थी। बस-पड़ाव के प्रवेश-द्वार पर बजबजाते नाले के किनारे अपनी टीन की मंजूषा टिकाकर उन्होंने कुरते का बटन खोला। भीतर हाथ डालकर जनेऊ खींचा और कान पर लपेटकर लघुशंका के लिए बैठ गए। फ़ारिग़ हुए। उठे तो देखा कि एक पूँछ कटा कुत्ता उनकी मंजूषा के ऊपर टाँग उठाए जलधार छोड़ रहा है। उसकी महतारी से अपने रिश्ते प्रगाढ़ करते हुए तिरलोचन ने झुककर ईंट का एक टुकड़ा उठाया और निशाना साधा। दिव्यास्त्र लक्ष्य तक पहुँचे इसके पहले ही कुत्ता छू-मन्तर हो गया। दिव्यास्त्र तो अचूक होते हैं...हन्ता होते हैं, जो ईंट का टुकड़ा जाकर मंजूषा से टकराया, विस्फोट-सी ध्वनि हुई। गहरी आकृति मंजूषा के बीचोबीच बन गई। क़ब्ज़ा टूटकर छिटक गया। तिरलोचन पांडे कपार पर दोनों हाथ धरे मंजूषा के पास विलाप की मुद्रा में बैठ गए।

बस दो ही चीज़ें तो ससुराल की निशानी बची हैं। एक यह पेटी और दूसरी पत्नी। दस वर्षों में सब कुछ नष्ट हो गया। दहेज़ में गाय मिली थी। खोरहा-खारा हुआ और गाभिन होने से पहले ही चल बसी। तीन थान सोना...मंगलसूत्र, कान की बाली और नाक की कील...दो थान चाँदी...पायल और डँड़कस मिला था। सब गहना-गुरिया गाँव के सुनार रामराज साह की गद्दी पर पहुँचकर गल गया। एक-एक पैसा पानी की तरह बह गया। चार बेटियों को जनने के बाद पाँचवीं बार पुत्र-लाभ की लालसा में पत्नी का पेट तुमड़ी की तरह फूला, पर आँगन में थाली नहीं बज सकी। तिरलोचन की इच्छा हुई थी कि महतारी बेटी दोनों को नून चटा दें,

पर...! पूर्वजों का पुण्य-प्रताप कैसे धो-पोंछ दें! हत्या जैसा कुकर्म तो पार नहीं लगेगा, चाहे जितना सताएँ भगवान और भाग्य! छठे दिन सूतिगृह से निकलने के बाद पंडिताइन लक्ष्मी देवी ने मंगलसूत्र सौंप दिया। जब रामराज साह ने ताग-पट काटकर फेंका और तराज़ू पर सोने का ढोलना चढ़ाया, तो काँप उठे थे तिरलोचन। आँखें भर आई थीं। सीता मइया की तरह धरती में समा जाने का मन हुआ था। पाँच सौ दस रुपए का हिसाब बना। दो सौ पचास पुराने क़र्ज़ के सधान-पटान में निकल गए। बाक़ी बचे दो सौ साठ। एक सौ साठ लछमी को सौंप तिरलोचन ने दूसरे दिन भोरे-भिनसारे घर छोड़ दिया।

पेटी लेकर गाँव से निकले, तो गाँव के सीवान तक कुत्तों ने पीछा किया। लग रहा था, साले परलोक तक खदेड़कर मानेंगे। अहीरों का बथान पार करने के बाद मन थिराया।...पर चवँर शुरू होते ही हाँय-हाँय करती हुई हवा हिलकोरें मारने लगी। धान के खेतों में पानी भरा था। मेड़ पर पाँव फिसल रहे थे। कहीं पाँक, तो कहीं फिसलन। पेटी सँभालें, धोती सँभालें कि देह सँभालें! क्या-क्या सँभालें? धोती को जाँघ तक समेटकर डाँड़ में खोंसना पड़ा। दो बार पेटी गिरी। एक बार पनिहा साँप की पूँछ पर दाहिना पैर पड़ा। नीचे पाँक-पानी और ऊपर से फिसिर-फिसिर फुही। राम-राम करते राह कटी।

तिरलोचन पांडे एकमा बाज़ार पहुँचे तो भोर हो चुकी थी। सोचा था, एकमा बाज़ार पहुँचकर मोदियाइन के यहाँ पाँच-दस कौर चिउड़ा-दही का लपेटा मार लेंगे।...पर भाग्य बली होता है। सोचा, और सोचते रह गए। बहुत दिनों से मोदियाइन की दुकान में बैठकर खाने को सोच रहे थे। मोदियाइन के मिस्सी लगे दाँत उन्हें बहुत पसन्द हैं। इस बार सोचा था कि भर आँख निहारेंगे। टैक्सीवाला पों-पों करने लगा। चिउड़ा-दही का विचार त्यागना पड़ा। पानी-पनिहर के दिन में पेट और नज़र के फेरे में सामने की सवारी छोड़ देते तो पता नहीं कब तक एकमा बाज़ार में अटके रहते! कम-से-कम छपरा तो आ गए!...गाँव तो छूटा!...पैर की बेड़ी तो टूट गई! अब तो बिलकुल भारतमाता की तरह आज़ादी है। यहाँ से हर तरफ़ की राह खुली है। रेल, बस, टैक्सी और ट्रक—सब सवारियाँ मौजूद। पटना-राँची, बलिया-बनारस...कलकत्ता-गोहाटी...चाहे इल्ली-दिल्ली जहाँ मन करेगा रवाना हो

जाएँगे। अब कोई हाथ-बाँह पकड़नेवाला, पैर में गेहुँआ बाँधकर रोकनेवाला तो है नहीं यहाँ कि रोक लेगा! अब जब निकल गए तो निकल गए। मोह-माया त्यागकर परदेस के लिए पयान कर दिए, तो आगा-पीछा क्या देखना! एक मन हुआ, यहीं छपरा में डेरा डाल दें।...पर नहीं। यहाँ नहीं। बहुत असगुनी जगह है छपरा। आते ही पेटी पचक गई, क़ब्ज़ा छिटक गया और कुकुर साले ने अपवित्र कर दिया। अब चाहे जो गति हो, छपरा में तो नहीं वास करेंगे तिरलोचन।

तिरलोचन पांडे ने पेटी को सहेजकर उठाया। इसके पहले कि कुछ सोचें-विचारें...कुछ तय करें कि आख़िर जाएँगे कहाँ, बसवालों के भँवर में फँस गए। "पटना-पटना...डीलक्स कोच...वीडियो कोच...क्रैक मेल-पटना" का रैला आया और जैसे नदी की बीच धारा में गोल-गोल घुमावदार लहर उठती है, और उसके बीच सब कुछ गड़ाप हो जाता है, वैसे ही गड़ाप हो गए तिरलोचन। कुछ पता तक नहीं चला कि किसने पेटी उठाकर लाद दी!...किसने ठेल-ठालकर बस में चढ़ा दी।...पर जो भी हो बस की गद्दी पर बैठकर तिरलोचन को बड़ा सुख मिला। इन्द्र के सिंहासन जैसी चमचम और मुलायम गद्दी। उन्हें बाँस की फट्ठीवाली चँचरी याद आई। झकड़हवा बड़ के नीचे चँचरी पर दुपहरिया की नींद और मकई के खेत में चँचरीवाले मचान पर भादों की रात में अगोरवाही का जागरण याद आया।...पर इस सिंहासन से ज़रा भी कम गुलगुल नहीं लगता है जाड़े में पुआल या रबी के खलिहान में भूसे का बिछावन! अब सब छूट जाएगा। छूट जाए। भगवान करें सब छूट जाए। देवता-पितर सहाय हों कि छूट जाए सब। छपरा को पीछे छोड़कर बस आगे भाग रही थी। तिरलोचन की आँखें भरमने लगी थीं। उन्हें पता नहीं चल सका कि कब बग़लवाले ने उनके और उन्होंने बग़लवाले के काँधे पर सिर टिका दिया!

महामहोपाध्याय कुल के चिराग़ तिरलोचन पांडे जब पटना पहुँचे, तब चाम सुखा देनेवाला घाम था। बस में बैठे-बैठे उन्होंने दोनों हाथ जोड़कर ध्यान किया।...प्रभु की अपरम्पार लीला, कहीं सूखा और कहीं गीला। वाह रे प्रभु! कोस-भर आगे-पीछे सरक जाए आदमी तो दुनिया ही उलट जाती है। कहाँ अपने गाँव का चँवर...कहाँ छपरा...और कहाँ राजधानी पटना! इसी धरती पर सब है, प्रभु। बस तुम्हारी लीला का भेद है सब। तुम चाहो

तो धरती फोड़कर दूध-घी का समुन्दर बह निकले और न चाहो, तो घास-फूस तक न उगे। जय हो प्रभु! अब पत रखना। तुम्हारे भरोसे ही गाँव-घर से पाँव निकाला है।

बस रुकी। तिरलोचन पांडे उतरे। पेटी ऊपर थी। दस बार "ए खलासी भाई।...ए खलासी बाबू!" चिचियाए, तब जाकर पेटी मिली। पहले पेटी का ढकना मिला। फिर पेटी मिली। ग़नीमत थी कि कपड़ा-लत्ता सलामत था। पर पेटी का पेंदेवाला हिस्सा पिचक गया था। तिरलोचन को इस बार दुःख नहीं हुआ। वह पेटी के दुःख से मुक्ति पा चुके थे। जितना दुखी होना था, छपरा में ही हो चुके थे। नया काम करने में तरह-तरह की विपत्ति आती है और उसे सहना पड़ता है, यही सोचकर इस विपत्ति को उन्होंने सह लिया था। वह जान चुके थे कि एक-एक करके एक दिन ससुराल से मिला सब कुछ साथ छोड़ जाएगा। उनके मन में यह बात गहरे पैठ गई थी कि इस पेटी के जाने का समय अब नज़दीक आ गया है। फिर बच जाएँगी केवल लछमी देवी। लछमी देवी के जाने की बात मन में आते ही कराह उठे तिरलोचन। उनके भीतर कुछ ज़ोर से चिटककर टूटा।...छिः-छिः। क्या-क्या सोच लेते हैं वह भी! असगुन, अमंगल बातें क्यों इस तरह मन के भीतर घुस आती हैं? क्या बिगाड़ा है लछमी ने उनका जो... ? अब तक तो उन्हीं के वंश के लिए मरती-खपती रही। नइहर की पाली-पोसी देह थी कि टिकी है। पाँचवीं बेटी को जनने के बाद भी सूतिगृह से निकली और पूरी गृहस्थी माथ पर लादकर पहले की तरह जुट गई। ना दूध-घी...ना फल-फूल...और ना ही ओछवानी का मसाला। कुछ भी तो नहीं दे पाते हैं वह। गलते-गलते इस बार ठठरी बच गई है, साहस की धनी ऐसी कि सातवें दिन ही पति को परदेस विदा कर दिया। रोना-कलपना कुछ भी नहीं। एकदम राजपूतानी जैसा कलेजा! वाह रे लछमी देवी! बहादुर जनाना! जुग-जुग तुम्हारा अहिवात बना रहे। अगले जनम में फिर तिरलोचन का आधा अंग बनकर अवतार लो।

मन ही मन अपनी पत्नी लछमी देवी को असीसते हुए तिरलोचन बस-पड़ाव से बाहर निकले। दानवों की तरह चिचियाते मोटरों के बीच से गुज़रते, जैसे-तैसे जान बचाते हुए बड़ी मुश्किलों से सड़क पार की। सड़क के उस पार पहुँचे। आँखें मूँदकर प्रभु को याद किया। उनकी जेब में रखे काग़ज़

के टुकड़े पर दो लोगों का पता था। उनके गोतिया के चाचा यानी उनके परदादा महामहोपाध्याय महापंडित त्र्यंबक पांडेय के छोटे भाई के पोते पंडित नटवर पांडे यहीं एक मन्दिर में पुजारी थे।...और दूसरा पता बस ऐसे ही था। अब क्या करते? फकीर माझी के चलते लिखना पड़ा, नहीं तो इतने बड़े नगर में किसी के पास घर-घर घूमने के लिए फ़ुरसत थोड़े ही होती है! फकीरवा का मन रखने के लिए लिख लिया था। चमार-दुसाध के घर कौन जाए! पता रख लिया है। जब यहीं रहवास करना है तो किसी दिन घूमते-फिरते देखा जाएगा। नहीं मिल पाए, तो नहीं मिल पाए। फकीर माझी का करजा थोड़े ही खाया है कि मिलना लाचारी है! अच्छा भी नहीं लगता है दुसाध के डेरा पर जाकर मिलना। पता नहीं डेरा भी कैसी जगह होगा! अगर कहीं सुअर के खोभार में रहता होगा साला तो वमन करते-करते प्राण निकल जाएगा।...पर फकीरवा कह रहा था कि बिजली डिपाट के बड़े आफिस में साहब है। साहब है, तो हुआ करे। अब कोई चमार-दुसाध साहब हो जाए तो इसका मतलब यह तो नहीं कि महामहोपाध्याय कुल के लोग उसके दुआर पर जाकर हाँक लगाएँ! नहीं जाएँगे पंडित तिरलोचन पांडे। वज्र गिरे, चाहे भूडोल आ जाए, पर तिरलोचन नहीं जाएँगे फकीरवा के बेटा मोतिया के दुआर पर।...अपना ख़ून अपना ही होता है। चाहे लाख टंटा हो, लाख गोतिया की तनातनी हो, पर ख़ून, ख़ून होता है। खींचता है अपनी तरफ़।...काका नटवर पांडे का ख़ून बस-पड़ाव के सामने खड़े तिरलोचन पांडे को खींच रहा था। उन्होंने निर्णय लिया कि वह अपने काका के पास जाएँगे। तिरलोचन ने कुरते की जेब से पुर्ज़ा निकाला। पता पढ़ा, लिखा था, 'पंडित नटवर पांडे, सेठ सूरजमल की कोठी, पाटलिपुत्र कॉलोनी, पटना।'

तिरलोचन पांडे दोपहर से साँझ तक छिछियाते रहे, तब कहीं जाकर ठिकाना मिला।...साला रिक्शावाला भी एक नम्बरी गिरहकट मिल गया था। डाकू था डाकू। भाग्य बली था, सो जान छूट गई। शहर के रिक्शा-टैक्सीवाले तो साले लुटेरे होते ही हैं। गठरी पेटी तक छीन-झपट लेते हैं। कभी-कभी तो जान से मारकर नाले में फेंक देते हैं। प्रभु की लीला! जिसकी रखवाली वे करें, उसे कौन मार सकता है! एक बीस टकिया नोट का गच्चा लगा। कोई बात नहीं। इतने बड़े नगर में फ़रेब खाने से तो बच गए। जिनगी बहुर

गई। कुछ दोख तो इनमें भी है। अकिल हेरा गई थी। पूरे उज़बक बन गए थे। कुछ सूझ ही नहीं रहा था कि कौन दिशा की ओर जाएँ। एक तो गाड़ी-मोटर की आवाज़ के चलते छाती की धड़कन बढ़ गई थी और दूसरे इस भय से कि ककऊ नहीं मिले तो जाएँगे कहाँ—मन बैठने लगा था।...पर लीला अपरम्पार प्रभु की। बौंखते-बौंखते पहुँच ही गए ठिकाने पर।

तिरलोचन पांडे जब सेठ सूरजमल की कोठी के सामने पहुँचे, तो फाटक की झाँझर से ही दिख गया मन्दिर। कोठी के अहाते में ही एक ओर बना था। राजा इन्द्र के महल जैसी कोठी। लंकापति रावण की लंका के फाटक की तरह विशाल फाटक। चन्द्रमा के अँजोर से भी ज़्यादा चमचम दूधिया अँजोर। फाटक खुला था। मन्दिर में आरती चल रही थी। शंख और घड़ीघंट बज रहा था। तिरलोचन ने प्रवेश किया। मन्दिर के सामने पहुँचे। ककऊ दिखे। पीताम्बरी पहने पंडित नटवर पांडे पुजारी झूम-झूमकर पाँच बत्तियोंवाली आरती झुला रहे थे। उनका गौर वरन दिप-दिप दमक रहा था। पीठ दिख रही थी, पर क़द-काठी से ही उन्हें पहचान गए तिरलोचन। एक लड़का शंख फूँक रहा था और एक अधेड़ घड़ीघंट बजा रहा था। यजमानों की भीड़ लगी थी। मर्द कम, औरतें-बच्चे ज़्यादा। बस चार-पाँच मर्द थे—आँखें मूँदकर बुदबुदाते हुए। प्रसाद के थाल पर नज़रें गड़ाए गोल-मटोल बच्चे जैसे-तैसे धीरजवान बने खड़े थे। औरतें कई थीं। गुँथे आटे के लोंदे की तरह थुलथुल औरतें...दुबली-पतली और सुग्गे की चोंच की तरह नाकवाली औरतें...स्वर्गलोक की अप्सराओं-सी भक-भक चमकती औरतें। किसी की पीठ नंगी, तो किसी की बाँहें। कोई बित्ता-भर केशवाली, तो कोई...। सब प्रभु की लीला थी। अपने नटवर काका को जस नाम, तस भाग्य पाया देखकर धुआँने लगे तिरलोचन।

आरती समाप्त हुई। शंख फूँकनेवाले लड़के ने प्रसाद वितरित किया। पुजारीजी के पाँव छूकर आशीष पाते हुए एक-एक कर यजमान विदा हुए। सिर्फ़ शंख फूँकनेवाला लड़का रुका रहा। तिरलोचन आगे बढ़े। मन्दिर के चबूतरे के निकट पहुँचे, तब उन पर नज़र पड़ी। चबूतरे से पेटी टिकाकर लपकते हुए ऊपर चढ़े। ककऊ मन्दिर के बरामदे में बैठे थे। उनके पाँव छूकर तिरलोचन ने पाँवलगी किया। तिरलोचन को अचानक अपने सामने पाकर नटवर पांडे चौंके। फिर घर-परिवार का कुशल-क्षेम पूछा। सब कुशल-

मंगल जानकर आश्वस्त हुए। तिरलोचन अपने ककऊ के सामने पालथी मारकर बैठ गए। घर छोड़ने से लेकर पहुँचने तक का क़िस्सा विस्तार से सुनाने लगे।

नटवर पांडे ने शंख फूँकनेवाले लड़के को बुलाकर कहा, "भगतू! इनको साथ लेकर डेरा चले जाओ। सेवा-सत्कार करो...जल-पान कराओ।...और हाँ, रात में तीन मूरत के लिए भोजन बनेगा।" फिर तिरलोचन से बोले—"जाओ, हाथ-मुँह धोकर पहिले कुछ जल-पान कर लो। हम सेठजी के घर में प्रसाद देकर आते हैं।"

कोठी के पीछे, अहाता के भीतर ही पुजारी जी का डेरा था। दो कमरे, रसोईघर, छोटा ओसारा और नहान घर। तिरलोचन का माथा चकराने लगा।...अजगुत है सब कुछ! राजभोग लिखा है ककऊ के भाग्य में। सब प्रभु का खेल है।

तिरलोचन ने हाथ-मुँह धोकर जल-पान किया। पेट में अन्न-जल जाते ही उनकी नसों में स्फुरण हुआ। तरह-तरह की बातें उनके भीतर उमड़-घुमड़ रही थीं। ककऊ का राज-पाट देखकर उनका माथा सुन्न हो गया था। उन्होंने अपने ऊपर क़ाबू किया और भेद लेने लगे।

भगतू ककऊ का टहलुआ था। चार सौ रुपए माहवार और दोनों जून भोजन पर पुजारीजी की सेवा में था। दोनों समय मन्दिर धोना-पोंछना, पूजा के लिए फूल लाना, शंख फूँकना, चौका-बर्तन करना, भोजन बनाना, यानी भगवान और पुजारीजी की सेवा टहल करना।...ककऊ का भाग्य! गाँव में पाव-भर सतुआ पर चूतड़ रगड़ने को तैयार रहते थे। मुँह पर माखी भिनभिनाती थी। बँटवारा हुआ तो भाइयों ने मातवर लोगों की यजमानी अपने हिस्से रख ली और अबर-दुबर यजमानों को ककऊ के गले बाँध दिया। चार भाइयों में तीन की शादी हुई और चौथे ककऊ बंडा रह गए। भैंस चराते, नाद-पानी करते और गोबर काछते दिन कट रहे थे। दूध दुहते थे ककऊ और पीते थे तीनों भाई। एक दिन ककऊ ने गाँव छोड़ दिया और अलोप हो गए। इसी फकीरवा दुसाध के बेटा मोतिया से पता चला कि पटना में हैं। मन्दिर में पुजारी हो गए हैं। गाँव से भागकर डुबकी लगाए तो तीन साल बाद सीधे राजधानी में उगे।...और उगे भी तो पुजारी बनकर। फिर तो भाइयों-भौजाइयों ने बैरंग चिट्ठी भेज-भेजकर उनको घर बुलाया। तब से

साल दो-साल में एक बार गाँव-घर पहुँच जाते हैं।...भगतू ने बताया कि हज़ार से ऊपर माहवारी मिलती है। दोनों समय भगवान को भोग लगाने के लिए चावल-आटा-दाल, घी-तेल, तरकारी सब सेठजी के यहाँ से आता है। इतना आता है कि आधा सिद्ध कर देने पर ही दो प्राणियों के लिए गरदन तक ठेलमठेल हो जाता है। नक़दी, वस्त्र और मिष्ठान्न तथा पास-पड़ोस की कोठियों का चढ़ावा अलग।

भगतू ने अरहर की दाल में असली घी का छौंक लगाया तो वातावरण महमह हो उठा। सुगन्ध से तर हो गई तिरलोचन की आत्मा। कहाँ मिलता है आजकल! गाँव-देहात की चीज़ अब गाँव देहात में ही नहीं मिलती। एक ज़माना था कि गाय-भैंस की हुँकार से दुआर गूँजता रहता था। भरा-पूरा घर था।...पर धीरे-धीरे सब छीजता चला गया। उनके पिता पंडित दिगम्बर पांडे के समय तक थोड़ी-बहुत खेती थी, माल-मवेशी थे। यजमानी से भी कुछ-न-कुछ आमदनी हो ही जाती थी।...पर समय बदल गया। पिता दिगम्बर पांडे अपने जीवन-काल में ही पुरखों का सब धन गांजा की चिलम में फूँक-तापकर चल बसे। छोड़ गए पोथी-पत्रा के दीमक लगे बंडल और मान-मरजाद की ढीली पगड़ी।

इसी असली घी के चलते कितना अपमान झेलना पड़ा था तिरलोचन को! पंडिताइन लछ्मी देवी पेट से थीं। गर्भवती जनाना की जीभ में टनकबाय हो जाता है। हर पल जीभ चटोरी। एक दिन पंडिताइन ने लार टपकाते हुए कहा, "असली घी से छौंककर दाल खाने को जी कर रहा है।" अब असली घी कहाँ से लाएँ तिरलोचन! यजमानों के यहाँ भी तो पूजा-पाठ में बनस्पति की बहार है आजकल। चनरमा राय के यहाँ सत्यनारायण की कथा बाँचने गए तो पूजा पर भाग्य से असली घी की शीशी दिख गई। पंचगव्य और पंचामृत में मिलाने की बारी आई तो आम के पल्लव से छिड़ककर काम चला लिया। हवन-सामग्री में मिलाते हुए कलेजा कहर गया। आधी शीशी ख़ाली हो गई। दीपक जलाकर शीशी झोले में रख ही रहे थे कि चनरमवा ने देख लिया। भड़क उठा। साँप की तरह फन निकालकर फोंफियाने लगा। क्या-क्या नहीं बोला!...एकदम बेपानी कर दिया साले ने।...उनकी आँखें डबडबा आई थीं। माथा झुकाकर यजमान के घर से लौटते हुए डूब-धँसकर मर जाने को जी कर रहा था।

तिरलोचन स्मृतियों में खोए थे कि ककऊ पहुँचे। भोजन सिद्ध हो चुका था। भगतू ने भोग के लिए थाल लगाया। पंडित नटवर पांडे पुजारी थाल लेकर भगवान को भोग लगाने मन्दिर गए। भोग लगाकर लौटे। भगतू ने दूसरा थाल भी लगाया। काका-भतीजे ने भोजन किया। भगतू ने भोजन के बाद अपना काम निबटाया और मन्दिर के चबूतरे पर सोने चला गया। भोजन के बाद काका-भतीजे गाँव-घर का हाल-चाल बतियाने बैठे।

नटवर पांडे ने पूछा, "का हो, कइसे-कइसे पयान किए?"

तिरलोचन बोले, "बहुत तकलीफ़ में हैं, काका। गाँव में दू पइसा की आमदनी मुहाल है। खेती-बाड़ी सब बाबूजी ही स्वाहा कर गए।...रहती भी तो हल-कुदाल चलाना और माथ पर गोबर की टोकरी ढोना तो हमसे पार न लगता।...रही बात यजमानी की, तो गाँव-जवार में अब उसमें भी पोसाई ना है। भाग्य का दोख है। प्रभु का खेल है सब। एक बेटे के लिए तरस रहे हैं।...पाँचवीं बार भी घर में बेटी ही आई।

तिरलोचन गंगा-जमुना की धारा में डूबने लगे। आँखों से आँसू और नाक से नेटा-पोटा गिरने लगा। नटवर पांडे के चेहरे पर चिन्ता की परछाई मँडराने लगी। यह चिन्ता तिरलोचन के दुःख से नहीं, उनके आगमन के प्रयोजन से उपजी थी। घर-परिवार और हित-नाता के जंजाल में वह उलझना नहीं चाहते थे। उन्हें लगा, अगर तिरलोचन यहाँ टिक गए, तो वह परिवार के लोगों से सीधे जुड़ जाएँगे। जिस माया-मोह से वह लगभग उबर चुके थे, उसमें घिर जाने की लाचारी बनकर तिरलोचन यहाँ रहें, वह यह नहीं चाहते थे। उन्हें चुपचाप और उदासीन पाकर तिरलोचन के मन के भीतर कुछ टूटा, पर अपने को सँभालते हुए बोले, "काका, हमको अपने साथ रख लो।"

नटवार पांडे ने उन्हें घूरकर देखा और सिर झुका लिया। चुप रहे। वह पहले ही तिरलोचन की लालसा भाँप चुके थे। कोई जवाब न पाकर तिरलोचन की आकुलता बढ़ी। उन्होंने पूछा, "का सोच रहे हो, काका?"

नटवर पांडे ने अपने को स्थिर किया। तिरलोचन की ओर देखा। उनका कन्धा थपथपाते हुए बोले, "काहे बेचैन हो? थके-हारे आए हो, आराम करो। सो जाओ, कल बतियाएँगे।"

तिरलोचन को नींद नहीं आ रही थी। ककऊ चादर तानकर सोए थे। बत्ती बुझी थी। तिरलोचन इस तरह थके थे कि घर पर होते तो बिछावन

पर गिरते ही बेसुध हो गए होते, पर...। एक तो नई जगह और दूसरे अँधेरा ही अँधेरा। तिरलोचन की आस टूटने लगी थी। टूटती आस की डोर थामे इतने बड़े नगर में कैसे टिक पाएँगे—यही सोच-समझकर उनका कलेजा हौल रहा था। अपने ककऊ का रंग-ढंग देखकर भयभीत हो गए थे तिरलोचन।...लक्ष्मी ने पहले ही मना किया था। उन्हें सोच-समझकर पयान करना चाहिए था। सचमुच, गोतिया-पट्टीदार किसी के नहीं होते। पंडिताइन का मन था कि घड़ारी के पीछेवाली ख़ाली ज़मीन बेचकर तिरलोचन गाँव में ही कोई रोज़ी-रोज़गार करें। पर वह माने नहीं। बरस पड़े थे लक्ष्मी पर, "हमारे पुरखे पोथी-पत्रा बाँचें और हम बनियागिरी करके कुल का मान-मरजाद बूड़ा दें?...महामहोपाध्याय कुल के हैं। समझी? तुम्हारे नइहर के कुल में और हमारे कुल में बहुत फरक है।"...लक्ष्मी को और भी भला-बुरा कहा था उस दिन। रो-धोकर चुप लगा गई बेचारी।...पर पंडिताइन का सन्देह सही निकला। ककऊ तो पल्ला झाड़ रहे हैं। तिरलोचन पांडे को लगा, पता नहीं आज की रात कैसे कटेगी? भोर होगी भी या नहीं!

तिरलोचन ने जम्हाई ली। सुरसा की तरह मुँह फाड़कर साँस खींचते हुए उठे और धनुही की तरह देह तानकर खड़े हो गए। उनका मन उद्विग्न हो रहा था। मन हुआ कि बाहर निकलकर टहलें, पर नई जगह है सोचकर, इरादा बदल दिया। फिर खाट पर बैठ गए। वह चिन्तातुर मन से कभी लक्ष्मी की सूरत याद करते, तो कभी नींद में फोंफ काटते ककऊ का चेहरा निहारते।

आहट पाकर नटवर पांडे की नींद खुली। उन्होंने तिरलोचन को बैठे देखा तो उठकर पास आए। बोले, "का हो तिरलोचन? काहे बैठे हो?...नींद ना आ रही है का?...अरे जब आ गए हो तो कुछ-न-कुछ होगा ही! अकुताने से काम ना चलेगा। धीरज रखो। कल रविवार है। कल साँझ बखत मोतीलाल आएगा, तो उससे बातचीत करेंगे।"

"मोतीलाल!" तिरलोचन चौंके। पूछा, "कौन? फकीरवा का बेटा?"

"हूँ। हर रविवार को साँझ बखत आता है। मोतीलाल से ही कह-सुनकर कौनो काम का जुगाड़ कराएँगे।...भला लड़का है। मददगार है।" नटवर पांडे ने भरोसा दिलाना चाहा।

"हम तुम्हारे पास आए हैं, काका। गाँव के चमार-दुसाध के भरोसे पयान ना किए हैं। तुम साफ़-साफ़ बोल दो, पर मेरा मान-मरजाद मत लूटो।...अब पेट पालने के लिए मोतिया दुसाध की चिरौरी पार ना लगेगी हमसे कि तुम उसका आसरा दिला रहे हो।" तिरलोचन भृकुटि ताने नटवर पांडे को घूर रहे थे। उनकी नाक फूल गई थी।

नटवर पांडे को काटो तो ख़ून नहीं। भक् सफ़ेद हो गया उनका चेहरा। अपने को संयत रखते हुए बोले, "तिरलोचन, मूरख मत बनो। समझदारी से...।"

"...मूरख ने होते तो तुम्हारे दुआर पर आते?" तिरलोचन का क्रोध बढ़ रहा था।

नटवर पांडे ने भी कड़ा रुख अपनाते हुए कहा, "सुनो, अपना अकिल-ज्ञान और पंडिताई सहेजकर रखो। गाँव ना है कि...। और एक बात कान खोलकर सुन लो।...मोतिया-फकीरवा मत करो।...चमरा-दुसधा मत कहो।...परदेस में रहना चाहते हो तो अपना माथा बदलो। इस अकिल से भीख भी ना मिलेगी।...भगतू कौन जात है? मालूम है...बोलो?"

"ना।" बड़ी मुश्किल से बोल सके तिरलोचन। उनका गला घरघराने लगा था।

"कहार है, कहार।...उसके हाथ का सिद्ध किया भात भगवान को भोग लगता है। वही भात पंडित नटवर पांडे पुजारी खाते हैं और तुम भी खाए।" नटवर पांडे की आवाज़ तीखी होने लगी थी।

"अब अनजाने में कौनो आदमी धरम लूट ले तो...।" तिरलोचन ने तर्क करना चाहा।

"तुम अपना धरम और अपना मान-मरजाद अपनी पेटी में बन्द करो और राह नापो जल्दी।" नटवर पांडे क्रोध से फुँफकार उठे।

"हमको मालूम था...तुम सहारा नहीं बनोगे, हम जानते थे।...हम जानते थे कि कौनो बहाना खोजकर तुम दुत्कारोगे।...आख़िर गोतिया-पट्टीदार ठहरे।" तिरलोचन का गला भर आया।

"जब जानते थे, तब आए काहे?...बोलो?...गोतिया पट्टीदार लेकर चाटना नहीं है हमको। हमारे लिए सब मर-बिला गए हैं...चाहे सहोदर हो, चाहे चचेरा-ममेरा।...दर-दर भटके हैं हम। इसी मोतीलाल ने सहारा दिया।

इसी के बल पर आज राजभोग रहे हैं।...तुम्हारे लिए होगा चमरा-दुसधा...मेरे लिए वही मेरा भतीजा है। काकाजी कहता है हमको...और हम पुकारते हैं—मोती बबुआ। समझे।"

पुजारी पंडित नटवर पांडे बोलते-बोलते हाँफने लगे थे। उनका धीरज टूट चुका था। उनके चचेरे भाई पंडित दिगम्बर पांडे के सुपुत्र पंडित तिरलोचन पांडे माथा झुकाए बिसूर रहे थे।

भोर हुई। तिरलोचन पांडे की आँख खुली। जैसे-तैसे आँख लगी थी। सारी रात जागरण में ही कट गई थी। पुरानी आदत है कि चाहे रात-भर भी न सोए हों, पर ब्रह्मवेला में उठ जाते हैं, सो उठ गए। एक मन हुआ कि उठें, और पेटी उठाकर वापस बस-पड़ाव पर पहुँच जाएँ और रात उन्होंने मन ही मन यह ठान भी लिया था।...पर गाँव-जवार के लोगों से क्या कहेंगे? क्या कहेंगे लक्ष्मी से? यही कि मंगलसूत्र बेचकर राजधानी घूम आए! गोलघर, जादूघर, चिड़ियाखाना, पटन देवी—एक-एक जगह की सैर करके लौटे हैं! गाँव से चलते हुए सोचा था कि कहीं लग गए तो बाल-बच्चों सहित कुछ दिनों तक राजधानी में वास करेंगे। अपनी वापसी की कल्पना से सिहर उठे तिरलोचन। फिर वही पोथी-पत्रा लेकर सवा सेर अन्न, सवा गज मारकीन और सवा रुपया गणेश पूजाई बटोरते जिनगी कटेगी। उनकी इच्छा हुई भकभकाकर रोने लगें...बुक्का फाड़कर। जैसे-तैसे अपने को सँभाला। अपने ऊपर क़ाबू किया।

नटवर पांडे भी उठे। दिनचर्या से निबटने का क्रम शुरू हुआ। नटवर पांडे ने स्नान करने के बाद पीताम्बरी धारण किया। बाहर निकलते हुए बोले, "अब बिछावन पर कपारे हाथ धरे बैठे रहोगे कि उठोगे?...उठो। जाकर स्नान-ध्यान करो।"

तिरलोचन उठे। स्नान करके मन्दिर पहुँचे। दोनों हाथ जोड़कर शीश नवाया और मन्दिर के बरामदे में बैठकर अपने ककऊ का राज-पाट निहारने लगे। भगतू ने मन्दिर का कोना-कोना धो-पोंछकर चमका दिया था। पूजन-सामग्री जुटाकर स्नान करने चला गया था। ककऊ पूजा में जुटे थे। पीताम्बरी में भव्य लग रहे थे, बिलकुल इन्द्रपुरी के ऋषि-मुनि की तरह। तिरलोचन कभी उनको निहारते, कभी प्रभु की मूरत को। गहनों से

सजे-सँवरे रामलला, लछुमनजी और सीता मइया। तीनों ने मुकुट धारण किया था। जड़ाऊ मुकुट से जोत फूट रही थी...अगर मुकुट और गहने असली हुए तो। बाप रे बाप! हज़ारों की सम्पत्ति होगी। हज़ारों की? एकदम उज़बक वाली बात। आज के ज़माने में लाखों से कम का यह सब नहीं होगा।...तिरलोचन के गले में खसखसाहट हुई। सूख रहा था गला।...लाखों की सम्पत्ति के मालिक हैं ककऊ। न सही मालिक, रखवार तो हैं ही।...और चाहें तो एक रात झोली में डालकर खिसक जाएँ ककऊ।...मोहित होकर प्रभु मूरत को निहारते हुए तिरलोचन का मन तरह-तरह के पाप-पुण्य धारण करता रहा, त्यागता रहा।

तिरलोचन पांडे ने भोजन नहीं करने का निर्णय लिया था। मन ही मन ठानकर बैठे थे कि जब तक ककऊ साफ़-साफ़ फ़ैसला नहीं करेंगे, वह अन्न-जल नहीं ग्रहण करेंगे। अगर गाँव लौटना ही हुआ तो बिना अन्न-जल ग्रहण किए ही लौटेंगे।...जब मन ही फट जाए, तब कैसा नाता रिश्ता! मुँहदिखार नेह-छोह का कौन मोल! जब कुदिन में काम नहीं आए तो दो-चार साँझ अन्न खाकर उनके एहसान का बोझ नहीं उठाएँगे।

पूजा समाप्त हुई। नटवर पांडे ने चरणामृत दिया। तिरलोचन ने अँजुरी बाँधकर चरणामृत लिया। अँजुरी को पहले माथे से लगाया, फिर सुड़क गए।

नटवर पांडे बोले, "चलो। जल-पान कर लो।"

तिरलोचन चुप रहे।

नटवर पांडे फिर बोले, "उठो। जल्दी करो। हमको ज़रूरी काम से बाहर जाना है। देर हो जाएगी।"

"हम तुमको रोक रहे हैं का?" तिरलोचन भड़क उठे।

"ना...पर उठो। जल-पान कर लो। रात भी ठीक से ना खाए।" नटवर पांडे ने कोमल स्वर में समझाना चाहा—"बिना खाए-पिए रहोगे, तो हमारे गले से अन्न उतरेगा? बोलो, उतरेगा?"

"हमको भूख ना है।" तिरलोचन ने संक्षिप्त उत्तर दिया और दूसरी ओर देखने लगे।

"ठीक है। जब भूख लगे, खा लेना। हमको लौटने में देर होगी। जो इच्छा हो, भगतू से बनवा लेना।" नटवर पांडे जल-पान के लिए निवास की ओर चले गए।

तिरलोचन मन्दिर के बरामदे में पसर गए। आँखें दीवारों पर घूम रही थीं। दीवारों पर रंगीन चित्र बने थे। रामलला की मोहछवियाँ अंकित थीं। घुटुरन चलत रामलला...गरु विश्वामित्र के तपोवन से जनकपुर धाम जाते दोनों कुँवर...पुष्प वाटिका में सीता सुकुमारी को निहारते रामचन्द्र, धनुही तोड़ते रामजी...विवाह की झाँकी...माता कैकयी का कोप...वन-गमन...। झाकियाँ निहारते हुए तिरलोचन सोच रहे थे कि प्रभु की लीला भी ग़ज़ब है। लाख चाहा लोगों ने पर प्रभु नहीं रुके। वन-गमन किया। वन में सीता मइया का हरन हुआ, तो रावन मारकर मइया को मुक्त कराया।...वाह रे प्रभु! तुम चाहो और मुक्ति न मिले! जुग बीते और फिर कमाल दिखाया। अपनी जनम धरती को मुक्त कराकर भक्तों को एक बार फिर से भरोसा दिलाया।...जन-जन का रूप धरे, भीड़ का समुद्र बन लहराते हुए अयोध्या आए और मलेच्छों के पाप का पहाड़ ढाह-ढूहकर अन्तर्ध्यान हो गए। पुलिस-मलेटरी औंघती रह गई...और गोली-बन्दूक पटाखा फुलझड़ी बनकर फुसफुसा गई। धन्य हो प्रभु!

तिरलोचन की आँखों ने चित्र में शबरी के जूठे बेर खाते रामजी को देखा। महामहोपाध्याय कुलभूषण कातर हो उठे।...छि: प्रभु! जरा तो सोच-विचार किया होता। पूरी लीला में एक ही जगह भटक गए आप। बस यही एक चूक हो गई। अरे नहीं खाते, तो मर जाते क्या? बेर ही खाना था, तो जूठन खाकर जुग-जुग के लिए कलंक काहे लगा गए? आप तो खाए, लीला समाप्त कर अलोप हो गए...और भोग रहा है सकल समाज। आपके लिए यह गुन होगा प्रभु, पर धरती के लिए तो यह उचित नहीं है।...आज छोटे-बड़े का भेद मिटता जा रहा है। चमार-दुसाध हो, चाहे अहीर-भेड़िहार—सबके सब आपकी पगड़ी उछाल रहे हैं। लोग मन्दिर में घुसकर आपका सत् लूट रहे हैं।...जो भी हो, आप प्रभु ठहरे! आपकी लीला में कोई दोख नहीं खोजेगा। पर पंडित तिरलोचन पांडे से जीयत माछी निगलना तो पार ना लगेगा।...अब कोई कहे कि पोथी-पत्रा जला दो...जनेऊ तोड़ दो, तो आप ही विचारिए कि भला यह उचित है! सबका अपना-अपना संस्कार होता है। रावन बहुत बड़ा विद्वान था, पर आप जैसा मान-मरजाद तो ना मिला उसको! कोई राकस कुल में जनम ले तो इसमें पंडित का कौन दोख?...गाँव-जवार में अजब हवा बह रही है। पंडित जात को जड़ से मिटाने

पर तुले हैं सब। जीवछा दुसाध के बेटा मनोहरा और लालचनवा अहीर के बेटा मदना की नेतई से सारा गाँव बेहाल है। एक ज़माना हम लोगों के दादा-परदादा का था कि सरऊ सब दुआर के सामने से मूँडी नवाकर आता-जाता था और अब तो बीच बाज़ार में कुरता-पैजामा झाड़कर निकलता है सब। दिन-दिन-भर बैठकी जमाए रहता है। हर बात आगे बढ़ाकर रोक लेता है। बिना बात के बतंगड़ बनाकर बीच में कूद जाता है...जो जीवछा दुसाध बाबू जरमन सिंह के यहाँ खटते-खटते निहुरकर चलने लगा, उसी जीवछा दुसाध का बेटा मनोहरा बाबू जरमन सिंह की पोती से दिन-दुपहरिया नज़रबाज़ी करता है। है मजाल कि बाबू जरमन सिंह के ख़ानदान का कौनो आदमी उसको टोक दे ?...एक दिन मदना ने हमको राह में घेर लिया। साँझ का टैम था, प्रभु। हरपुर से आपकी ही कथा बाँचकर लौट रहे थे। एक तो साला पँवलगी तक नहीं किया और दूसरे 'रे-तो' कहकर बतियाने लगा। बोला कि अबकी फगुआ में पोथी-पत्रा फूँका जाएगा, पंडित।...अब आप ही बोलिए प्रभु कि जिस गाँव में पोथी-पत्रा फूँका जाए, उस गाँव में पंडित तिरलोचन पांडे किसके आसरे रहें... ? ककऊ पटना में बैठकर मोतिया का गुन बखान रहे हैं और गाँव में उनके भतीजा कन्हैया पांडे को इसी साले मोतिया के टोलावालों ने एक रात घेरकर हीक-भर पीटा। एकदम रेड हैंड धरा गए थे बबुआ कन्हैया जी!...पहले के ज़माने में तो देखकर भी आँख मूँद लेता था सब। रात-बिरात पूरा टोला हिंड़ोरकर चले आते थे लोग, पर किसी माई के लाल के कंठ से घुरघुरी नहीं निकलती थी। राज़ी-ख़ुशी की बात तो अलग, लोग जबरन झंडा फहराकर लौट आते थे। गनपतवा लोहार की साली अपनी बहन से भेंट करने आई थी। बाबू जरमन सिंह के बेटा परमानन सिंह जबरन साल-भर रोके रहे। दूसरे गाँव की बेटी थी, पर गनपतवा लोहार में दम नहीं था कि साली को विदा कर दे। साल-भर बाद पेट लेकर गई और अब ?...अब तो राज़ी-ख़ुशी भी जाने का मतलब है, फ़ौजदारी को नेवता देना।...उस रात देवना दुसाध की जनाना रमपतिया के पिछुवारे रासलीला करते हुए धरा गए कन्हैया बबुआ। रमपतिया तो एक छलाँग में घर के भीतर घुस गई और कन्हैया जी को दुसाध टोलावालों ने कूट दिया। हल्ला-गदाल हुआ तो पलटकर निकली रमपतिया। बोली कि घात लगाकर बैठा था और डोल-डाल के लिए निकलते ही झपट्टा मारकर

धर लिया कसइया।...दूसरे दिन सारे गाँव के बीच करेजा पर ईंट कूट गया सब। मनोहरा की अगुवाई में आया था सब। दुआर पर आकर माई-बहिन कर गया। एक हज़ार रुपया दंड लगाया। गाय बेचकर दंड भरना पड़ा ककऊ के बड़े भाई को।...अब कौन समझाए ककऊ को कि ज़माना बदल गया है! बिना सोचे-बिचारे हेल-मेल करने से धोखा हो सकता है। सब कोई अपना-पराया छाँटकर सट रहा है। जब से इन छोट जातियों की सरकार बनी है, गाँव-जवार में साले गरदा उड़ाए फिर रहे हैं। सरकारी नौकरी-चाकरी में अधिया का बँटवारा हो गया। हैजा की तरह सकल समाज में मंडल का रोग फैल गया। रहती इनिरा गान्ही, तब बताती सालों को! खाँटी पंडित की बेटी थी। एक चाल चलती, उसी में सब जने मुँह से माटी उठाने लगते।...पर अब तो डर है कि अगर कहीं बँटाईदारी वाले क़ानून की रास कस दिया तो अच्छे-अच्छे खेतिहार दाँत चियार देंगे।...अब पन्द्रह-बीस कट्ठा हो तो कोई जोत-बो ले, पर पच्चीस-पचास बिगहा की खेती बिना बँटाई के तो होने से रही! खेत छुड़ा ले काश्तकार, तो भाँग उपजे और बँटाई पर लगाए, तो जायदाद से हाथ धो ले। लोग तड़ातड़ खेत छुड़ा रहे हैं। परदुमन लाल का एक बिगहा गोयड़ खेत और रौजा के पासवाला मज़हर मियाँ का खेत दोनों पर मनोहरा ने कचहरी में दावा ठुकवा दिया है। जगनारायण सिंह बोल रहे थे कि सब छुड़ा लेंगे। खेत परती रहे सो मंजूर, पर सरऊ लोगों को दाल-भात नहीं चाभने देंगे।...हे प्रभु! ज़मीन-जायदाद रहते आदमी अन्न बिना मरे, तो गाँव में भूचाल आएगा ही! अरे जब नान्ह जात की कोख से जनमे हो, तो करो मजूरी...जोतो बँटाई। किसी का हड़प लेने से कोई राजा नहीं बनता। जो रंक है, सो रंक रहेगा।...एक विपत हो तब तो! रोज़ आफत। कई बरस के बाद एक आफत फिर गाँव में आनेवाली है, प्रभु! सुने हैं कि मुखियागिरी के लिए भोट होनेवाला है। मदना भी खड़ा होगा। बाबू जुगल सिंह मुखिया को पसीना छूट रहा है आजकल। ऊपर से चाहे जितना टैट दिखें, भीतर ही भीतर थराथरा रहे हैं। पुरैना, करमासी और हरपुर—तीनों गाँव की एक पंचायत है। तीनों गाँव मिलकर कुल पचास घर राजपूत, भूमिहार और पंडित होंगे। कायथ सबका रहना और न रहना, एक बराबर। दिखार नहीं होता है सब। जिसका पलड़ा भारी देखेगा, उसी की ओर खिसक जाएगा। चाहे इनिरा गान्ही की सरकार हो, चाहे छोट जातियों

की, कायथ सबकी पाँचों अँगुली घी में।...मदना कह रहा था अहीर और मियाँ का गठबन्धन हुआ है। दोनों जात मिलकर अधिया से ऊपर भोट एक तरफ़ गिरेगा।...इन साले मलेच्छों को बाद में पता चलेगा, प्रभु! बड़की पोखरवाले कांड में सरफुदीन मियाँ और अजीमवा को भाला से गोभ-गोभकर इसी मदना ने मारा था। लाद भाड़ दिया था। अँतड़ी-पचौनी सब बाहर कर दिया था। एक महीना फरार रहा। बाबू जुगल सिंह मुखिया के समधी एमेले थे। उन्हीं की कोठी में लुकाया था। मुखियाजी हाईकोट से बेल कराए, तब गाँव में लौटा। तीन बरस तक केस-मुक़दमा चला, पर बाद में सब टाँय-टाँय फिस्स! सारा गाँव एकवट गया। मियाँ लोगों को जबरन सुलहनामा लगाना पड़ा।...मदना के मुखिया बनते ही अहीर सब आँख फेरेगा, तब इन कटुओं को गठबन्धन का भाव पता चलेगा।...अच्छा हुआ प्रभु कि निकल आए गाँव से! नरक से पिंड छूटा। अब निकल तो आए प्रभु, पर आपकी किरपा हो तब तो! यहाँ भी आकर सब उल्टा-पुल्टा ही देख रहे हैं। जिसके भरोसे आए, वही रंग बदल रहा है। ककऊ के मन में खोट है, तभी तो मोतिया के भरोसे टाल रहे हैं। खोट न भी हो, तो यहाँ आकर मोतिया की किरपा पर जीवन काटना पंडित तिरलोचन पांडे को गवारा नहीं होगा, प्रभु! अब आप ही उबारिए इस संकट से। हमको तो कुछ भी नहीं सूझ रहा है।...हे प्रभु!

दोपहर हुई। भगतू ने आकर जगाया, तब तिरलोचन की नींद टूटी। सोचते-सोचते जाने कब आँख लग गई थी! कुछ पता ही नहीं चला। भगतू ने बहुत चिरौरी की, पर वह कुछ भी खाने के लिए तैयार नहीं हुए। थक-हारकर भगतू चला गया।

धूप नहीं थी। मेघ घिर आए थे। भादों के मेघों का कोई भरोसा नहीं रहता। जाने कब बरसने लगें!...और बरसने लगें, तो हफ़्ता-भर झमझम बरसते रहें! अगर लौटना ही पड़ा तो रास्ते में दुर्गति होगी, सोचते हुए तिरलोचन ने मेघों की ओर विनीत भाव से देखा।

तिरलोचन फिर नई चिन्ताओं में डूब गए।...आज की रात वह इन्तज़ार करेंगे। अगर ककऊ की बातचीत से लगेगा कि बात कुछ बन सकती है, तो रुकने के बारे में विचार करेंगे। नहीं तो कल भिनसार में बस पकड़ लेंगे।...पर एकमा पहुँचते-पहुँचते ही साँझ हो गई तब मुसीबत हो जाएगी।

ज़माना ख़राब है। कोई ज़रूरी नहीं कि गाँव का कोई मिल ही जाए। अकेले चँवर पार करना ख़तरनाक होगा। आजकल लफंगों का राज है। एक बंडल बीड़ी के लिए साले गरदन रेतकर मार देते हैं। पिछले ही साल रामधनी कोयरी का बेटा एकमा भट्ठी में बैठकर दारू पी रहा था। बीड़ी के लिए झगड़ा हुआ और बीस बरस के जवान की गरदन रेता गई...साँझ हो गई तो एकमा में रात-भर रुकना पड़ेगा।...ठीक है। आते समय मोदियाइन का चिउड़ा-दही छूट गया था। जाते समय साध पूरी हो जाएगी।

तिरलोचन की आँखों के सामने मोदियाइन की सूरत नाच गई। ...बिलकुल मैदा जैसी सफ़ेद गोराई...गोल चेहरा...टेढ़ी माँग...भर आँख काजर...और मिस्सी लगे दाँत। ग़ज़ब हो ग़ज़ब ! छपरा का समूचा भगवान बाज़ार हिंड़ोरने पर मोदियाइन जैसी औरत ढूँढ़ पाना कठिन काम है। छपरा तो छपरा, मोदियाइन की बराबरी करे ऐसा चेहरा पटना में अब तक नहीं दिखा।...तिरलोचन की नाक पर पसीने की बूँदें चमकने लगीं। कनपटी में सनसनी हो रही थी।...और चिउड़ा-दही खाने के बाद ? गाँठ कमज़ोर है, नहीं तो सारी रात मोदियाइन के घर वास करते।...तिरलोचन की इच्छा हुई कि गरदन में फाँसी लगाकर लटक जाएँ।...यह भी कोई जिनगी है। जिनगी की एक साध भी पूरी नहीं हो सकती। ललचते बयस गुज़र गई। इसी तरह दुनिया को निहारते-निहारते एक दिन चले जाएँगे...नसीब कब पलट जाए कोई नहीं जानता। चार-पाँच साल पहले तक सुभगवा दुसाध हम लोगों के दुआर पर खड़ा होकर पाव-भर सतुआ-चिउड़ा के लिए दाँत निपोरता फिरता था। उसका बेटा बलेसरा मलेटरी में सिपाही हुआ और नसीब पलट गया। सुभगवा जूता पहनकर घूमता है। बलेसरा रिक्शा पर चढ़कर गाँव आता है। एकमा उतरकर मोदियाइन के यहाँ डेरा डालता है। दो-तीन रात रासलीला करने के बाद मोदियाइन के घर से निकलता है। सारा गाँव जानता है, पर मलेटरी की कमाई और रुआब के आगे किसकी मजाल कि कुछ बोल दे !...अचानक तिरलोचन को ध्यान आया कि मन्दिर में बैठे हैं। काँप गए तिरलोचन।...छिः-छिः ! मति ख़राब हो गई है। कुदिन आने पर यही होता है। जब बिगड़ता है, चारों तरफ़ से एक साथ बिगड़ता है। मन्दिर में बैठकर नरक में डुबकी लगा रहे हैं। भूल-चूक समझकर छिमा करो, प्रभु। दास का अपराध छिमा करो !...तिरलोचन ने दोनों हाथ जोड़कर शीश नवाया।

"तिरलोचन!...ए तिरलोचन!" अपने को पुकारती हुई आवाज़ सुनकर तिरलोचन ने झुका हुआ माथा ऊपर उठाया। मुड़कर देखा। सामने ककऊ खड़े थे। "हत्या का पाप हमारे कपार पर थोपकर मरना चाहते हो का? भोर से ही उपास बैठे हो। अनशन करने से जजी मिल जाएगी का तुमको?"

तिरलोचन ने सिर झुका लिया। कोई जवाब नहीं दिया। मन ही मन सोच लिया था कि कुछ बोलेंगे ही नहीं। बिलकुल गुम्मी मार देंगे।

अपनी बातों को बेअसर होते देख नटवर पांडे नरम पड़ गए। बोले—"आए, तो भगतू बोला कि तुम कुछ ना खाए हो।...देखो, हमारा हाल देखो। कई घंटा साइकिल रेंगाकर लौटे हैं। तुम्हारे काम से ही बिना खाए-पिए इधर-उधर छिछियाते फिर रहे थे।"

तिरलोचन पिघल गए। सोचने लगे, जो आदमी हमारे लिए भूखा-पियासा दौड़-धूप कर रहा है, उसके साथ हठ ठीक नहीं।

"चलो।...जल्दी करो। अँतड़ी ऐंठा रही है।" ककऊ ने दबाव बढ़ाया और तिरलोचन उठ गए।

काका-भतीजा दोनों ने भोजन किया। गमकउवा चावल का भात, असली घी से बघारी हुई चने की दाल, फूल गोभी की रसदार तरकारी और टमाटर की चटनी। तृप्त हो गए पंडित तिरलोचन। भादों के महीने में फूलगोभी और टमाटर! राजधानी का यही सब सुख है। गाँव में तो आलू-भंटा तक मुहाल है। लहसुन-मिर्च की चटनी के बल पर मोटिया चावल का भात निगलना पड़ता है। तिरलोचन का मन किया कि ककऊ की जय-जयकार करें। वह अक्सर ऐसा करते थे। जब भी किसी यजमान के यहाँ जीभ को तृप्ति और मन को सन्तोष मिलता, वह जय-जयकार कर उठते थे।...जय हो यजमान की!..वंश बढ़े!...धन बढ़े!...मंगल हो!...और काँधे में टँगे झोले से शंख निकालकर फूँक देते थे। ककऊ यजमान होते तो अब तक जय-जयकार बोलकर शंख फूँक चुके होते तिरलोचन।

आचमन करने के बाद डकार लेकर काका-भतीजा दोनों खाट पर पसरे ही थे कि बाहर से मोटरसाइकिल रुकने की आवाज़ आई। नटवर पांडे ने कहा, "लगता है, मोतीलाल आ गया।"

मोतीलाल ने कमरे में प्रवेश किया। सफ़ेद सफारी सूट में गठा हुआ साँवला शरीर। आँखों पर सुनहरी कमानीवाला चश्मा। न दाढ़ी, न मूँछ।

बिलकुल साहबों जैसा रुआबदार चेहरा। तिरलोचन अकबकाकर उठ बैठे। मोतीलाल ने झुककर खाट पर पसरे पंडित नटवर पांडे पुजारी के पाँव छुए। पुजारी जी ने लेटे-लेटे ही उसके सिर पर हाथ फेरते हुए कहा, "जय हो! मंगल हो।"

मोतीलाल की नज़र तिरलोचन पर पड़ी। वह चौंका—"अरे! भाईजी! कब आए?" वह तिरलोचन के पास आया। झुककर उनके पाँव छूते हुए पूछा, "का हाल-समाचार है गाँव का?"

तिरलोचन आँखें फाड़े मोतीलाल को निहार रहे थे। उनकी टकटकी बँधी थी। बरसों बाद दुसाध टोला के किसी नौजवान ने उनके पाँव छुए थे। उन्होंने धीरे-से कहा, "मंगल हो।"

मोतीलाल ने अपना सवाल फिर दुहराया—"गाँव का हाल-समाचार का है?"

"ठीक है। सब ठीक है।" तिरलोचन बोले। वह समझ नहीं पा रहे थे कि मोतीलाल के साथ कैसा व्यवहार करें। इस बीच नटवर पांडे उठकर बैठ चुके थे। मोतीलाल उनकी खाट पर उनके साथ ही बैठ गया।

तिरलोचन फिर विचलित हुए।...कैसे मान-मरजाद बचेगा, प्रभु? ...तिरलोचन को लगा, उन्हें किसी ने बहुत ऊँचाई से नीचे धकेल दिया है और वह हाथ-पाँव छटपटाते हुए गिर रहे हैं।

मोतीलाल नटवर पांडे से बतिया रहा था—"हम बाहर से लौटे तो पता चला कि आप घंटा-भर बैठकर वापस चले गए।...सो खाना खाए और चल दिए। साँझ को तो आना ही था, पर मन नहीं माना। सोचे, पता नहीं का बात है!"

"हूँ! अरजेंट मामला था...रनजीत बाबू से भी भेंट ना हुई। दिल्ली गए हैं। फिर रमन बाबू के पास गए। उनकी मेम साहब पूजा का दिन तय करने के लिए बुलाई थीं। बदली रुक जाने से बहुत ख़ुश थीं। बता रही थीं कि डेढ़ लाख से ऊपर लग गया।...बिना भोजन किए निकल गए थे, सो ज़्यादा देर तक तुम्हारा इन्तज़ार नहीं कर सके। सोचे...।"

"तो आप भोजन के चलते चले आए!" मोतीलाल ने पुजारी जी की बात काटते हुए पूछा—"वहाँ भोजन ना मिलता का?"

"मिलता, पर तुम्हारे लौटने का तो कोई ठिकाना नहीं था। दुल्हिन को तो बताकर जाते नहीं हो। दुखी मन से बोल रही थी कि कहियो बताकर

नहीं जाते।...बुचिया के साथ बतियाते रहे, फिर समाद छोड़कर चले आए। कहँवा निकल गए थे?" नटवर पांडे ने स्नेहयुक्त अधिकार से पूछा।

"वही कोआपरेटिव वाला धन्धा। संडे तो झमेलावाला दिन होता है।"

"सो तो है बाबू! तुम्हारे कपार पर दुनिया-भर का झमेला है। नौकरी-कोआपरेटिव, ऐरबी-पैरबी और हित-नाता, सब एक साथ ढोना सबके बूते की बात नहीं।"

"भाईजी कब आए?" मोतीलाल ने तिरलोचन की ओर इशारा करते हुए पूछा।

"कल आए साँझ बखत।...तिरलोचन के लिए ही तुम्हारे घर गए थे।"

"का बात है?...का हुआ?" मोतीलाल ने जानना चाहा।

"अचानक घर-दुआर छोड़कर पयान कर दिए। इनके घर का हाल पता ही है। खेती-बाड़ी सब बेचकर दिगम्बर भइया अपनी जिनगी में ही गाँजा पी गए। रोज़ी-रोज़गार के लिए भी तो साधन चाहिए। अब पुरोहिताई से कब तक गुज़ारा होगा? अकुताकर गाँव छोड़ दिए। बिना सोचे-समझे पेटी उठाए और पटना के लिए पयान कर दिए।...यहाँ आने पर चौबीस घंटे का भी धीरज ना है। बस आए और अन्न-जल त्यागकर ठान दिए कि... ।"

"का भाईजी, हम लोग मर-बिला गए हैं कि आप अन्न-जल त्यागकर पड़े हैं?" मोतीलाल ने नटवर पांडे की बात काटते हुए तिरलोचन से पूछा, फिर बोला—"आ गए हैं, तो कौनो जुगाड़ होगा ही। अन्न-जल त्यागने से काम ना चलेगा।"

नटवर पांडे ने क़िस्सा आगे बढ़ाया—"हम तुम्हारे घर से लौटे तो पता चला कि अनशन किए बैठे हैं। बहुत डाँट-डपट और मान-मनौबल के बाद खाए हैं।...मोती, हम तो अपने साथ ही रख लेते पर... ।"

"ना काका जी, इस मन्दिर पर रखने से का लाभ? हमारे पास स्कीम है।...बाहर चलिए, बताते हैं।" मोतीलाल झटके से उठकर खड़ा हुआ। नटवर पांडे भी उठे।

"अब आराम करो। चिन्ता मत करो। सब हो जाएगा।" कहते हुए नटवर पांडे मोतीलाल के साथ कोठरी से बाहर निकल गए।

तिरलोचन काठ की मूरत की तरह जस-के-तस बैठे थे। हत्प्रभ थे महामहोपाध्याय कुलभूषण! बाप रे बाप! कितना भेद है गाँव और राजधानी

में। यहाँ तो सब कुछ उल्टा है। गाँव से बिलकुल अलग है यहाँ की रीत। जिसकी जात-बिरादरीवाले गाँव में अलग पार्टी बनाकर लड़ते फिर रहे हैं, वही यहाँ पाँवलगी कर रहा है। यहाँ तो पंडित और दुसाध एक खाट पर साथ बैठकर मुँह-में-मुँह सटाए बतिया रहे हैं। अंडल-मंडल सब फेल है यहाँ।...तिरलोचन का माथा घूम रहा था। बहुत देर तक ख़ाली पेट रहने के बाद अन्न की गर्मी से देह पहले ही थरथरा रही थी। और फिर ककऊ और मोतिया का यह गठबन्धन! उनके दिमाग़ में उथल-पुथल मची थी। कलेजा हौलने लगा था।

मोतीलाल की योजना सुनकर पंडित नटवर पांडे उल्लसित हो उठे। मोतीलाल के प्रति उनकी आस्था और गहरी हो गई। नगर के दक्षिणी छोर पर बस रही नई कालॉनियों में अम्बेदकर नगर के बसने का काम अब पूरा हो रहा था। अम्बेदकर हाउसिंग कोऑपरेटिव सोसायटी के अध्यक्ष श्री मोतीलाल माझी ने एक रात यह सपना बड़े और महान नेताओं की तरह देखा कि ग़रीब हरिजनों का भी अपना घर हो। दूसरे दिन की सुबह उसने अपनी आत्मा को बेचैन पाया। धीरे-धीरे यह बेचैनी गहराई और वह छटपटाने लगा। कुछ ही दिनों बाद उसने सोसायटी रजिस्ट्रेशन एक्ट के मुताबिक़ 'अम्बेदकर हाउसिंग कोऑपरेटिव सोसायटी' का रजिस्ट्रेशन करवाकर 'अम्बेदकर नगर' के अपने सपने को साकार करना शुरू किया। तीन सौ परिवारों के बसने लायक़ ज़मीन सरकार से कम क़ीमत पर झपटकर वह प्रदेश के हाउसिंग कोऑपरेटिव माफिया के बीच चर्चित हुआ। जब थोड़ी कम क़ीमत पर ज़मीन उपलब्ध हुई तो धनवानों की रेल-पेल मच गई। जाति-वर्ग के बन्धन टूट गए। भारत माता की सन्तानें 'हम एक हैं' की भावना के साथ अपनी तिजोरियों से धन लेकर निकल पड़ीं। अम्बेदकर नगर में प्रवेश के लिए धक्कम-धुक्की होने लगी। इसके पहले कि अम्बेदकर नगर में लीकेज हो, मोतीलाल ने फर्ज़ी नामों से कई भूखंडों का बँटवारा कर, ऊँची क़ीमत वसूल गंगा स्नान कर लिया। उसने जब अम्बेदकर नगर का सपना देखा था, तब वह सोच भी नहीं पाया था कि यह सपना इस तरह फूले-फलेगा। तीन सौ घरों की इस कॉलोनी ने बसने से पहले ही उसे जीवन के कई सुख सौंप दिए थे। मसलन, राजीव नगर जैसी पॉश कालोनी में मकान, अम्बेदकर नगर में अपने लिए फर्ज़ी नामों से दो भूखंड, सोने के गहनों के रूप में गुप्त-

धन और बिजली बोर्ड के साहबों पर अपने प्रभाव के बल पर बिना हाज़िरी बनाए तीस दिनों की तनख़्वाह। यह सब हाउसिंग कोऑपरेटिव के धन्धे की सौग़ात थी।...पर मोतीलाल इसे प्रभु का प्रसाद मानता था। फकीर माझी की मड़ैया से उठकर राजीव नगर तक की यात्रा में वह कई पड़ावों से गुज़रा था। मैट्रिक पास करने के बाद वह बाबू जुगल सिंह मुखिया के साथ पटना आया था। उनके समधी बाबू रनजीत सिंह विधायक के यहाँ टहलुआ रहा। उन्हीं के बँगला में रहकर उसने बी.ए. किया और उनकी परित्यक्ता बहन मालती देवी की पसीने से भीगी हुई देह चाट-चाटकर जीवित रहा। रनजीत बाबू जब बिजली बोर्ड के चेयरमैन बने, उसे नौकरी मिली। नौकरी में भी उसने दस-बीस रुपए की टुकड़खोरी कभी नहीं की। जिन साथियों के साथ मिलकर हाउसिंग कोऑपरेटिव का धन्धा शुरू किया, वे लोग आज भी किराए का मकान खोजते फिर रहे हैं और वह हाउसिंग कोऑपरेटिव माफिया के बीच अपनी ख़ास औक़ात रखता है। मोतीलाल इसे प्रभु की कृपा मानता था।...अब उसे एक ही चिन्ता थी कि जिस ईश्वर ने उसका सपना पूरा किया उसी ईश्वर के लिए वह अम्बेडकर नगर में कोई बसेरा नहीं बनवा सका। सामुदायिक भवन के लिए छोड़े भूखंड पर प्रभु के लिए बसेरे के निर्माण की जो योजना उसके मन में दबी थी, पंडित तिरलोचन को पाकर वह फूट पड़ी—"काकाजी! सब ज़िम्मा मेरा।"

"मोती! सोसायटी का मामला है।...ज़मीन को लेकर विरोध होगा।" नटवर पांडे ने सचेत किया।

"माहौल बनाना होगा। जल्दीबाजी में काम नहीं होगा। साल दो साल तक गोदी के बालक जैसा पोसना पड़ेगा।" मोतीलाल ने कहा।

"...पर तिरलोचन के पास धीरज ना है। पता नहीं...।"

नटवर पांडे ने आशंका प्रकट की।

"समय सब कुछ सिखा देता है काकाजी। अपने आप धीरज आ जाएगा।" मोतीलाल ने विश्वास प्रकट करते हुए एक्शन प्लान बताया—"मेरे प्लॉट के ठीक सामनेवाला प्लाट है। हम अपने प्लॉट में एक कोठरी बनवा देते हैं। भाईजी उसी में रहेंगे। महीना दो महीना बाद सामनेवाले प्लॉट में प्रभु की एक छोटी मूरत रखकर पूजा चालू होगी।...कुछ लोग विरोध तो करेंगे, पर ढेरों लोग साथ देंगे। सामुदायिक भवन तो अभी बनने से रहा।

प्रभु के लिए अपने-आप जनमत तैयार हो जाएगा। नहीं हुआ, तो हम तैयार करवाएँगे। साल दो साल के भीतर प्रभु अपना बसेरा अपने ही आप बनवा लेंगे।...और जो जनता प्रभु का बसेरा बनवाएगी, वही जनता बनवाएगी प्रभु के भक्त का बसेरा। तीन सौ घर कम नहीं होते। तीन सौ में लगभग डेढ़ सौ से ऊपर मेरी बिरादरी के लोग हैं, काकाजी! रेत में पाँव चाहे कितना भी धँसे, पियासा तो भागता ही है नदी की ओर।...और जो लोग जनम-जनम से पियासे हैं उनको तो नदी दिख-भर जाए।...फिर उनको कौन रोक सकता है? पचास परसेंट जो मेरी बिरादरी के लोग हैं, वे किस दिन काम आएँगे? अगर विरोध हुआ तो चुटकी बजाते ही हवा बदल जाएगी। ...अम्बेडकर नगर में भगवान बसना चाहें और लोग उनको बसने न दें, यह तो हो ही नहीं सकता, काकाजी।...मन्दिर...फिर पुजारी निवास...फिर पीछे की तरफ़ कुछ दुकानें।...तीन सौ घरों का चढ़ावा और दुकानों के लिए डिपॉजिट मनी...किराया। प्रभु चाहेंगे तो सब हो जाएगा।''

''हाँ, सब उनकी कृपा। उनकी कृपा नहीं होती तो इस साले सूरजमल सेठ के यहाँ शंख बजता।'' नटवर पांडे ने आश्वस्त होते हुए कहा।

दोनों कोठरी में वापस आए। पंडित तिरलोचन पांडे के सामने बात रखी गई। भड़क उठे तिरलोचन—''तुम दोनों जने हमको फाँसी चढ़वाना चाहते हो का?...हमको फसाद में मत फँसाओ।...दूसरे की ज़मीन पर जबरन क़ब्ज़ा करने जाएँ और जेहल की हवा खाएँ—यही चाहते हो का? हमको बक्सो जी बिलाई, मुर्गा बांड़ होके रहेगा। पेट पोसने के फेर में जान गवा दें? पूत के लिए भतार गवाँना हमको मंजूर नहीं। हम झंझट में नहीं पड़ेंगे।''

''गरजो मत। धीरे बोलो। ख़ाली हाँय-हाँय करने से काम नहीं चलता है।'' नटवर पांडे ने तिरलोचन को डाँटा। बोले—''तुमको मालूम है कि इस मन्दिर की नींव कौन तरह पड़ी? अगर हम लोग गाय की तरह नाथ नहीं पहनाते तो यह साला सूरजमल सेठ हाते के भीतर मन्दिर बनवाकर और हमको माहवार देकर पूजा करवाता?...ख़ाली पड़ी थी ज़मीन। एक रात टूटा हुआ सिलबट्टा रखकर पूजा शुरू किए। यह कॉलोनी पूरी तरह अभी बसी भी नहीं थी।...ढोलक झाल ले आए। पाँच-दस आदमी रोज़ जुटने लगे। रोज़ साँझ में कीरतन चालू हो गया। गाँजा की पुड़िया बेचते थे, सो अलग जान-पहचान हुई। इसी मोतीलाल ने चन्दा उगाह-उगाहकर

एक दिन झोंपड़ी डलवा दी...सेठ मारूफगंज में रहता था। मालूम हुआ तो गाड़ी उड़ाते हुए पहुँचा। थाना पुलिस और कोट-कचहरी का भय दिखाता रह गया, पर प्रभु नहीं हिले। थाना में रोज़ पाँच-दस पुड़िया गाँजा सप्लाई करते थे। प्रभु की माया ऐसी पसरी कि सेठ हाता की दीवार तक नहीं खींच पाया। दस दिनों के भीतर प्रभु की मूरत लाकर बैठा दिए।...फिर थानावालों ने अड़ोस-पड़ोस के लोगों के सहयोग से रास्ता निकाला। सेठ को कहा कि गज-भर हारो, थान-भर मत हारो। तब सेठ ने मन्दिर बनवाना शुरू किया। मन्दिर बनवाकर ही ज़मीन का पूरा रकबा घेर सका। चार सौ रुपया हमको देता था।...और आज अन्न-वस्त्र के अलावा हमको और भगतू को मिलाकर चौदह सौ देता है। ऐसी फँसरी डाले कि जिनगी-भर नहीं भूलेगा साला। तुम का समझते थे कि बिना हाथ-गोड़ हिलाए हम मलाई चाभ रहे हैं?''

''जाने दीजिए, काकाजी। इनको वापस भेज दीजिए। बिना सरधा के कौनो काम करवाना उचित नहीं है।'' मोतीलाल ने पेंच मारा।

''राज भोगोगे तिरलोचन, राज। तुमको अकेले तो कुछ करना नहीं है। हम साथ हैं।...और फिर सारा ज़िम्मा मोतीलाल का है।'' नटवर पांडे ने ढाढ़स बँधाने की कोशिश की।

''भाईजी, आप गाँववाला चाल-चलन छोड़िए। राजधानी में बसना है, तो करेजा कठोर करना होगा।'' मोतीलाल उठ गया। बाहर निकलते हुए नटवर पांडे से कहा, ''रात-भर भाईजी को सोचने दीजिए।...इनका मन बने तो ख़बर कीजिएगा। आकर ले जाएँगे। हमारा घर-आँगन भी पवित्तर हो जाएगा।''

मोतीलाल चला गया। नटवर पांडे सन्ध्या-पूजन में लगे। और तिरलोचन? तिरलोचन उब-चुभ हो रहे थे। उन्हें लग रहा था, मानो किसी अन्धे कुएँ में गिरे हों।

अभी सुबह होने में देर थी। तिरलोचन जाग रहे थे। और उनके ककऊ नींद में नाक बजा रहे थे। मोतीलाल के जाने के बाद से लेकर थोड़ी देर पहले तक उनका मन अन्धे कुएँ में डूब-उतरा रहा था।...डूबते-उतराते अब जाकर ठहरा था मन।

तिरलोचन ने सोचा।...अब जो होना हो, हो जाए। लौटेंगे नहीं। गाँव में बाबू जुगल सिंह मुखियागिरी करें, चाहे मदन चौधरी, तिरलोचन को पाटी-पोलटिक्स से कोई गरज नहीं। लड़ें सालें सब। लड़ते रहें जिनगी-भर। दुसाध टोला में जाकर कूटाएँ बबुआ कन्हैया पांडे, तिरलोचन को चिन्ता नहीं। मंडल हो, चाहे कमंडल...कौनो आदमी गठबन्धन करे, चाहे माँग टिकवा ले—तिरलोचन तो बस गए राजधानी में। जम जाएँ पहिले, फिर जाकर ले आएँगे बेटियों सहित लक्ष्मी को।...जय हो प्रभु! अब साहस बनाए रखना।...कल जाएँगे मोतीलाल के घर। पर जीमने को कह दिया तब?...जीमेंगे।...पर अगर अन्न गले से नीचे नहीं उतरा और हुल से फेंक दिए तब?...निगलेंगे। जल के बल पर निगलेंगे। तुलसी की गन्ध सहन नहीं होती है हमको, उबकाई आती है।...पर तुलसी का पत्ता भर कुल्ला पानी लेकर निगलते हैं कि नहीं?

वधस्थल से छलाँग

मैं यह ठीक-ठाक तय नहीं कर पा रहा हूँ कि बात कहाँ से शुरू करूँ! कहीं से भी आरम्भ की जा सकती है। उससे मेरी पहली मुलाक़ात या उसके आरम्भिक जीवन में ऐसा कुछ भी विशिष्ट नहीं है, जिसके बल पर एक अच्छी शुरुआत हो सके। वैसे सूक्ष्मता से देखा जाए तो उसके अभी के जीवन में भी कुछ उत्तेजक या रोमांचक नहीं मिलेगा। पत्रकार बन गए एक कवि में ऐसा भी कुछ विशिष्ट हो सकता है क्या? मुझे नहीं लगता ऐसा। यही कि उसकी सुबह दस बजे होती है? शराब के नशे से बोझिल सिर और टूटती देह लिए वह बिना कुल्ला किए भरपेट पानी पी लेता है?...कि वह गुस्ल में दो घंटे लगाता है! पिए और बिना पिए, दोनों हालात में वह भरपूर नशे में रहता है! मैं उलझन में हूँ कि इन प्रसंगों में क्या विशिष्ट हो सकता है, जिससे मैं अपनी बात शुरू कर सकूँ।

मेरे लिए ज़्यादा सहज है कि मैं रामप्रकाश तिवारी से बात शुरू ही न करूँ। बात सम्पादक जी की आवक से शुरू करता हूँ। यही बेहतर होगा। हर दृष्टि से उपयोगी और रोचक भी होगा।...तो बात सम्पादक जी की आवक से शुरू होती है।

सम्पादक जी की आवक की ख़बर से हम सब बेहद उत्साहित थे। इस ख़बर के पुख़्ता होते ही हमारा उत्साह शहर में फैल चुका था। उनके आते ही हम सब उत्साह के झूले पर पेंग मारने लगे। पहले दिन जब वह दफ़्तर आए, हम सबका हाल-चाल पूछा और यूनियन के सचिव रमेश वर्मा को साथ लेकर अपने घर चले गए। इस शहर को उनके जन्म-स्थान और आरम्भिक कार्य-क्षेत्र होने का गौरव प्राप्त था। जिन दिनों वह यहाँ हुआ करते थे, रमेश पत्रकारिता का ककहरा सीख रहा था। सम्पादक जी ने उन दिनों उसे प्रोत्साहित किया था।

एक नया माहौल शुरू हो रहा था। यूनियन और सम्पादक के बीच पिछले तीन वर्षों से चली जा रही दुश्मनी के बाद सहयोग और विश्वास की संस्कृति का नया युग शुरू हो गया था। सम्पादक की गाड़ी में बैठते हुए रमेश वर्मा ने हम सबको प्रसन्नता और विश्वास-भरी नज़रों से देखा था। रमेश ज़ब लौटा, काफ़ी सन्तुष्ट और उत्साहित था। उसके बाद दूसरे दिन की रात तक मुख्य समाचार सम्पादक सूर्यनारायण जी को छोड़ शेष सारे उप-सम्पादकों और संवाददाताओं से एक-एक कर उन्होंने घर पर ही बातें कीं। सबके लिए अलग-अलग बुलावा आया। इस समय हम ऩए युग में प्रवेश कर चुके थे।

तीसरे दिन सम्पादक जी के साथ बैठक हुई थी। इस बैठक के लिए प्रदेश के सारे ज़िला संवाददाताओं को तार देकर बुलवाया गया था। अस्सी हज़ार प्रसार संख्यावाले सवेरा टाइम्स की सारी शक्ति सवेरा हाउस के चौथे फ़्लोर पर एकजुट बैठी थी। सम्पादक जी के आते ही सबने मेज़ें थपथपाकर हर्षनाद किया। एक रामप्रकाश तिवारी था, जो सबसे पिछली क़तार में बैठा ऊँघ रहा था। उसकी दिनचर्या भंग हुई थी। दस बजे सोकर उठनेवाला आदमी दस बजे बैठक में उपस्थित था, इससे ही उसके कष्ट का अन्दाज़ा लगाया जा सकता है। बहरहाल, सम्पादक जी ने हमें सम्बोधित किया।

''मैं यहाँ एक विशेष मिशन पर आया हूँ। यह अख़बार बन्द होने जा रहा था। पिछले सम्पादक की कारगुज़ारियों के कारण मैनेजमेंट ने लगभग तय कर लिया था कि अख़बार बन्द कर दिया जाए।...पर अन्तिम कोशिश के रूप में मुझे यहाँ भेजा गया है।...मैंने यह ज़िम्मा आप सबके बल पर लिया है। मैं आपका आदमी हूँ...आपके बीच का आदमी। और फिर यह शहर, मेरा अपना शहर भी है। मैनेजमेंट यूनियन से भयभीत है। यह भय मैंने यहाँ आने से पहले की लगभग ख़त्म कर दिया है। मैंने मैनेजमेंट को यह बता दिया है कि यूनियन की अगली क़तार के लोगों सहित अस्सी प्रतिशत लड़के मेरे हैं। मैनेजमेंट अब चैन में है। अब मेरा और आपका काम है कि मैनेजमेंट को चैन से रहने दें। और वह सब कुछ धीरे-धीरे हासिल करें, जो हमें चाहिए।''

हम सब दम साधे सुन रहे थे। सम्पादक जी ने नाटकीय विराम के साथ पूरी सभा को अपनी नज़रों से सहलाया। ऊँघता हुआ रामप्रकाश तिवारी

थोड़ा सजग हुआ। उसे खाँसी आ गई। उसके खाँसने तक सब कुछ रुका रहा। उसकी खाँसी थमते ही सम्पादक जी ने बोलना शुरू किया—"मैं यहाँ राजनीति करने नहीं आया हूँ, और ना ही यह चाहूँगा कि इस दफ़्तर में किसी तरह की राजनीति हो। यहाँ होनेवाली राजनीति से मैं परिचित हूँ। आपके बीच बैठे उन लोगों को मैं अच्छी तरह जानता हूँ, जो पत्रकारिता नहीं, सिर्फ़ राजनीति करते हैं। राजनीति के बल पर सम्पादकों की गोद में बैठकर चुम्मा-चाटी करनेवाले पत्रकारों को मैं आगाह करना चाहता हूँ कि वे लोग इस अख़बार से इस्तीफ़ा देकर कहीं और चले जाएँ या अपना रंग-ढंग बदलें। मैं ऐसी ताक़तों को किसी भी क़ीमत पर यहाँ नहीं टिकने दूँगा। मैं यहाँ आया ही इसलिए हूँ कि उन्हें बदल दूँ या उखाड़ दूँ। मैं उन सब लोगों को वाज़िब हक़ दूँगा जो पत्रकारिता के लिए कमिटेड हैं।...हाँ तो मैं कह रहा था...यहाँ राजनीति नहीं चलेगी। मैं आप सबसे कई गुना ज़्यादा मँजा हुआ और पुराना राजनीतिबाज़ हूँ। मैंने इस प्रदेश के दो-दो मुख्यमंत्रियों के साथ राजनीति की है और उनकी सत्ता को चुनौती दी है। उन दिनों मैं विशेष संवाददाता था, पर अब तो सम्पादक हूँ।...यहाँ कुछ गुंडे भी हैं, जिन्होंने पिछले सम्पादक के साथ मिलकर आतंक मचाया था। मैं उन गुंडों को भी होशियार करना चाहता हूँ कि वे चूहों की तरह बिल में घुस जाएँ। उनके दिन अब लद गए। उनसे ज़्यादा ताक़तवर आदमी अब इस अख़बार का सम्पादक है। मैं राजेन्द्र नगर की सड़कों पर रामपुरिया चाकू लेकर भी घूमता रहता हूँ। मैं चाहूँ तो अभी, इसी समय उन गुंडों की बाँहें उखाड़कर सवेरा हाउस के नीचे फेंक दूँ। पर फ़िलहाल उन्हें एक मौक़ा देना चाहता हूँ...।"

सभा मौन थी। स्तब्ध! पिछले सम्पादक के प्रियजनों के चेहरे हल्दी पिसे सिल की तरह पियराने लगे थे। सम्पादक जी ने फिर एक नाटकीय विराम के साथ सिकुड़कर छोटी हुई आँखों से पूरी सभा को बेध डाला। लगभग सारे लोग हाँफ रहे थे। मरने-मरने को हो रहे थे। उनके प्राण हुकहुका रहे थे। सिर्फ़ एक रामप्रकाश तिवारी था, जो जीवित था। उसकी ऊँघ ख़त्म हो चुकी थी। वह पूरी तरह सतर्क था। तनकर बैठा हुआ रामप्रकाश तिवारी सम्पादक जी को एकटक घूर रहा था।

सम्पादक जी ने सभा समाप्ति की घोषणा की और अपने कक्ष में चले गए। लोगों के प्राण लौटने शुरू हुए। मुख्य समाचार सम्पादक सूर्यनारायण

जी का कहना था कि सवेरा टाइम्स के लिए अपनी पत्रकारिता का दौर अब शुरू हो रहा है। बाहर की साख भीतरी संघर्ष के कारण नहीं बन पा रही थी। अब बनेगी साख। प्राण लौटते ही सूर्यनारायण जी उत्साहित हो गए थे। बिना यह ग़ौर किए कि लोग उन्हें सुन रहे हैं या नहीं, वह बोलते ही जा रहे थे—"पहली बार किसी सम्पादक ने इतना ज़ोरदार भाषण दिया।...पहली बार अख़बार को दमदार सम्पादक मिला है। अब काम करने में मज़ा आएगा। पिछले दिनों सम्पादक तो लल्लू-जगधर थे। आए और गए।"

शेष लोग अभी स्वस्थ नहीं हुए थे। हो रहे थे। मैं भी स्वस्थ होने के लिए संघर्ष कर रहा था कि रामप्रकाश तिवारी ने अपने दोनों हाथों से मेरे कन्धे को स्पर्श किया। गलबहियाँ डालते हुए बोला—"चलो डार्लिंग, नींबूवाली चाय पीते हैं।"

मैं पिछले तीन-चार वर्षों से उन तीनों को इस शहर के भीतर मँडराते हुए देख रहा हूँ। अक्सर तीनों एक साथ होती हैं। चाहे कोई भी मौसम हो, तीनों पंख फैलाए उड़ती फिरती हैं। शहर का कोई भी कोना उनसे अछूता नहीं। दिन पर दिन शहर बड़ा होता जा रहा है। फिर भी, सुबह से साँझ तक वे कहीं-न-कहीं दिख ही जाती हैं। उन्हें देखते ही रामप्रकाश तिवारी की आँखें चमक उठती हैं। वह बछड़े की तरह हुमकने लगता है। उसका ऐसा मानना है कि उन तीनों से उसे जीवन की ऊर्जा मिलती है। आप इसे रामप्रकाश तिवारी का पागलपन समझ सकते हैं।...पर मैंने स्वयं अनुभव किया है कि उसके लिए यह सच है। अक्सर वह हमारा साथ छोड़कर उन तीनों के पीछे घंटों घूमता है। कभी-कभी जब वह बेहद उदास और थका-टूटा होता है, उन तीनों की खोज में निकल पड़ता है। जब तीन के बदले वे दो होती हैं, रामप्रकाश तिवारी का मन चिन्ता से भर उठता है कि तीसरी का क्या हुआ? मैंने ऐसी स्थिति में उसे बुदबुदाते हुए सुना है कि कहीं वह बीमार तो नहीं पड़ गई। शहर के असामान्य मौसम की भेंट चढ़ गई या किसी शरारती ने उसके पंख नोंच लिए। वह उन्हें तितलियाँ कहता है।

हम दोनों साथ निकले थे। मैं क्राइम रिपोर्टर हूँ। कोतवाली के अलावा रोज़ पाँच-सात थानों की सैर करता हूँ। मुझे गांधी मैदान थाना जाना था

और रामप्रकाश तिवारी गांधी मैदान में उन तीनों का मजमा ढूँढ़ने निकला था। वह सांस्कृतिक संवाददाता है और एक साप्ताहिक कॉलम 'शहरनामा' भी लिखा करता है। उन तीनों पर वह अपने कॉलम में अक्सर लिखा करता है। वे तीनों शहरनामा के प्रमुख पात्रों में हैं।

गांधी मैदान की वलयनुमा भीतरी राह के किनारे खड़े एक वृक्ष की घनी छाँह में मजमा लगाए तीनों दिखी थीं। उनके हाथों में पत्थर के छोटे-छोटे चपटे टुकड़े थे, जिन्हें अपनी अँगुलियों में कलात्मक ढंग से फँसाकर ताल देती हुई तीनों गा रही थीं। भीड़ जुटी थी। कुछ बैठे, कुछ खड़े लोगों की भीड़। पुष्पदलों के बीच पुंकेसर-सी तीनों झूम रही थीं। उनकी आवाज़ लहरा रही थी। "मोर चढ़ल बा जवनिया गवना से जा राजा जी।"

रामप्रकाश तिवारी मंत्रमुग्ध उन्हें सुन रहा था। वे बीच-बीच में चुहल कर रही थीं। लोग उन्हें छेड़ रहे थे। वे तीनों छेड़ती आवाज़ों, भद्दे संकेतों और वहशी नज़रों को मुँह चिढ़ाती हुई गूँज रही थीं। मैं उस मजमे से बाहर निकलना चाहता था। पर तिवारी के कारण मेरा निकल पाना मुश्किल था। अगर निकल जाता, तो कई दिनों तक तिवारी मुझसे गुमसुम रहता। हालाँकि, वह उन तीनों को सुनते हुए मुझसे बेख़बर था।

उन तीनों ने अपनी आवाज़ को समेटा। कुछ लोगों ने जेब टटोलने का बहाना किया और खिसक लिए। कुछ लोगों ने पाँच-दस या चवन्नी-अठन्नी का सिक्का फेंका। कुछ ने पैसा देने के बहाने उनकी अँगुलियों को छुआ, आँचल खींचे और कुछ ने चिकोटी काटकर ठहाके लगाए। वे तीनों पैसे सहेजकर भीड़ के बीच राह बनाती हुई एक्जीविशन रोड की ओर निकलीं और सिनेमा हॉल के अहाते के पास जाकर लोप हो गईं।

लोग उन तीनों के जीवन, यौवन और चरित्र पर टिप्पणियाँ करते हुए चले गए। मजमा बिखरने के बाद रामप्रकाश तिवारी बेंच पर धप्प-से बैठ गया।

"क्यों, चलना नहीं है क्या?" मैं खीझ रहा था।

"देखा तुमने? तीनों का साहस देखा? वामन अवतार की तरह तीन डेग में पूरी पृथ्वी नापकर चली गईं तीनों।" वह स्वप्निल स्वर में बोल रहा था।

उसका कन्धा पकड़कर झकझोरते हुए मैंने कहा—"तू चलेगा या मैं जाऊँ? देर हुई तो थाना इंचार्ज निकल जाएगा और मैं पूरी पृथ्वी का चक्कर लगाता फिरूँगा।"

मेरी फटकार से वह बेमन उठा और मेरे साथ हो गया।

एक जवान लड़की ने प्रेम में असफल होने पर आत्महत्या कर ली थी। बस यही एक ख़बर लेकर हम दोनों थाने से वापस लौट रहे थे। लड़की का प्रेमी उसकी सहेली के साथ भाग गया था। लड़की यह सदमा नहीं झेल सकी। वह ज़हर खाकर अस्पताल पहुँचते-पहुँचते असफल प्रेमिकाओं के इतिहास में दर्ज हो गई। वापस लौटते हुए रामप्रकाश तिवारी ने टिप्पणी की—"दुनिया से सारी अच्छी चीज़ें तेज़ी से नष्ट हो रही हैं।"

मैंने पूछा—"जैसे?"

उसका संक्षिप्त उत्तर था—"जैसे प्रेमिकाएँ।"

हम चुपचाप पैदल चलते हुए अख़बार के दफ़्तर पहुँचे थे। मैं डाक संस्करण के लिए ख़बर बनाकर सूर्यनारायण जी को सौंपने के बाद ताज़ा ख़बरों के लिए बाहर निकल गया। रामप्रकाश तिवारी अपना कॉलम लिखने में जुटा हुआ था।

सम्पादक जी विशेष बैठक को सम्बोधित करनेवाले थे। पहली बैठक के लगभग डेढ़ माह बाद यह दूसरी बैठक हो रही थी। इस बीच जो महत्त्वपूर्ण घटनाएँ घटीं, उनकी संक्षिप्त सूचना बिना किसी ताम-झाम के आपको देना चाहता हूँ। सम्पादक जी ने यूनियन सचिव रमेश शर्मा को अपना दाहिना हाथ घोषित किया था। अपने ऊपर सम्पादक जी का विश्वास और स्नेह उसके गले में मछली के काँटे की तरह फँसा था। पूर्व सम्पादक द्वारा की गई प्रोन्नतियों की पुनर्समीक्षा तक वेतन में हुई बढ़ोतरी के भुगतान पर रोक लगा दी गई थी। मुख्य संवाददाता नगरपालिका के बाबुओं की तरह दफ़्तर आते, पान चबाते और सारे दिन ऊँघते रहने के बाद चले जाते। सम्पादक जी के अनुसार उन्हें फ्रीज कर दिया गया था। कुछ ज़िला संवाददाताओं के तबादले हुए। कुछ लोगों को प्रदेश-बदर करने के लिए मैनेजमेंट को रिपोर्ट भेज दी गई थी। सवेरा हाउस के चौथे फ़्लोर पर ठहाकों, चुहलों, विचार-विमर्श, गर्म बहसों और ख़बरों को लूटने-लुटाने का दौर ठिठका हुआ था।

लोग फुसफुसाहटों से काम चला रहे थे। सम्पादक जी को शोर से नफ़रत थी। वह अपने मातहतों को मौन देखना चाहते थे। डेढ़ माह में किसी के सामने, किसी दूसरे से उन्होंने कोई बात नहीं की थी। हर किसी से वह अकेले में बातें करते थे।

अपना भाषण शुरू करने से पहले सम्पादक जी ने रामप्रकाश तिवारी से कहा—"आप आगे आ जाएँ।"

पिछली क़तार में बैठे तिवारी के लिए अगली क़तार में बैठे सूर्यनारायण जी ने जगह ख़ाली कर दी। वह चुपचाप आकर बैठ गया। आज मजमावाली लड़कियों पर उसकी रिपोर्ट उसके कॉलम 'शहरनामा' में छपी थी। कल गांधी मैदान में उसकी तन्मयता देखकर ही मुझे लगने लगा था कि पट्ठा कोई ज़बर्दस्त पीस लिख रहा है। मेरा यह विश्वास कि रामप्रकाश तिवारी की प्रतिभा का लोहा सम्पादक जी को मानना ही पड़ेगा—सही साबित होने जा रहा था।

सम्पादक जी बोल रहे थे—"मैं यह बात साफ़-साफ़ बता देना चाहता हूँ कि रंडियों के बल पर राजनीति में पद और बीवियों के बल पर नौकरी में प्रमोशन पानेवालों का मैं सख़्त विरोधी हूँ। एक पत्रकार पिछले दिनों अपनी बीवी के साथ मेरा हाल-चाल पूछने मेरे घर गए थे। मैं नाम नहीं बताऊँगा। ऐसे लोगों को मैं हाशिए पर ही रखूँगा। वे बीवियों के बल पर अख़बार की मुख्यधारा में नहीं रह सकते।"

सारी सभा को साँप सूँघ गया। सबने एक-दूसरे को कनखियों से देखा। विवाहित पत्रकारों पर संकट के गहरे बादल छा गए। कौन था ? कौन गया था अपनी बीवी के साथ ? यह सवाल सबको उद्विग्न कर रहा था। सिर्फ़ रामप्रकाश तिवारी निश्चिन्त था। मुस्कुरा रहा था। मेरी तो दहशत से टाँगें थरथराने लगी थीं। सबने मन ही मन अपनी समझ के अनुसार कोई एक नाम रेखांकित किया कि हो सकता है कि यही अपनी बीवी के साथ गया हो। सन्देह के घने बादल छा चुके थे।

सम्पादक जी ने भाषण जारी रखते हुए कहा—"मेरे अख़बार में कुछ कवि-साहित्यकार वगैरह घुस आए हैं। मेरा ऐसा मानना है कि ऐसे लोग पत्रकारिता की दुनिया के लिए कोढ़ होते हैं। समाज के सच में इनकी कोई जगह नहीं, मुझे साहित्यकारों और कुत्तों से नफ़रत है। मैं इनसे अपने अख़बार

को बचाना चाहता हूँ। किसी भी क़ीमत पर मैं इन्हें अपने अख़बार के दफ़्तर में नहीं देखना चाहता।...जो लोग अपने कवि-लेखक होने के ग़रूर में इतराए फिरते हैं, वे अपना चाल-चलन बदल दें, वर्ना उन्हें सवेरा हाउस से नीचे फेंक दिया जाएगा।"

अगली क़तार में बैठा रामप्रकाश तिवारी बड़ी उत्सुकता से सम्पादक जी को सुन रहा था। उसके चेहरे पर प्रसन्नता के भाव थे। वह नन्हे शिशु की तरह उत्साहित था जबकि शेष सारे लोग अस्वस्थ होने लगे थे। सूर्यनारायण जी के तो प्राण ही अटके हुए थे। सम्पादक जी ने तनकर बैठे हुए रामप्रकाश तिवारी पर अपनी नज़रें टिका दीं और सारी शक्ति केन्द्रित करते हुए गरजे—"मिस्टर रामप्रकाश तिवारी! आप कविता झाड़ना बन्द करके पत्रकारिता शुरू कर दीजिए, नहीं तो..."

क्रोध के मारे सम्पादक जी के शेष शब्द गुम हो गए। उनके कंठ से गों-गों की आवाज़ निकली। उनकी आँखें अँधेरे में चमकती किसी शातिर लकड़बग्घे क़ी आँखों जैसी चमक रही थीं। रामप्रकाश तिवारी ने अटके हुए आगे के शब्दों को सुनने के लिए अधीर होते हुए पूछा—"नहीं तो ?...नहीं तो क्या होगा सम्पादक जी ?"

"दो कौड़ी की रंडियों के पीछे रात-दिन घूमते-फिरते हो और मुझसे ज़ुबान लड़ा रहे हो।...पत्रकार बने फिरते हो तुम ?" सम्पादक जी अपनी सारी शक्ति संचित करके बोल रहे थे—"तुम्हारे बारे में एक-एक ख़बर है मेरे पास। दारू पीकर बाज़ारू औरतों के पीछे रात-भर डोलते हो और साहित्यकार-पत्रकार बनते हो ?"

सम्पादक जी हाँफने लगे थे। जैसे-तैसे अपनी साँसों पर क़ाबू पाते हुए उन्होंने अपने सामने रखा आज का अख़बार बीच टेबल पर फेंक दिया। आप से तुम के बाद तुम से आप पर उतरते हुए बोले—"यही रिपोर्ट है ?...यही है अख़बार की भाषा ? इसमें ख़बर कहाँ है ? रंडियों पर लिखने के लिए नहीं है यह अख़बार। समझे आप ?...मैं जनता का पत्रकार हूँ। जनता पर लिखिए, जनता पर। रंडियों और जनता के बीच फ़र्क़ होता है। कविता नहीं होती है पत्रकारिता।...बहुत फ़र्क़ होता है कविता के झूठ और पत्रकारिता के सच में।...आज से आपका यह शहरनामा कॉलम बन्द।...और आप सांस्कृतिक प्रतिनिधि का काम भी नहीं करेंगे।

आप क्राइम देखेंगे आज से। सूर्यनारायण जी, सबकी बीट बदल दीजिए आज से। आइए मेरे चैम्बर में। मैं बिलकुल नए ढंग से अलाटमेंट करना चाहता हूँ।"

सम्पादक जी अपने चैम्बर में चले गए। रामप्रकाश तिवारी ने सूर्यनारायण जी को सहारा देकर उठाया और सम्पादक जी के चैम्बर के दरवाज़े तक पहुँचा आया।

रमेश वर्मा सबसे पहले उत्तेजित हुआ था। तत्काल उसकी उत्तेजना ने रंग दिखाया और कुछ गिने-चुने लोगों को छोड़कर शेष लोग उत्तेजित हो गए। मैं तो तत्काल सम्पादक को जूते लगाने के पक्ष में था। कुछ लोग घेराव के लिए तो कुछ लोग नारेबाज़ी के लिए उतावले थे। कुछ का मत था कि मैनेजमेंट को नोटिस देकर कल से क़लमबन्द हड़ताल कर दी जाए। सिर्फ़ रामप्रकाश तिवारी की राय बिलकुल विपरीत थी। वह कुछ भी करने के पक्ष में नहीं था।

क्राइम रिपोर्टर रामप्रकाश तिवारी का अपराध की दुनिया में प्रवेश धमाकेदार ढंग से हुआ। जिस दिन उसे क्राइम बीट पर लगाया गया, उसी शाम शहर के व्यस्ततम इलाक़े के चौक पर एक घटना घटी। अपने पिता के साथ रिक्शे पर बैठकर चौक से गुज़रती एक ख़ूबसूरत लड़की को गुंडों ने घेरकर नीचे उतार लिया। लड़की का बाप गिड़गिड़ाता रहा, गुंडे नहीं माने। हिन्दी फ़िल्मों में दिखाया जानेवाला एक ऐसा दृश्य, जिसे देखकर दर्शक सीटियाँ बजाएँ और सिसकारी भरें—गुंडों ने रचा। उन्होंने लड़की की साड़ी बीच चौक में उतार दी। ब्लाउज़-पेटीकोट पहने लड़की दोनों हाथों से अपने वक्ष को छुपाती सड़क पर लुढ़क गई। गुंडे मोटरसाइकिल पर उड़ गए। साड़ी लेते गए; जाते-जाते कह गए—"हरामज़ादे। आज तो छोड़ दिया। अगली बार एक भी कपड़ा नहीं बचेगा।...तेरी बेटी को नंगा नचाएँगे इसी चौराहे पर।"

रामप्रकाश तिवारी ने यह सब घटित होते हुए अपनी आँखों से देखा। ज़ुल्मी राजा के घुड़सवारों की तरह गुंडे आए और बूढ़े पिता की जवान बेटी को फ़सल की तरह रौंदकर चले गए। बाप-बेटी भीड़ से घिरे थे। सब कुछ देखने-सुनने के बाद वह बदहवास सवेरा हाउस पहुँचा। ख़बर बनाकर

सूर्यनारायण जी को सौंपी। सूर्यनारायण जी बोले—"तिवारी प्रभु! भाग्यशाली हैं आप। पहले ही दिन ऐसी महत्त्वपूर्ण ख़बर।"

उसने घूरकर सूर्यनारायण जी को देखा। मेरे पास आया। मैं अपने काम से फ़ुर्सत पाकर उसकी प्रतीक्षा कर रहा था। मैं अपराध की दुनिया से खेलों की दुनिया में भेज दिया गया था। स्कूली बच्चों का क्रिकेट मैच देखकर लौटा था। पिछले कई दिनों का तनाव बच्चों को खेलते हुए देखकर धुल गया था। मैंने तिवारी को छेड़ा—"वैलकम, क्राइम किंग।"

वह गम्भीर था। कुछ-कुछ उदास और थका हुआ भी। मेरे जुमले पर कोई प्रतिक्रिया दिए बिना उसने कहा—"चलो, चाय पीते हैं।"

हम दोनों चाय पीकर यूँ ही बेमतलब सड़कों पर टहलते रहे। घटना के बारे में संक्षिप्त सूचना देकर वह चुप लगा गया था। मैं उसकी मन:स्थिति समझ रहा था। लड़की के साथ जो घटित हुआ, ऐसी एक भी घटना रामप्रकाश तिवारी का पूरा जीवन नष्ट करने के लिए काफ़ी है। मैं चिन्तित था। अपराध की निर्मम दुनिया की भयावह ख़बरें लिखते-लिखते तिवारी जीवित बच पाएगा या नहीं। यही थी मेरी चिन्ता।

"गांधी मैदान चलते हैं। दूब पर लेटेंगे थोड़ी देर।" मैंने तिवारी को सुकून देने की ग़रज़ से प्रस्ताव रखा।

"नहीं। बस-स्टैंड चलते हैं। वहीं होंगी तीनों। इस समय वहीं मिलती हैं।" तिवारी आकुल हो उठा।

हम बस स्टैंडवाली राह की ओर मुड़ चले थे। वह बुदबुदाया—"पता नहीं, तीनों होंगी भी या नहीं। कोई भरोसा नहीं। कब...कौन...कहाँ गुम हो जाए...कोई भरोसा नहीं!"

तीनों बस स्टैंड के भीतर दिख गईं। यात्रियों की भीड़ को अपनी वेगमय उपस्थिति से चीरती हुई घूम रही थीं। दारू के नशे में डगमगाती, पान की गिलौरियाँ चबातीं, खलासियों-ड्राइवरों और रंगदारों के व्यूह में निर्भय होकर विचर रही थीं। अभिसार के लिए जाती रीतिकालीन नायिकाओं की तरह वे लाज से सहमी, सिकुड़ी नहीं थीं। वे दमक रही थीं। मृदंग की तरह बज रही थीं। तितलियों के पीछे भागते बच्चों की तरह रामप्रकाश तिवारी उनके पीछे-पीछे भाग रहा था। वह उल्लसित था, जिज्ञासु था। वह उन तितलियों को छूना चाहता था। उनके रंग-बिरंगे पंखों के जादू का रहस्य पाना चाहता

था।...पर एक बस से उतरे हुए मुसाफ़िरों की भीड़ के रेले ने हमें रोक दिया और वे तीनों गुम हो गईं।

मैं जब दूसरे दिन अख़बार के दफ़्तर पहुँचा, रामप्रकाश तिवारी पहले से मौजूद था। मुझे सन्देह हो गया था कि वह पहुँच चुका होगा। इसी सन्देह के चलते मैं प्रेस कान्फ्रेंस के बीच से उठकर भागते हुए पहुँचा था। सम्पादक जी अभी नहीं आए थे। उनके चैम्बर के दरवाज़े पर नज़रें टिकाए तिवारी चुप बैठा था। सम्भवत: प्रतीक्षा कर रहा था। सूर्यनारायण जी ने इशारे से मुझे बुलाया और फुसफुसाए—"तिवारी एकदम गुम्मी मारे बैठा है। बात क्या है। ख़तरनाक मूड में लग रहा है।"

"मुझे नहीं मालूम।" मैंने बात टालने की कोशिश की थी।

"पर बात कुछ है ज़रूर।"

"रात को ज़्यादा पी गया होगा।...भकुआया है।" मैं बात टालते हुए रमेश वर्मा के पास जाकर बैठ गया।

सूर्यनारायण जी भयभीत लग रहे थे। बार-बार लिफ्टवाले दरवाज़े की ओर देख रहे थे। सम्पादक जी की अनुपस्थिति में शायद अपने को असुरक्षित महसूस कर रहे थे। बीच-बीच में वह तिवारी को देखने की कोशिश करते, पर उससे आँखें न मिल जाएँ इस भय से उसे भर आँख देख नहीं पा रहे थे।

सम्पादक जी आए। अपने चैम्बर में गए। बहुत तेज़ी से रामप्रकाश तिवारी उठा और उनके पीछे-पीछे चैम्बर में घुस गया। कुछ देर बाद जब सम्पादक जी चिल्लाए, उनके चैम्बर के सामने भीड़ लग गई। तिवारी ने क्या कहा—यह तो किसी ने नहीं सुना, पर सम्पादक जी की तेज़ आवाज़ सब तक पहुँच रही थी।

"...पुलिस नहीं पहुँची थी वहाँ, इसका मतलब यह नहीं होता कि पुलिस के स्टेटमेंट के बग़ैर आप क्राइम रिपोर्ट फ़ाइल करके चले जाएँ। क्राइम रिपोर्ट के लिए घटना से ज़्यादा महत्त्व तथ्य का होता है, जो पुलिस के पास मिलता है। समझे आप ?...पहले पत्रकारिता सीखिए, फिर जवाब तलब कीजिएगा...और आपने हिम्मत कैसे की मुझसे...सम्पादक से जवाब तलब करने की ? घटना की रिपोर्ट करते हुए आप पत्रकार नहीं, उस लड़की के आशिक़ हो गए हैं।...आपका काम विक्टिम का पक्ष लेना नहीं

है।...जाइए...पहले जाकर इस कांड के तथ्यों को खोजिए...जाइए...जल्दी जाइए यहाँ से...सड़ चुके हैं आप...बदबू दे रहे हैं आप...''

रामप्रकाश तिवारी बाहर निकला। हम सब बेहद उत्तेजित थे। हमारी उत्तेजना को अँगूठा दिखाते हुए बिना एक शब्द बोले या बिना हमारी ओर देखे वह दफ़्तर से बाहर निकल गया।

कल की घटना पर उसकी रिपोर्ट किल कर दी गई थी। सुबह अख़बार देखकर सबको यह पता चल गया था। ख़बर पूरी तरह बदल गई थी। ख़बर में कोतवाली के थाना इंचार्ज का बयान था कि एक लड़की को बीच चौराहे पर कॉलेज के कुछ मनचले छात्रों ने छेड़ने की कोशिश की, पर पुलिस के पहुँचते ही वे भाग खड़े हुए। लड़की को पुलिस संरक्षण में उसके घर पहुँचा दिया गया।

रामप्रकाश तिवारी लिफ्ट से नीचे नहीं उतरा। वह सीढ़ियों से उतरकर जाने कहाँ चला गया! रमेश वर्मा नीचे जाकर ढूँढ़ आया, पर वह मिला नहीं। यूनियन की तत्काल बैठक हुई। तिवारी के साथ हुए अपमान-भरे व्यवहार पर हम सबने आँसू बहाए। तय किया गया कि मैनेजमेंट को एक विरोध-पत्र भेजा जाए।

रामप्रकाश तिवारी सप्ताह-भर ग़ायब रहा। मैं इस बीच कई बार उसके कमरे तक गया। वह मिला नहीं। यह कोई नई बात नहीं थी। ऐसा अक्सर होता था। अचानक अदृश्य होते हुए भी अपनी उपस्थिति का एहसास बनाए रखना उसकी विशेषता थी। उसने दफ़्तर को कोई सूचना नहीं दी थी। सात दिनों तक ग़ायब रहने के बाद वह पे डे के दिन कैश सैक्शन में प्रकट हुआ। सम्पादक जी ने नियमतः सात दिनों का वेतन काट लेने का आदेश दिया था। वेतन लेकर जब वह चौथे फ़्लोर पर आया, काफ़ी मस्त दिख रहा था। सीधे सूर्यनारायण जी की मेज़ के सामने जाकर बैठ गया।

''अरे तिवारी प्रभु! कहाँ रहे इतने दिनों?'' सूर्यनारायण जी ने पूछा।

''ऐसे ही ज़रा घूम-टहल रहा था।'' बेहद इत्मीनान के साथ उसने कहा। जेब से कुछ पन्ने निकालकर उनके सामने रखते हुए बोला—''बड़े भाई, यह एक रिपोर्ट है। सम्पादक जी तक भिजवा देंगे।''

रामप्रकाश तिवारी अब हमारे बीच में था। अधिकांश लोग उससे बातें करना चाहते थे। पूछना चाहते थे कि वह अचानक क्यों ग़ायब हो गया था? पर चाहकर भी कोई पूछ नहीं पा रहा था। सम्पादक जी अपने चैम्बर में थे।

मेरी इच्छा हो रही थी कि तिवारी को अपनी बाँहों में भर लूँ...उसके गले लगकर ख़ूब रोऊँ। इन सात दिनों में जिस तरह उसके लिए आकुल रहा, उसका कारण तलाश पाना मेरे लिए मुश्किल था। मैं स्वयं से सवाल करता रहा कि आख़िर इतना बेचैन क्यों हूँ मैं? मैं इन सात दिनों में निरन्तर आकुल और असहाय होता गया था। मैं अपने को नियंत्रित किए बैठा था। एक बार यह भी इच्छा हुई कि उठूँ और एक ज़ोरदार तमाचा तिवारी के गालों पर जड़ते हुए पूछूँ कि कहाँ ग़ायब था मरदूद? पर मैं ऐसा कुछ भी नहीं कर पाया। अपनी कुर्सी से उठा और उसकी बाँह पकड़ते हुए धीरे से बोले—"चल, नींबूवाली चाय पीते हैं।"

हम दोनों नीचे आए। चाय पीकर निरुद्देश्य सड़क किनारे खड़े होकर आने-जानेवालों को घूरते रहे। मेरे भीतर तिवारी के लिए लाड़ उमड़ रहा था कि वह सब कुछ करूँ जो तिवारी को सुख दे सके...जो तिवारी के लिए इच्छित हो। मैंने उससे कहा—"दोस्त। तू शादी कर ले।"

वह मुस्कुराया। मैंने फिर कहा—"मेरी बातों को हँसी में मत टाल।...मैं सीरियस हूँ। शादी कर ले, तेरे भीतर का हाहाकार थोड़ा थम जाएगा।"

"क्या तेरे भीतर का हाहाकार थम गया शादी के बाद...?" तिवारी ने प्रश्न किया।

मैं निरुत्तर था। फिर उसने स्वयं जवाब दिया—"शादी करने से हाहाकार नहीं थमता!...नहीं थमता दोस्त। अगर ऐसा होता तो सारे शादी-शुदा लोग सुखी और निश्चिन्त होते।"

"पर एक डायवर्शन तो मिलता है।" मैंने तर्क दिया।

"मेरे भीतर कोई हाहाकार मचा हो, तब तो उसे डायवर्शन दूँ। कोई हाहाकार नहीं है। यही तो ट्रेजेडी है कि कहीं कोई हाहाकार नहीं है। तू मेरी चिन्ता छोड़। चल, ऊपर चलते हैं।" उसने मेरी चिन्ता, मेरे सोच और दुखों पर पानी छोड़ दिया।

हम चौथे फ़्लोर पर पहुँचे। सूर्यनारायण जी ने सूचना दी कि सम्पादक जी ने रामप्रकाश तिवारी को बुलाया है। वह सम्पादक जी के चैम्बर में गया।

उसके जाते ही लोगों के कान खड़े हो गए। किसी अशोभन क्षण का सन्देह मन के भीतर जाग उठा। सब सहमे हुए प्रतीक्षा कर रहे थे।

कुछ ऐसा ही घटित भी हुआ। सम्पादक जी चीख़ने लगे। उनकी आवाज़ सवेरा हाउस के चौथे फ़्लोर पर बैठे सवेरा टाइम्स के पत्रकारों पर प्रक्षेपास्त्रों की तरह गिर रही थी।

"तुमने मुझे क्या समझ रखा है?...मैं तुम्हारी नस-नस पहचानता हूँ। साही हूँ मैं।...कँटीला साही हूँ। मेरी देह में काँटे ही काँटे हैं। इन्हीं काँटों के बल पर राजनीति के माफिया सरदारों की भीड़ में निडर घूमता हूँ। समझे तुम?...मुझसे टकरानेवाला लहूलुहान हुए बिना नहीं रह सकता। मैं तुम्हें बरबाद कर दूँगा। निकल जाओ मेरे चैम्बर से...तुम बदबू दे रहे हो...भागो यहाँ से...।"

रामप्रकाश तिवारी बाहर निकला। हम सबके बीच से गुज़रते हुए सूर्यनारायण जी की मेज़ के सामने बैठ गया। हम सब पिछले दिनों की तरह उत्तेजित थे। रमेश वर्मा झटके से सम्पादक जी के चैम्बर में घुसा।

"आपका यही रवैया रहा तो अख़बार बन्द हो जाएगा।" रमेश उत्तेजना से भरा हुआ था।

"बन्द हो जाए, पर मैं ऐसे लोगों को बरदाश्त नहीं कर सकता।"

"अख़बार बन्द हुआ तो आप सम्पादक नहीं रह जाएँगे।"

"मेरी फिक्र छोड़ो। मैं हवाई जहाज़ पर घूमता हूँ। अख़बार बन्द होने पर तुम लोग अपनी बीवियों के साथ दूसरों के घर घूमते फिरोगे।"

"आप अपनी भाषा बदलिए।...यही है पत्रकारिता की भाषा?" रमेश चीख़ा।

"मुझे भाषा की तमीज़ मत सिखाओ। जिन दिनों तुम्हारी नाक से नेटा-पोटा बहता था, उन दिनों तुम्हें लिखना सिखाया है मैंने। मैंने पैदा किया है तुम्हें पत्रकारिता की दुनिया में।...पर साँप हूँ मैं। अपने ही अंडों को फोड़कर खा सकता हूँ।...मैं तुम्हें खा जाऊँगा। जो जी में आए कर लो।...लूले-लँगड़ों की यूनियन से नहीं डरता मैं।"

रमेश बाहर निकल आया। तत्काल बैठक हुई। बैठक में यह निर्णय लिया गया कि कल से क़लमबन्द हड़ताल। रामप्रकाश तिवारी भी बैठक में था। उसने इस निर्णय का विरोध किया। बोला, "हम सम्पादक जी की

इच्छानुसार काम करने लगे हैं। वे चाहते हैं कि हम हड़ताल करें क्योंकि मैनेजमेंट भी यही चाहता है। मैनेजमेंट प्रादेशिक संस्करणों को बन्द करना चाहता है। हमारी हड़ताल से उन्हें मौक़ा मिलेगा। हम सब जान रहे हैं कि मालिकों के आपसी बँटवारे के बाद हम जिसके हिस्से में हैं, वह अपना व्यवसाय बदलना चाहता है। सम्पादक जी को इसी काम के लिए यहाँ भेजा गया है।''

रामप्रकाश तिवारी की बातों में दम था। हड़ताल का निर्णय आपसी बहस-मुबाहिसों के बाद स्थगित हुआ और एक तीखा विरोध-पत्र दिया जाना फिर तय किया गया।

सम्पादक जी और तिवारी के बीच आज जो भी हुआ, उसका कारण वे तथ्य थे, जिनकी खोज के लिए सप्ताह-भर पहले स्वयं सम्पादक जी ने उसे उकसाया था। बीच चौराहे पर लड़की की साड़ी खोलनेवाले गुंडे जिसके इशारे पर आए थे, रामप्रकाश तिवारी ने साक्ष्य के साथ उनका पता लगा लिया था। इसी ताक़तवर आदमी की पैरवी के बल पर सम्पादक जी सवेरा टाइम्स के सम्पादक बने थे। प्रदेश की राजनीति के इस शीर्ष व्यक्तित्व के पुत्र ने बहुमंज़िली इमारतों के निर्माण का धन्धा शुरू किया था। थोड़ी-सी ज़मीन ख़रीदकर अगल-बग़लवालों को आतंकित किया जाता था। लोग अपनी ज़मीन औने-पौने दाम बेचकर पीछा छुड़ाते और इमारत की नींव पड़ जाती। इसी प्रक्रिया में उस लड़की का बाप आड़े आ गया था। उस बूढ़े के जीवन का एक ही सपना था। रिटायरमेंट के बाद अपना मकान बनवाने का सपना। सो वह अड़ गया था। इस कांड का एकमात्र अदना-सा उद्देश्य था कि वह अपनी ज़मीन का टुकड़ा भयभीत होकर बेच दे। साक्ष्यों के साथ तथ्यों को रिपोर्ट में लिखते हुए रामप्रकाश तिवारी अपनी औक़ात भूल गया था। वह साँप के बिल में हाथ डाल बैठा था।

सम्पादक जी लौट आए थे। उन्हें अचानक दिल्ली जाना पड़ा था। मुख्य सम्पादक ने इस्तीफ़ा दे दिया था। अन्य संस्करणों के स्थानीय सम्पादकों की चेयरमैन के साथ बैठक थी। गए थे दो दिनों के लिए और सप्ताह-भर जमे रहे। उनकी अनुपस्थिति के दौरान जो कुछ हुआ उसका विवरण ग़ैरज़रूरी है। फ़िर भी मात्र सूचना के लिए आपको बता दूँ कि इस बीच अख़बार ने

तीस हज़ार की प्रसार संख्या के घाटे में से दस हज़ार का घाटा पूरा किया। कुछ साथियों ने सूर्यनारायण जी पर डोरे डाले। उन्हें फाँसा और दारू पिला दी। दारू के नशे में उन्होंने सीना ठोंकते हुए दावे के साथ सूचना दी कि इस बार सम्पादक जी कुछ लोगों के तबादले और कुछ लोगों की विदाई का सन्देश लेकर लौटेंगे। सूची साथ लेकर गए हैं।

दिल्ली से वापसी के बाद सम्पादक जी पहले की अपेक्षा गम्भीर और अबूझ लग रहे थे। उन्होंने रामप्रकाश तिवारी को अपने चैम्बर में बुलाकर कहा कि वे प्रदेश के माफिया सरदारों, अपराधियों के बीच हड़कम्प मचा देना चाहते हैं। इन दिनों अपहरण की घटनाओं में तेज़ी आई थी। उन्होंने तिवारी को निर्देश दिया—"एक भी अपहरण की घटना छूटने न पाए।...खोजी रपटें तैयार कीजिए। अख़बार की बिक्री पर नज़र नहीं रखते हैं आप लोग। नज़र रखिए, नज़र।"

रामप्रकाश तिवारी चैम्बर से बाहर निकला। सब उसे उत्सुकता से निहार रहे थे। तिवारी पहली बार बिना किसी शोर के निकला था। वह हम सबकी मनःस्थिति समझ रहा था। हम सब जानना चाहते थे कि उसे तबादले या निलम्बन का आदेश तो नहीं मिला। पर यह पूछने का साहस किसी में नहीं था। सूर्यनारायण जी से नहीं रहा गया। उन्होंने पूछा—"तिवारी प्रभु, सब कुशल-मंगल तो है?"

"हाँ बड़े भाई, श्राद्ध की तिथि टल गई। आपका महाभोज टल गया...पर इसमें मेरा कोई दोष नहीं।" तिवारी नाटकीय ढंग से मुस्कुराते हुए सूर्यनारायण जी की मेज़ के सामने खड़ा था। उसकी बातों पर ज़ोरदार ठहाका लगा। सवेरा हाउस के चौथे फ़्लोर पर अर्सा बाद पाहुन की तरह हँसी की आवक हुई थी।

शाम हो चुकी थी। सड़क रोशनी से जगमगा रही थी। रामप्रकाश तिवारी मस्ती के मूड में था। मेरी बाँह पकड़ मुझे खींचे लिए चला जा रहा था। हम दोनों 'हैव मोर' बार के सामने से गुज़र रहे थे। यह तिवारी का पसन्दीदा बार था। छोटा और अपेक्षाकृत सस्ता। ख़ास बात यह कि इस बार का मालिक तिवारी को 'कवि जी' कहकर बुलाता और बार में घुसते ही हाल-समाचार पूछता था। पर तिवारी बार में नहीं घुसा। मैंने चौंककर पूछा—"क्या बात है? घसीटते हुए कहाँ लिए जा रहा है?"

"लस्सी पीएँगे।...लस्सी।" वह बोला।

"लस्सी!" मैं आसमान से गिरा।

"हाँ, लस्सी...फिर मगही पान।"

"बहुत मस्ती में है तू! बात क्या है आख़िर? लगता है, सम्पादक जी से चुम्मा-चाटी करके आ रहा है।"

"हाँ, आज बहुत प्यार किया उन्होंने।...पर तू नहीं समझेगा। जल्दी ही, हफ़्ता-दस दिनों में क्लाइमेक्स आ जाएगा।"

"मैं तेरी बातें समझ नहीं पा रहा हूँ।"

"अगर तू पहले ही क्लाइमेक्स समझ गया तो मज़ा क्या ख़ाक आएगा।"

हम दोनों सड़क किनारे एक ठेले के पास खड़े लस्सी पी रहे थे कि तीनों दिख गईं। झूमतीं, लहरातीं, हवा में आँचल उड़ातीं...चारों तरफ़ आँखें नचाकर देखती हुई तीनों स्टेशन की ओर जा रही थीं। इसके पहले कि वे हमारे सामने से गुज़रें, एक कार आकर रुकी। कार से कुछ लोग उतरे। उन्होंने तीनों से बातें कीं। पहली खिलखिलाई। दूसरी ने हाथों को नचाते हुए मना किया और पहली के साथ हँसती हुई आगे बढ़ने लगी। तीसरी रुक गई थी। वह नाराज़ स्वर में कुछ बोल रही थी। तीनों निर्भय थीं। बीच चौक पर साड़ी खुल जाने के बाद असहाय लुढ़क जानेवाली उस लड़की से बिलकुल अलग। हम दम साधे देख रहे थे। तिवारी मन ही मन उनकी बहादुरी पर फ़िदा हो रहा था। उन लोगों ने तीसरी का हाथ पकड़ लिया। वह चिल्लाई। गालियाँ बकने लगी। पहली और दूसरी ने तीसरी को उलझते देखा तो वापस आ गईं। इस बीच भीड़ जुट आई थी। तीन लड़कियों के साथ बीच सड़क पर ऐसा रोचक तमाशा देखने का लोभ रोक पाना लोगों के लिए मुश्किल था। लोग मज़ा ले रहे थे। तीनों लड़कियाँ कार से उतरनेवालों की गिरफ़्त में थीं। वे लोग तीसरी को कार में ठूँस चुके थे। पहली और दूसरी पर दबाव बढ़ रहा था और वे छटपटा रही थीं। वे लोग तीनों को कार में बैठाकर कहीं ले जाना चाहते थे। तीनों जाने को तैयार नहीं थीं। अन्ततः उन लोगों ने पहली और दूसरी को भी गोद में उठाकर कार के भीतर ठूँस लिया। तीनों चीख़ती-चिल्लाती रहीं, पर कार उन्हें लेकर ट्रैफ़िक सिग्नल की परवाह किए बग़ैर चली गई।

रामप्रकाश तिवारी की टाँगें थरथराने लगीं। उसका चेहरा सफ़ेद हो गया। वह घबराया हुआ था। मैंने लस्सीवाले के पैसे चुकाए। तिवारी का कन्धा पकड़कर झकझोरा। उसकी चेतना वापस लौटी। हाथ पकड़कर उसे सड़क पार कराई।

हम दोनों कोतवाली पहुँचे। थाना इंचार्ज कहीं बाहर निकल रहा था। वह कई दिनों बाद मुझे देखकर चहका, पर तिवारी का सफ़ेद चेहरा देखते ही उसने पूछा—"क्या बात है तिवारी जी? परेशान लग रहे हैं।"

"भीतर चलिए।" मैंने कहा।

हम लोग थाना इंचार्ज की मेज़ के सामने बैठे थे। सारी बातें सुनने के बाद वह मुस्कुराया। बोला—"अरे भाई, आप लोग भी ग़ज़ब करते हैं। दो नम्बर की लड़कियों को लेकर इस तरह परेशान होने से काम चलेगा? स्टेशन से लेकर गांधी मैदान तक अच्छे-अच्छे घरों की पढ़ी-लिखी लड़कियाँ रात में धन्धे के लिए निकलती हैं। मंत्री से लेकर सन्तरी तक को औरत चाहिए।...अब अगर रोक-टोक हो, तो सब जने एक रात में छटपटाकर जान दे देंगे। अब आपका ही कोई काम हो और काम करने के लिए कोई लड़की माँगे, तो आप क्या करेंगे? घर की औरतों को तो भेजेंगे नहीं। कोई दूसरा इन्तज़ाम ही तो करेंगे? इन्तज़ाम नहीं कर पाए तो सड़क से ज़ोर ज़बर्दस्ती लड़की उठवाएँगे।...और मैं उन तीनों को जानता हूँ। वही न, जो मजमा लगाकर गीत गाती फिरती हैं? आवारा हैं तीनों। सिपाहियों तक से दो-चार रुपए ऐंठ लेती हैं। फिर भी आप नहीं मानते, तो रिपोर्ट दर्ज कर लेता हूँ। अब आप लोगों से रोज़ का मिलना-जुलना है, सो बात तो रखनी ही पड़ेगी।"

रिपोर्ट दर्ज करवाने के बाद हम दोनों अख़बार के दफ़्तर पहुँचे। रामप्रकाश तिवारी ने ख़बर तैयार की। सूर्यनारायण जी पेज मेक-अप करवा रहे थे। तिवारी के पास इतना धैर्य नहीं था कि वह सूर्यनारायण जी के आने तक प्रतीक्षा करे। वह सीधे सम्पादक जी के चैम्बर में घुस गया। कुछ ही मिनटों बाद सम्पादक जी गरजे—"निकल जाओ मेरे चैम्बर से।"

इस बार का दृश्य बदला हुआ था। अपने दाएँ हाथ से रामप्रकाश तिवारी की गरदन पकड़े धकियाते हुए सम्पादक जी अपने चैम्बर से बाहर

निकले। वह एक मेज़ से टकराया और फ़र्श पर गिरते-गिरते बचा। सारे लोग भौचक खड़े थे। उसकी रिपोर्ट के चिथड़े उड़ाकर फेंकते हुए सम्पादक जी बोल रहे थे—''इसी लुच्चे आदमी की तरफ़दारी करते हैं आप लोग?...रंडियों के अपहरण की ख़बर लाए हैं।...सुना आप लोगों ने? रंडियों का अपहरण। इसके पहले कभी किसी ने देखा-सुना था कि रंडियों का भी अपहरण होता है?...वही मजमा लगानेवाली आवारा लड़कियाँ, जिनकी ख़बर सिटी पेज की लीड ख़बर बनेगी।...विकृत है...पूरी तरह पवर्टेड है यह आदमी। इसे औरत और रंडी के बीच कोई फ़र्क़ नहीं मालूम। मुझसे बहस कर रहा है कि वे भी औरतें हैं।...कह रहा है कि चाहे रंडियाँ ही क्यों न हों, अगर कोई उनकी मर्ज़ी के ख़िलाफ़ उन्हें उठाकर ले जाता है, तो उसे अपहरण कहेंगे।...मुझे अपहरण की परिभाषा सिखा रहे हैं यह!...मैंने पहले ही कहा था कि मुझे साहित्यकारों और कुत्तों से नफ़रत है और मैं इन दोनों को अपने अख़बार में नहीं देखना चाहता।...तुम, दोनों हो।...कवि बनते हो और कुत्ते भी निकले तुम।''

साठ फीट गुना डेड़ सौ फीट यानी नौ हज़ार वर्ग फीट में फैले इस चौथे फ़्लोर के दफ़्तर में असहाय खड़ा रामप्रकाश तिवारी रो रहा था। हिचकियाँ फूट रही थीं। वह मुझे मेमने की तरह लग रहा था, जिसे लकड़बग्घे की तरह अपने जबड़ों में दबोचे हुए चैम्बर से बाहर लाकर सम्पादक जी ने पटक दिया था।

रोते हुए रामप्रकाश तिवारी की देह में अचानक एक जुम्बिश हुई। इसके पहले कि कोई उससे सहानुभूति दिखाने, उसे चुप कराने पहुँचे या सम्पादक जी फिर आक्रमण करें, उसने अपने को नियंत्रित किया। रोती हुई आँखों के आँसू भाप बनकर उड़ गए। हिचकियाँ लुप्त हो गईं। उसने चारों ओर आँखें घुमाकर देखा। मेरी आँखें उसकी आँखों से टकराईं। मैं उसकी ओर बढ़ा, पर इसके पहले कि मैं या कोई उसे रोक सके, लकड़बग्घे के मुँह से छूटकर गिरे मेमने की तरह छलाँग लगाता हुआ वह बाहर निकल गया।

मैं नीचे दौड़ा। पर वह दिखा नहीं। वह लापता हो चुका था। मैं तेज़ क़दमों से सीढ़ियाँ फलाँगते हुए वापस चौथे फ़्लोर पर पहुँचा। सम्पादक जी हूपिंग क़फ़ के मरीज़ की तरह हूँफ़ रहे थे। उन्होंने मुझे देखा और अपने

चैम्बर में चले गए। वधस्थल पर खड़े भयभीत लोगों की भीड़ धीरे-धीरे बिखर गई। लोग अपनी-अपनी कुर्सियों पर पीठ या मेज़ों पर कुहनियाँ टिकाने लगे थे।

आज सात दिन हो गए रामप्रकाश तिवारी को लापता हुए। मेरे कुछ साथियों को विश्वास है कि वह पहले की तरह वापस लौट आएगा। पर मैं जानता हूँ कि वह इस दफ़्तर में नहीं लौटेगा। हाँ, शहर में लौटने से उसे कोई लकड़बग्घा नहीं रोक सकता। मुझे उसकी आवक पर पूरा भरोसा है।...पर एक बात मेरे भीतर टीस मार रही है कि उस दिन, उसके जाने के बाद हम कुछ और भी कर सकते थे।